KB268824

황진이는 죽지 않는다

임종욱 장편소설

황진이는 죽지 않는다

고려왕조의 26번째 임금인 충선왕忠宣王은 두 번 왕위에 올랐다. 1298년에 처음 등극했다가 7개월 만에 폐위되었는데, 왕위를 계승한 사람은 아이러니하게도 그에게 왕위를 물려준 충렬왕忠烈王이었다. 1308년 충렬왕이 죽자 그는 다시 왕위에 올랐다. 이를 역사에서는 복위復位란 말을 쓴다. 그는 개혁 군주로 평가받고 있지만 정작 정치에는 관심이 없었는지 5년 만인 1313년에 아들에게 전위하고 말았다. 그리고 1325년 5월에 충선왕은 원나라에서 죽었다.

다시 복위되기 전까지 충선왕은 10여 년을 원나라에 머물면서 지냈다. 그때 그는 한 기생을 알게 되었고, 그녀를 매우 사랑했다. 우여곡절 끝에 복위되어 고려로 돌아오게 되었을 때 기생은 이별을 서러워하며 그를 쫓아오려 했다. 하지만 그녀를 데리고 갈 수 없었던 왕은 연꽃 한 송이를 꺾어서 주며 다시는 만날 길 없는 작별을 대신했다.

이렇게 헤어지긴 했지만, 그녀를 향한 왕의 그리움은 샘물이 모여 강을 이루듯이 멈출 줄 몰랐다. 그렇다고 왕위를 박차고 떠날 수도 없는 노릇이었다. 충선왕은 그녀와의 추억을 떠올리며 붓끝을 놀려 그림을 그렸을 뿐 다른 방법이 없었다.

그러던 어느 날 고려를 대표하는 학자이자 시인이었던 이제현李齊賢이 사신이 되어 원나라를 가게 되었다. 소식을 접한 충선왕이 이제현을 불렀다.

"경은 알지 모르겠으나, 내가 연경에 있을 때 마음 깊이 사랑했던 여인이 있었소. 벌써 여러 달이 흘렀지만 지금도 옥루玉淚를 떨구며 나를 떠나보내던 그녀의 모습이 눈에 밟히는구려. 혹시 상심 끝에 몸이라도 상하지나 않았는지 근심이 크오. 다른 이는 몰라도 경은 이런 내 심정을 잘 알리라 믿소. 부디 연경燕京에 가거든 짬을 내어 그녀를 한 번 찾아봐 주시구려. 안부라도 알면 한결 마음이 편해질 것 같구려."

연경에 당도하자 이제현은 만사를 제쳐놓고 그녀가 살고 있다는 기루妓樓를 찾았다. 짐짓 내당의 기색을 살펴보니 기생은 파리한 얼굴로 연당蓮塘의 정자에 기대 하염없이 연꽃만 바라보고 있었다. 소식을 듣자하니 곡기를 끊은 지가 벌써 여러 날 되었다고 했다. 이제나 저제나 그리던 임의 소식이 올까 기다리다 지쳐 망부석望夫石이 되어, 임을 만나겠다는 기약만을 남겨둔 채 죽음을 기다린다는 것이었다. 애달픈 마음에 그녀에게 다가가 말을 건넸지만, 기생은 사람도 잘 알아보지 못했을 뿐만 아니라 말도 잘 하지 못했다.

간신히 이제현을 알아본 기생은 여윈 손을 들어 억지로 붓을 잡고 연꽃이 곱게 수놓인 비단자락에 시 한 수를 써서 그에게 주었다.

연꽃 한 송이 꺾어 보내셨으니
처음에 올 땐 곱디곱게 붉었습니다.
가지에서 떨어진 지 이제 며칠째인지
파리한 그 모습 나와 닮았네요.

贈送蓮花片
初來的的紅
辭枝今幾日
憔悴與人同

이제현은 그녀의 손을 잡고 함께 눈물을 떨구다가 차마 떨어지지 않는 발길을 돌렸다.

귀국하여 대궐에 드니 충선왕이 버선발로 달려 나와 그를 맞았다.

"어떻게 지내던가?"

크게 절을 올린 뒤 이제현이 비장한 목소리로 입을 열었다.

"폐하, 송구하오나 여자는 벌써 젊은 서방을 끌어들여 정답게 술을 마시고 있었습니다. 굳이 찾아가긴 했지만 형편이 그러했던지라 만나지는 못했습니다. 노류장화路柳墻花의 사랑에 어찌 그리 마음을 쓰십니까? 속히 잊으시는 것이 옳을 줄 아옵니다."

이 말을 들은 왕은 얼굴빛이 노래지며 땅에 침을 뱉었다.

"참으로 무정하구나. 내 그 아이가 무산巫山의 선녀가 아님은 짐작했지만, 그렇게도 신의가 없었더란 말이냐? 그간에 쌓은 정이 어딘데. 한낱 기생년에게 마음을 빼앗겨 큰일을 그르칠 뻔했구나. 경에게 공연한 일을 부탁했던 모양이오.”

충선왕은 명치끝까지 저려오는 아픔을 억지로 누르면서 입가에 쓴 웃음을 지었다. 실연의 아픔을 잊기 위해 그는 더욱 정무에 심혈을 기울였다.

한 해가 지나 경수절(慶壽節, 왕과 왕비, 왕세자의 탄신을 기념하는 날)을 맞았다. 궁궐에서는 큰 잔치가 벌어졌다. 신하마다 군주에게 축수의 잔을 올리는데, 이제현의 차례가 되었다. 그는 떨리는 손으로 잔을 올리고 물러가더니 뜰아래에 엎드려 무릎을 꿇었다.

“폐하, 신이 죽을죄를 졌습니다.”

경사스런 날에 뜻밖의 말을 들은 왕은 의아한 눈으로 그를 바라보았다.

“그게 무슨 소리요?”

이제현은 기생이 쓴 시가 적힌 비단을 품에서 꺼내 올리고 그때의 일을 소상하게 고했다.

사연을 듣고 난 충선왕이 눈물을 흘리면서 말했다.

“그때 만일 그 시를 보았다면 내 죽을힘을 다해 연경으로 달려갔을 것이오. 그랬다면 지금의 짐도 있지 않았겠지. 경이 나와 종묘사직을 염려했던 탓에 그렇게 말을 바꾸어 한 것이구려. 진실로 충성스럽고 간절한 마음이오.”

그 뒤 다시 연경으로 돌아온 충선왕은 단걸음에 기생을 찾았다. 그러나 그녀는 이미 이 세상 사람이 아니었다. 무덤조차 없이, 화장된 그녀의 유해는 멀리 고려가 바라보이는 산등성이에 뿌려진 뒤였다.

찬바람이 부는 산자락에 올라 서성거리던 충선왕은 이미 까맣게 타버린 나뭇가지를 어루만지며 중얼거렸다.

"너와 난, 이승의 인연으로는 여기 찬바람 부는 언덕을 넘어서지 못했구나. 내생에서 다시 만난다면 내 너를 여한 없이 사랑할 것이다. 그때는 군주와 기녀가 아니라 그저 필부필부匹夫匹婦로 만나자꾸나. 부디 극락왕생하기를."

그 뒤 12년을 더 산 충선왕은 사랑하던 여인의 숨결이 남아 있는 원나라 땅에서 육신의 생명을 마쳤다. 두 사람의 덧없는 사랑을 아는지 모르는지 그 후로 오랫동안 연경의 동쪽 산자락에서는 스산한 바람이 멈추지 않았다.

옛날 옛날에
황진이와 지족은

처음부터 태고사에 갈 생각은 없었다. 짜놓은 여정으로 볼 때 태고사는 사뭇 발길을 앞세우기 불편한 곳이었다. 대둔산을 한 바퀴 빙 둘러 가야 했고, 주변에 이렇다 할 큰 사찰도 없어 다음 장소로 이동하자면 시간도 많이 허비될 수밖에 없었다. 국도國道란 놈이 워낙 지형을 좇아 만들어진 탓에 원하는 대로만 뻗어 있지도 않았을 뿐더러, 인적이 드문 절이라면 도로가 끊겨 자칫 꽤 먼 거리를 걸어야 할 위험도 무시할 수 없었다. 해 떨어지기 전에 닿아야 사진을 찍을 수 있기 때문에 그 시간을 투자하느니 다른 사찰 두어 군데를 들르는 것이 현명한 일일 수도 있었다. 이래저래 길 떠나기 전 태고사는 발길을 이어야 할지 주저되는 장소였다.

그러나 결국 나는 태고사를 갔다. 무슨 큰 작심한 바가 있었던 것은 아니었다. 인근 사찰에서 사진을 찍다가 곤욕을 치른 뒤라 영 기분은 엉망이었다. 왜 법당 안 부처님 사진을 찍지 못하게 하는지 나로서는 도무지 이해할 수 없었다. 쫓겨난 덕분에 시간이 얼마간 남게 되었고, 일단 가장 먼 태고사부터 가자는 작정을 했던 것이다. 산을 관통하는 국도를 꼬불꼬불 좇다보니 어느새 나는 태고사 어귀에 다다랐다.

걸어갈 만하다는 동네 사람들의 말만 믿고, 나는 차를 주차장에 세워 둔 채 도보로 오를 준비를 했다. 그러다가 갑자기 속이 안 좋아져서 주차장 화장실로 뛰어갔다. 그때 차를 몰고 산을 올라가는 여행객을 목격하게 되었다. 주차장에 두고 가지 않아도 된다면 구태여 차를 버릴 이유는 전혀 없었다. 방심하고 걸었다가 절간에 닿기까지 엄청난 거리를 걸어야 했던 악몽은 이미 여러 번 겪은 터였다. 나는 이상한 권유를 한 동네 사람을 탓하면서 차를 몰고 산으로 향했다.

아아! 그것이 얼마나 다행스런 결정이었던지! 목적지까지 가파른 도로가 10여 분은 이어졌다. 걸어 올라갔다면 날밤을 새우고도 부족했을 거리였다. 게다가 그 험악함이라니. 충청남도 금산군과 전라북도 완주군 사이에 있는 대둔산은 해발 878미터의 그리 높다할 산은 아니었지만 산세는 심산유곡深山幽谷 그 자체였다. 산은 우거진 숲과 아스라한 골짜기가 비경秘境을 자랑했다. 산사를 향한 길이란 게 대개 그랬지만, 계곡을 따라 이어지는 경사 30도는 넉넉히 될 법한 시멘트 포장도로는 차 한 대가 간신히 올라갈 만큼 비좁았다. 차는 격한 엔진음을 내면서도 주인의 요구에 복종했다. 나는 자칫 차가 멈춰버리면 어쩌나 하는 염려를 잠재우면서 핸들을 잡은 손에 힘을 주었다.

게다가 도로가에서는 공사를 하는지 소형 중기계들이 길을 가로막았다. 아슬아슬하게 곡예 운전을 하며 거의 산 정상에 이르렀을 때까지도, 절은 코빼기도 보이지 않았다. 이거 산 너머에 있는 것은 아닌가? 나는 차츰 내 결심을 후회하기 시작했다.

드디어 산길도 끝났다. 손바닥만한 공터가 나왔다. 그러나 절은 없었다. 오른편으로 길은 이어져 있었지만 통행금지 팻말이 여행객을 맞을 뿐이었다. 사진기를 챙겨 내리면서 나는 입에서 감도는 신물을 가래침인양 내뱉었다. 절이 어디 있는지 물어볼 만한 사람조차 눈에 띄지 않았다. 무턱대고 산길을 타자니 정말 해 저문 산속에 갇혀버리는 것은 아닌지 싶어 차마 걸음이 떨어지지 않았다. 용기를 내어 산을 타든가 아니면 용기를 접고 되돌아가든가 하는 결정만 남았다.

그때 내 뒤를 따랐는지 진녹색 구형 소나타가 굉음을 내며 올라오더니 내 옆에서 시동을 껐다. 여인 한 사람이 운전석에서 내렸다. 옥색 한복을 입은 그녀는 분홍빛으로 물들인 작은 보자기를 곱게 챙겨 들고 있었다. 머리는 단정하게 감아 올렸고, 얼굴은 화색이 돌면서 투명하게 빛났다. 나이는 얼추 30대 초반을 지났을까? 아니면 그보다 더 어릴지도 몰랐다. 화장기 없는 갸름한 얼굴은 나이를 추측하기 어렵게 만들었다. 그녀는 우두망찰하게 넋을 놓고 서 있는 나를 보더니 밝게 웃으며 인사를 건넸다. 미소와 함께 입술 끝이 살짝 감겨 올라갔다.

"어머, 이 시간에 무슨 일이세요? 절에 오셨나요?"

산중의 해는 일찍 떨어졌고, 벌써 어스름이 조금씩 다리 쪽에서부터 차오르고 있는 중이었다.

"아, 예. 절에 계십니까?"

나는 그녀가 태고사에 있는 공양주 보살이 아닐까 짐작하며 대답을 건넸다. 산중에서는 사람이 제일 무섭다지만 이미 미아가 되다시피 한 상황이었기에 그녀의 출현은 반갑기 짝이 없는 행운이었다.

"아뇨. 저도 잠시 들르는 길이예요. 낮에 언니 일 때문에 대전에 갔다가 다시 오는 길이랍니다."

그녀는 낯선 얼굴을 대하면서도 전혀 스스럼없이 나를 맞았다. 일행도 없이 이 늦은 시각에 하늘 끝에 있는 절을 찾는 여인이라니. 나는 은근히 솟아오르는 호기심을 누르며 숲을 향해 손가락을 더듬었다.

"태고사는 어디쯤 있습니까? 빨리 올라가봐야 하는데…."

그녀 역시 의아한 표정을 지으며 되물었다.

"예불 드리러 가시는 길인가요? 시간이 꽤 늦었는데…."

"아닙니다. 사진을 좀 찍으려고요."

나는 손사래를 가볍게 치면서 사진기를 내보였다.

"아, 그러세요. 사진을 찍게 하려는지 모르겠네요."

바람이 불자 그녀의 옥색 한복 옷깃이 사뿐히 흔들렸다. 소나무의 싱그러운 향기는 기분 좋게 코끝을 스쳤지만 그녀의 입에서 나온 말은 실망스러웠다. 이미 한 차례 실랑이를 치른 뒤라 여기서도 촬영이 안 된다면 정말 낭패였다. 오후 시간을 완전히 공치는 꼴이었다.

"어! 그러면 곤란한데, 저는 꼭 찍어야 하거든요."

"어디서 오셨죠? 기자신가요?"

그녀는 분홍빛 보자기를 가슴에 끼더니 고개를 까닥이며 물었다.

"아닙니다. 저는 공부하는 사람입니다. 책을 내는데 사진 자료가 필요해 산지사방 쏘다니고 있지요."

나는 뒷주머니의 지갑으로 손을 뻗었다. 명함을 보여주는 것이 나를 알리는 가장 좋은 방법임을 나는 최근에야 알았다. 어쨌거나 대학 교수란 직업이 생면부지의 사람에게 신뢰와 권위를 얹어주는 것은 사실이었다. 시한부 대학 교수긴 해도 그걸 일반 사람들은 알 턱이 없었다.

그런데 뒷주머니가 허전했다. 지갑이 없었다. 당황한 나는 여자를 흘낏거리면서 재킷 주머니부터 앞주머니까지 다 뒤졌다. 그러나 두툼한 지갑은 어디서도 손에 잡히지 않았다.

"어? 이게 어디 갔지?"

얼굴이 붉게 달아올랐다.

"두고 오셨나보죠?"

여자는 별일 아니란 듯 입가에 웃음기를 거두지 않고 물었다.

그제야 나는 지갑의 행방을 깨닫게 되었다. 주차장 화장실에서 일을 볼 때 지갑을 빼서 대변기 위에 놓고는 챙기지 않았던 것이다. 정말 낭패였다. 카드며 현금, 신분증 등등이 고스란히 그 속에 들어 있었다. 시간을 따져볼 때 다시 내려갔다 온다면 촬영은 포기해야 했다. 또 지금까지 남아있으란 장담도 할 수 없었다.

"맙소사! 저 아래 화장실에 지갑을 두고 온 모양입니다."

"어머, 저런! 관리 사무소로 전화해 보세요. 아마 챙겨놓았을 거예요."

그녀는 확실히 절간의 일에 경험이 더 많았다. 좋은 제안이긴 했지만, 유감스럽게도 내 핸드폰은 이미 배터리가 나가 불통이었다. 그녀는 친절하게도 핸드폰을 빌려 주었다. 그러나 114에 전화를 걸어 관리 사무소를 찾았지만 오리무중이었다. 전화번호가 확인이 되지 않았다. 화장실 옆에 관리사무소가 있었던 것이 기억이 났다. 그러나 내 기억에 그 사무소는 불이 다 꺼져 있었고, 출입구 주변에는 잡초가 무성한 것이 흉가처럼 을씨년스러웠었다. 이미 오래 전부터 운영하지 않은 것이 분명했다. 나는 재빨리 기대를 접었다.

"괜찮을 겁니다. 그 화장실은 한적한 곳에 있었으니까 아마 한 시간쯤은 찾을 사람이 없을 겁니다. 사진 찍고 나서 내려가 찾아도 늦진 않겠죠."

"그럴까요? 그럼 다행이지만."

그녀는 자기 일인 것처럼 염려 띤 표정을 감추지 않았다.

"그나저나 태고사는 어디로 올라가야 합니까? 저 길을 따라가야 하나요?"

나는 통행금지 팻말이 붙은, 사자의 아가리 같은 으슥한 길로 눈길을 주었다.

그녀는 조금 생각하더니 입을 열었다.

"아뇨. 그 길로 가면 한참 돌아가야 해요. 이쪽으로 가면 지름길이 나올 거예요."

그녀는 정 반대 방향으로 나를 이끌었다. 길이라기엔 다소 험한 숲길을 조금 더듬자니 이내 바위가 많은 오솔길이 나왔다.

"이 길은 절을 모르는 사람은 잘 못 찾는 길이죠."

그녀는 뜻 모를 말을 던지면서 부지런히 걸음을 재촉했다. 그녀 역시 나만큼이나 바쁜 사정이 있는 듯 보였다. 하긴 숙박을 할 생각이 아니면 누구나 서둘러야 할 시간이며 공간이었다.

몇 걸음 더 오르자 서로 어깨를 포갠 듯이 기대 서있는 바위문이 나타났다. 세월의 잔해처럼 이끼가 끼어 있었고, 저녁의 마지막 햇살 한 자락이 바위 머리에서 철봉에 매달린 듯 노랗게 걸려 있었다.

"석문石門이라고 불러요. 이 절의 일주문一柱門 역할을 한답니다."

그녀는 묻지도 않았는데 이렇게 설명해주었다.

"그렇군요. 그럼 저는 사진부터 좀 찍어야겠습니다."

"그러세요. 저는 바쁠 게 없으니까."

아마 시간이 지체되는 것에 양해를 구하는 말로 들은 모양이었다. 나는 굳이 해명은 않고 몇 컷을 찍었다. 숲 속이라 너무 어두워 사진이 잘 나올지 걱정스러웠다.

"한 백여 군데에서 사진을 찍었나 봅니다. 그래도 해가 지면 산속은 무서워요."

"그러세요? 하지만 익숙해지면 산만큼 편안한 곳도 없답니다."

잠시 대화가 끊겼다. 길은 다행히 침목으로 계단을 만들어놓아 큰 불편은 없었지만 절은 여전히 보이지 않았다. 문득 여우에 홀린 듯한 기분이 들어 그녀를 슬며시 엿보았는데, 그만 눈이 마주쳤다. 여전히 웃음을 띤 얼굴이었다. 미간이 조금 멀어 보이는 얼굴에는 옅은 교태가 묻어 있었다. 뭔가 말을 해야 한다는 절박감이 등을 눌렀다.

"누가 이곳에 처음 절을 창건했는지, 대단한 분이셨을 것 같습니다."

나는 주변을 살피며 얼버무리듯 말을 건넸다. 그녀는 무슨 뜻이냐는 표정으로 나를 바라보았다. 나이를 가늠하기 어려운 외모에 걸맞게 그녀의 눈은 소녀처럼 맑았다.

"절이란 게 신도가 찾아와야 제 구실을 하는 것인데, 이런 산꼭대기에 절이 있으니 누가 찾아오겠습니까."

내 설명을 그녀는 수긍하지 않았다.

"신심만 있으면 어디든 못 오겠어요."

다시 말이 끊기는 듯하더니 이번엔 그녀가 먼저 말을 꺼냈다.

“댁은 어디세요?”

“수원입니다. 서울에 있는 작은 대학에 교수로 있죠. 문학을 전공하는데, 근래 불교 공부에 재미를 붙였습니다. 어디 사시는데요?”

“저는 서울 살아요. 전에는 봉은사에 다녔죠. 그러다가 우연찮은 인연으로 태고사를 찾게 되었답니다.”

나는 반갑다는 듯이 맞장구를 쳤다.

“아아! 봉은사요? 삼성동에 있는. 그곳 사진도 전에 찍었죠. 들어가 보니 절이 의외로 넓더군요. 강남 한복판에 있는 줄도 모를 정도던데요.”

“그래요. 특히 판전板殿이 유명하죠. 보셨죠?”

나는 그녀가 서투른 신도가 아니라는 것을 느꼈다.

“추사 선생의 글씨가 걸려 있죠. 저는 잘 이해가 안 되지만, 잘 쓴 글씨라고 하더군요. 아마 추사가 죽은 해에 썼다고 하던가요?”

“예. 사흘 전에 썼다는 말이 있어요. 하지만 제 눈엔 꼭 초등학생이 쓴 것 같았어요. 무식한 소리죠?”

우리는 함께 홍소를 터뜨렸다. 여우가 꼬리를 내리는 대신 사찰이 꼬리를 드러냈다.

허름한 요사채가 눈에 들어오더니 곧 사찰의 장엄한 모습이 시야에 들어왔다. 그러나 예상과는 달리 태고사는 이름에 걸맞지 않게 현대식 공법으로 중창 불사가 한창이었다. 콘크리트로 보이는 축대가 올라가고 있었고, 기둥 역시 목재가 아니었다. 도대체 이 철근이며 시멘트, 건축 자재는 다 어디서 가져온 것일까? 이런 뚱딴지같은 의문부터 먼저 스쳐 지나갔다. 적어도 내가 원한 사진은 이런 것이 아니었다.

이런 당황스러움을 아는지 모르는지 그녀는 작별 인사를 고했다.

“저는 저쪽으로 올라가봐야 해요. 그럼 사진 잘 찍고 내려가세요.”

나는 뭐라 말도 못하고 가볍게 목례로 화답했다. 여자는 왼편으로 이어진 오르막길을 따라 위로 올라갔다.

계단을 타고 오르니 사찰 경내가 나타났다. 긴 마당을 공유한 채 여러 채의 건물들이 일렬로 자리하고 있었다. 내가 봐도 여느 가람 배치와는 사뭇 다른 양상이었다. 극락전과 관음전, 승방 등등 눈에 띄는 대로 촬영을 마친 나는 마당이 끝나는 곳에서 시작되는 작은 오솔길로 고개를 디밀었다. 경험상, 크기는 작지만 의미 있는 건물이나 유적이 때때로 그런 곳에 숨어 있곤 했다.

지난밤에 내린 장대비 덕분인지 숲길은 잡초로 꽤 무성했다. 몇 걸음을 더 갔지만 잡초만 더욱 우거질 뿐 기대했던 유적은 보이지 않았다. 하지만 아직 길이 끊어지지 않았기 때문에 인내심을 가지고 조금 더 가보기로 마음먹었다. 결국 나는 내 용기에 대한 보답을 받았다.

얼마를 더 가니 잡초 사이로 뭔가 야트막한 돌탑이 눈에 띄었다. 천년의 역사를 자랑하는 고찰이라면 으레 있을 법한 그런 유물이 이런 한적한 구석에 몸을 눕힌 채 쉬고 있구나 하는 기대감이 부풀어 올랐다.

내가 발견한 것은 부도탑이었다. 그것도 아주 보잘것없이 작았다. 사람의 손길이 전혀 닿지 않았는지, 눈 여겨 보지 않으면 찾기도 어려웠고, 흔한 안내판 하나 없었다. 관심이 없으면 보이지도 않을 법했다. 잡초를 조금 걷어냈더니 부도탑의 전모가 드러났다.

긴 세월을 한 몸에 지고 있는 양 부도탑은 이끼로 완전히 뒤덮여 있었다. 주인이 누군지 알려주는 명문도 보이지 않았다. 옛날 신라 시대 때 인도를 여행했던 혜초 스님은 험난한 여행을 하다 끝내 머나먼 이국

땅에서 숨진 고독한 구법승의 죽음을 조상한 시를 남긴 적이 있다. 그 이름 없던 구법승을 위한 가난한 부도탑이 이것일까? 아무 장식도 없이 애드벌룬을 조금 눌러놓은 모양을 한 몸체 아래위로 얕은 기단과 나지막한 지붕을 이고 있는 부도탑은 너무나 쓸쓸해 보였다. 나는 각도를 바꿔 사진을 찍으면서 역시 별 보탬도 없을 촬영 여행에 나선 초보 사진가를 응시하고 있을 이 탑의 주인을 생각했다.

사진을 다 찍고, 나는 부도탑 머리에 손을 얹어보았다. 물에 젖은 이끼가 주는 촉촉한 이물감과 출처를 모를 은은한 온기가 손으로 전해졌다. 어떤 열정으로 부처가 되기 위해 애쓰다가 이렇게 볼품없는 부도탑의 주인으로 그는 남게 되었을까? 이제 그는 전생의 허울을 벗어버리고 내생의 삶을 살고 있을까? 아니면 윤회의 질곡에서 벗어나 해탈한 넋이 되어 푸르른 도솔천을 유영하고 있을까? 까닭 모를 적적함과 우수가 손등을 타고 올라왔다.

그때 갑자기 등 뒤에서 인기척이 들렸다. 부모 몰래 도색잡지를 보다가 들킨 소년처럼 나는 화들짝 놀라며 부도탑 머리에서 손을 떼고 고개를 돌렸다. 그곳에는 한 스님이 꼬부랑 주장자를 든 채 나를 노려보고 있었다. 첫 인상이 희다는 느낌을 주었는데, 외모만으로는 법랍을 짐작하기 어려운 인상이었다. 검버섯이 얼굴 곳곳에 잡혀 있었지만, 안광만은 형형하게 빛났다. 승복은 헐렁했는데, 팔이며 목 등 드러난 신체만으로도 깡마른 몸이 눈에 잡힐 듯했다. 하지만 노승에게는 육감으로만 느낄 수 있는 단단한 기운이 뿜어져 나왔다.

나는 얼른 합장을 하며 인사를 올렸다.

"죄송합니다. 워낙 부도탑이 오래돼 보여 한번 만져봤습니다."

나는 우물우물 사과와 변명을 늘어놓았다.

"처사님은 어디서 오신 게요?"

내 말은 귓전으로 흘린 듯 스님은 엉뚱한 질문을 던졌다.

"사진을 찍으러 왔습니다. 정말 경치가 아름답습니다."

"그래서 그 부도를 찍고 있는 게요? 절간에서 찍을 것이 더 많을 텐데."

노승은 핀잔인 듯 염려인 듯 알 수 없는 말투로 내 사진기를 주목했다.

"예. 다 찍었습니다. 혹시 특별한 유물이 있을까 싶어 발길을 옮긴 것입니다."

"글쎄. 이 부도탑이 있는 것을 아는 이도 거의 없는데. 그저 나나 알까. 저만치서 보니 이 샛길로 발길을 들이시기에 혹시나 싶어 좇아왔소. 아주 큰일 날 뻔했구려. 몇 발짝만 더 디뎠어도 처사님은 저세상 구경을 했을 게요."

이 말에 수풀 사이로 내려다보니 부도탑 끝은 말 그대로 아득한 벼랑이었다. 부도탑을 보지 못하고 계속 나갔다면 영락없이 실족하고 말았을 것이다. 등줄기로 소나기처럼 싸늘한 소름이 스치고 지나갔다. 흠칫 놀라며 재빨리 발을 뒤로 물렸다.

"아이고, 정말 큰일 날 뻔했습니다. 스님 덕분에 목숨을 건졌습니다."

노승은 가볍게 실소를 머금었다.

"사람 목숨이 그렇게 쉽게 끊기진 않으니 호들갑을 떨진 마소. 여하간 부도탑이 있어 처사님 발걸음을 멈추게 했다니, 처사님과 무슨 인연이 닿는 모양이구려."

인연이란 말에 나는 다시 부도탑에 시선을 보냈다. 팔각정자 지붕처럼 골이 패진 부도 머리가 할 말이 많다는 듯 땅을 바라보고 있었다.

"오래된 부도인 것 같습니다. 이렇게 이끼로 뒤덮인 부도는 처음 봅니다. 작기는 하지만…."

마지막 말은 공연히 덧붙였다고 후회하면서 말을 서둘러 마쳤다.

"모양새는 작으나 그 안에는 온 우주가 담겨 있다오."

스님은 선문답 같은 대꾸를 던지며 주장자 끝을 돌렸다.

"갑시다. 저녁 공양할 시간이 그럭저럭 되었구려."

호의를 거절하는 게 미안했지만, 이즈막에서 나는 절을 내려가야만 했다. 아직 해가 산자락에 걸리진 않았으니, 잘만 달리면 일정의 한 곳 정도는 더 해결할 만했다.

"스님. 고맙습니다만 저는 그만 내려가 봐야 합니다. 다른 절에도 들러 촬영을 해야 하거든요."

스님은 고개를 돌리더니 나를 아래위로 훑어나갔다. 내 대답이 영 탐탁찮다는 표정이었다.

"어느 절엘 또 가야 한다는 겐가? 수도에 정진할 야밤에 절 찾는 것도 실례라오."

"아니, 먼 곳은 아닙니다. 저 산 너머 화암사란 절이 있더군요. 그곳을 들를까 합니다."

그 말에 노승은 허리를 잡으며 껄껄 웃어댔다. 무안해진 나는 계면쩍게 말문을 닫았다.

"여보시오, 처사님. 그 절을 한 번 가보시긴 한 게요?"

"아니요. 초행길입니다."

"허허! 정녕 목숨이 한 개가 아니신 모양이구먼. 그 절까지는 길도 없어요. 아마 한 반 시간은 족히 길도 없는 계곡을 헤매야 할 게요. 요즘엔 철판으로 다리를 만들었다 합디다만 한 발 짝만 잘못 디뎌도 오도 가도 못하는 신세가 될 공산이 크지요. 지금 가면 헛걸음할 게 불 보듯 뻔해요. 괜한 객기 부리지 말고 오늘은 여기서 묵고 내일 새벽 걸음에 달려가 보시구려. 어른 말씀은 듣는 게 좋다우. 젊은이."

이리하여 나는 예상치도 못하게 태고사에서 하룻밤 묵게 되었다.

저녁 공양을 마친 뒤 스님의 배려로 요사채 방 한 칸을 얻어 여장을 풀었다. 절간 집 소식이란 말도 있듯이 식사를 마치자 이렇다 하게 할 일이 없었다. 사람들은 제각기 제 숙소로 들거나 법당 청소를 한다며 오갔지만, 내게 관심을 두는 이는 없었다. 절에 오르면서 만났던 여자는 공양 때도 눈에 띄지 않았다. 서둘러 하산한 게 분명했다.

책 몇 페이지를 뒤척이던 나는 그도 작파하고 가방에서 노트북을 꺼냈다. 오늘 촬영한 사진을 정리할 심산이었다. 성질이 급한 탓에 한 번 생심을 내면 가만히 두지 못하는 게 내 천성이었다. 무작정 디지털 카메라를 사고, 차를 몰아 전국의 산사를 헤맨 지도 어느 새 한 달여를 지나고 있었다. 그 수선을 떤 덕분에 사진에 담은 사찰 수가 시나브로 백여 군데를 넘어서게 되었다. 이렇게 많은 사진 자료가 필요한 것은 아닌데 뭐 하는 짓인가 싶었지만, 한 번 걸린 발동은 영 수그러들 줄 몰랐다. 방학이 되었는데도 하루가 멀다 하고 여장을 짊어지고 집을 나서는 나를 아내가 곱지 않게 보는 것은 당연한 일이었다.

아내는 내가 하는 일을 납득하지 못했다. 사진이 필요하면 남이 찍은 자료를 빌리거나, 정 여의치 못하면 사람을 보내 찍으면 된다고 생각했다. 왜 그 고생을 자초하는지 이해하려고 들지 않았다. 아내의 잔소리를 등에 진 채 그저 이 바람도 언젠간 잠들겠지 하는 마음으로 돌아다니는 판이었다. 어쩌면 이 고행을 감내하는 것은 집을 잠시라도 떠나 있으려는 핑계일지도 몰랐다.

항상 그렇지만 오늘도 계획만큼 성과를 거두지는 못했다. 앞 절에서는 욕만 먹고 발걸음을 돌렸고, 여기서는 아예 밤을 새게 되었다. 산사에서의 하룻밤도 좋은 경험이긴 하지만 일에 대한 갈증 때문인지 조바심만 일었다.

노트북을 닫은 나는 극락전 뜰로 나왔다. 벌써 보름인가 싶게 달이 밝았다. 하지만 달은 반달에서 배가 조금 더 나온 정도였다. 저 아래 사바세계의 불빛이 깜빡이며 명멸했지만, 이곳은 말 그대로 극락세계인 듯 적요寂寥의 품 안에 깃들어 있었다. 거대하고 어두운 바다 위의 한 점 등불처럼 태고사는 떠 있었다. 사진기를 들고 나올 걸 그랬다는 아쉬움을 접은 채 서성이다가 문득 저녁때 본 부도탑이 생각났다.

아마 옛날 이 절에 몸을 담았던 스님의 사리를 모셨을 것이다. 탑신이 초라한 것으로 보아 대단한 고승대덕은 아닌 듯했다. 문득 지리산 연곡사燕谷寺 언덕에 있던 부도탑이 떠올랐다. 장엄함이나 규모로 볼 때 이곳 부도탑은 견줄 바가 못 되었다. 세속에도 귀천의 차별이 있으니 선계도 어쩔 수 없는 것일까? 연곡사나 이곳이나 무명 승려의 부도탑임에는 같으니 결국은 양자 무상無常한 것은 피장파장이라고 해야 하나?

이러저런 상념에 젖어 뜰 앞을 서성이는데, 또 인기척이 들렸다.

"아직도 부도탑에 연연해 있는 게요? 젊은 양반이 고집은 어지간하구먼."

노승이었다. 주장자는 짚고 있었지만 승복 윗도리는 벗어서 하얀 러닝셔츠 차림이었다.

"참 달도 시원하고 바람도 밝구려. 이런 날 잠이 잘 오면 사람이 아니지."

역시 기묘한 말투였다. 이럴 땐 괜한 대답보다는 침묵이 무게가 나갔다. 나는 고개를 조금 숙이고 뒷짐을 진 채 발아래만 바라보았다.

"처사님, 바람 구경 달맞이도 슬카장 했으니 들어가 차나 한 잔 하는 게 어떻소?"

나는 노승의 손에 이끌려 승방으로 들어갔다.

방은 그리 정결한 편은 아니었다. 아니 오히려 어수선하다고 하는 편이 옳을 것이다. 책들은 두서없이 벽 한 켠에 쌓여 있었고, 횃대에는 몇 벌인지도 모를 승복 가사들이 무질서하게 걸려 제멋대로 춤을 추었다. 이부자리 옆에 다구茶具가 마련되어 있었는데, 청잣빛이 감도는 찻잔이 제법 고풍스러웠다. 이목을 끄는 것이 있다면 벽에 걸려 있는 액자였다. 액자에 걸린 것은, 산사라면 으레 있을 주련柱聯이나 경전 한 구절이 아니라 뜻밖에도 시조時調였다.

마음이 어린 後니 하는 일이 다 어리다

萬重雲山에 어느 님 오리오마는
지는 잎 부는 바람에 행여 그인가 하노라

　서경덕徐敬德이 남긴 시조라는 것은 어렵지 않게 알 수 있었다. 저 시조가 왜 이 스님의 방 벽을 차지하고 있는 것일까? 속인의 눈에는 보이지 않는 묘리妙理가 저 시조 속에 담겨 있는 것일까? 나는 잠시 의아한 눈길로 액자를 보았다.
　"처사님도 저 시조를 아시는 모양이구려?"
　내 눈길을 좇던 스님이 나를 앉히며 헛말인양 물었다.
　"예. 화담 선생의 시조지요."
　나는 엉거주춤 대답했다.
　"맞소. 화담, 그 양반 시조지."
　"불가에 몸을 담으셨는데, 유가의 문학에도 관심이 많은 모양이십니다."
　스님은 헛웃음을 날렸다.
　"헛헛! 부처님 손바닥 손금도 제대로 못 보는 놈이, 무슨 공자님 말씀까지 경청할 깜냥이나 되겠소. 그저 머리가 어지러울 때 저놈을 들여다보면 개운해져 붙잡아둔 게지. 한바탕 웃을 수가 있거든."
　시조를 쓰게 된 동기를 안다면 개운했던 머리도 어지러워지는 게 정상이었다. 그런데 개운해지다니, 스님의 말솜씨가 점입가경이었다.
　"그러시군요. 도학자의 흔들리는 마음을 드러낸 작품이라 구설수에 오른 것으로 아는데, 스님의 눈에는 다르게 보이나 봅니다."
　스님은 슬쩍 눈을 흘겼다.

"공부하시는 분이라더니, 역시 틀에서 못 벗어나시는구려. 쯧쯧!"

때 아닌 핀잔에 민망도 했지만 부아도 치밀었다. 틀에서 못 벗어나다니, 말이 좀 심했다.

"부끄럽습니다. 공부가 서투른 탓이지요."

스님의 입은 더 이상 열리지 않았다. 묵묵히 다기를 꺼내 물을 끓이고 찻잎을 모으고 거열去熱을 하는 등 분주하더니 김이 모락모락 오르는 노란 찻물이 담긴 청자 찻잔을 내밀었다. 은근하면서도 농밀한 맛이 담겨 있었다.

"차 맛이 남다릅니다. 이름이 무엇인가요?"

이 말에 스님은 또 얼굴을 찡그렸다.

"이름 따위가 뭐 중요하오. 보살님들이 가져오는 차를 이것저것 뒤섞은 것이라오. 그러니 차 맛도 남다르겠지."

이번엔 내가 어이가 없어 웃었다. 처음 느낀 그 기분은 아니었지만, 나는 차를 음미하며 가만히 목을 축였다. 그런 내 꼴을 지켜보던 스님이 뜬금없는 말을 던졌다.

"처사님은 지족이란 사람을 아시오?"

"예?"

"지족. 지족 선사 말이오."

나는 그가 어느 시대 승려였는지 헤아리느라 머리를 굴렸다. 백운이나 보우, 혜심, 경허 등등의 법명은 떠올랐지만 지족은 갑자기 떠오르지 않았다. 창졸간에 머리가 더욱 어수선해졌다.

"글쎄요. 귀에 낯선 이름입니다. 어느 때 분이신지요?"

"어허! 화담의 시조도 안다는 분이 지족을 몰라서야 어디 제대로 공부했다 하겠소. 황진이가 파계시켰다는 그 지족 선사를 모르시오?”

그제야 나는 그 이름의 정체가 떠올랐다. 조선 중종 때 천하에 이름을 떨쳤다던 명기名妓 황진이에 의해 30년 면벽 수양이 일거에 허물어졌다던 승려. 그 때문에 세상 사람들의 웃음거리가 되었고, 반면 교태에 흔들리지 않았던 화담의 덕행은 더욱 높아졌다던 일화의 주인공. 지금 스님은 바로 그 지족 선사를 입에 올리고 있는 것이었다.

“아! 그렇게 말씀하시니 누군 줄 알겠습니다만, 그렇게 본받을 스님은 아닌 듯합니다. 황진이의 교태에 넘어가 파계하고 말지 않았습니까?”

역시 뒷말은 괜한 사족이었다고 후회했지만 이미 말은 혓바닥을 벗어난 후였다.

이 말에 스님은 술을 마시는 듯 단숨에 찻잔을 꺾었다. 불거진 목젖이 꿈틀거리면서 찻물 넘어가는 모습이 선연하게 잡혔다.

“세상 사람들은 다 그렇게들 알고 있지.”

스님의 말투가 이제는 대강이나마 귀에 익었기에 나는 바로 질문을 던졌다.

“그러면 사실이 아니란 말씀입니까? 저도 한때는 좀 의심을 했습니다. 아무래도 불교 폄하의 흔적이 아닌가 하구요. 30년 면벽이 애들 장난도 아닌데, 그런 분이 설마 기생의 교태 한 바탕에 파계를 했겠습니까. 외려 유가의 화담이 동침을 했다면 이상할 게 없지만요. 선비와 기생 간의 춘사春事야 어디 허물될 게 있겠습니까.”

나는 내 생각을 주섬주섬 늘어놓았다. 이제야 이 노승의 비위를 맞추는가보다 속으로 흥겨움을 샘솟았다. 그러나 돌아온 것은 채찍이었다.

“허허! 말귀하고는. 세상 사람이 다 그렇게 말하면 사실인 게지. 중구삭금衆口鑠金이라오. 공연한 말이 500년 동안 탈 없이 전해질 리 있겠소.”

나는 어안이 벙벙해지고 어이가 없어졌다. 무슨 장단이 이렇게 변화가 심한지, 노승의 노골적인 엇박자에 차츰 배알이 뒤틀리는 조짐이 느껴졌다.

“아니, 그럼 무어란 말씀이신지요. 지족 선사가 진짜 황진이와 동침했고, 파계를 했다는 말씀이십니까?”

“그렇다네. 엄연한 사실이지.”

가슴께부터 목구멍까지 김새는 소리가 귓전을 때렸다. 무슨 대단한 비화를 듣는 줄 알았더니, 고작 사실 확인이라니. 나 역시 찻잔을 말끔히 비웠다. 그만 자리를 일어날 시간이 된 듯 여겨졌다.

“허허! 처사님 골이 나신 모양이로군. 내가 너무 능을 쳤나?”

내 눈치를 살피던 스님이 은근슬쩍 베개를 치면서 입을 열었다.

“무슨요. 다만 새로운 소식이 있나 싶어 호기심이 일었을 뿐입니다.”

그러자 스님은 밀담이라도 나누려는 듯 몸을 앞으로 내밀더니 귓속말처럼 소곤거렸다.

“새로운 소식이야 있지요. 어디 들어보시려오?”

“무슨?”

나도 덩달아 몸을 숙였다.

“저녁 때 본 그 부도 있지 않소?”

“예. 있지요.”

“그 부도 주인이 누군지 아시오?”

“글쎄요? ……그럼 혹시 바로 지족 선사의 부도입니까?”

스님은 무릎을 탁 쳤다.

“역시 공부하시는 분이라 짐작이 다르시구먼. 그 빌어먹을 지족 선사의 부도가 바로 저것이라오.”

“아니, 지족 선사는 개성에 계셨던 분으로 알고 있는데, 어떻게 천 리나 떨어진 금산 땅에 와 부도를 세웠단 밀입니까?”

“그러니 새로운 소식이랄 수밖에. 기이한 후일담이 있소이다. 내 말을 잘 들어보시구려.”

그렇게 해서 나는 한 노승의 입을 통해 지족 선사가 어쩌다가 금산 대둔산 산자락 태고사의 한 귀퉁이에 박힌 못난 부도탑의 주인이 되었는지 경위를 듣게 되었다.

　황해도 개성開城은 고려 왕조의 도읍지다. 오백 년 왕업이 목적牧笛에 부쳐지고 석양에 지나는 객이 눈물겨워 한 지도 어언 200여 년이 지날 무렵, 개성(물론 이때까지도 여전히 개성은 송도松都로 불리면서 도읍으로서의 위신을 지키고 있었다.)은 옛 고구려의 도읍지 평양성 같지는 않겠지만 예전의 부귀영화며 흥망성쇠는 역사 속에 갈무리 해둔 채 그저 평범한 한촌寒村으로 세월 위를 떠다니고 있었다. 잡초 속에서 유적지들은 하나둘씩 흙으로 돌아갔다. 충신의 선혈이 서린 선죽교善竹橋는 조선 왕실의 기이한 장려 속에 모습이 당당하긴 했지만, 그 충신이 조선 군신君臣의 철퇴를 맞고 죽어갔다는 사실을 입으로 말하는 자는 아무도 없었다. 태평성대에 난세의 충신을 거론하는 것 자체가 역모의 검은 마음을 드러내는 것이리라.

　선죽교 냇물을 따라 거슬러 올라가면 망월대望月臺로 이름나 있는 아호비령 산맥의 끝자락이 이어진다. 이 일대에는 제법 산세가 예사롭지 않은 고봉준령들이 적지 않게 흩어져 있다. 묘지산을 비롯해 천마산, 제석산, 월암산 등이 어깨를 겨루며 이어지는데, 금강산이나 설악산 같은 명산도 아닌데 무에 볼 게 있나 싶겠지만, 막상 마주하고 보면 그 기상이 예사롭지 않다.

그 가운데 묘지산은 가장 높기도 하려니와 송이버섯이나 산삼과 같은 값비싼 임산물이 풍부해서 사람들의 발길이 끊이지 않는다. 묘지산과 성거산, 천마산 골짜기를 타고 내려오는 오조천과 서문천 또한 수량이 풍부한 데다 물이 한여름에도 얼음장처럼 차고 맑아서 한가한 피서객들의 마음을 사로잡는다. 이곳을 일러 사람들은 대흥동大興洞이라 부른다. 바로 그 골짜기를 타고 올라가다 보면 미인의 가는 허리처럼 잘록 패인 한 줄기 단애가 나타나는데, 이곳으로 골짜기의 물이 모였다가 낙하하니 그 유명한 박연폭포朴淵瀑布이다.

스무 길이 넘는 청천靑天에서 포말을 날리며 부서지는 모습을 보노라면 이태백이 여산폭포를 보고 노래했다는 비류직하삼천척飛流直下三千尺이 어찌 중원폭포의 장관에만 국한될까 절로 탄식이 나온다. 금강산의 구룡폭포, 설악산의 대승폭포와 함께 조선의 3대 명폭으로 손꼽히는 것도 호사가의 입방아만은 아닐 것은 가서 본 사람이면 다 수긍할 일이다.

박연폭포는 위와 아래에 모두 널찍한 연못이 있는 것으로도 유명하다. 폭포 위에는 너럭바위가 바가지 모양으로 패여 이루어진 박연이라는 연못이 있다. 또 밑으로는 떨어지는 폭포수에 밀려 파인 고모담姑母潭이 있는데, 고모담 기슭에는 물에 잠겨 윗부분만 보이는 용바위가 있다. 윗녘의 박연보다 아랫녘의 고모담이 더 넓고 깊으리란 것은 쉽게 짐작할 일이다.

이런 절경에 정자가 없다면 말이 되지 않는다. 고모담의 서쪽 기슭에 범사정泛斯亭이 푸른 심연을 내려다보며 발꿈치를 접고 있다. 때마다 선비들이 모여 시조창이며 한시로 수작하는 모습도 그리 낯선 일은 아니다. 고모담에서 흘러나오는 물은 범사정이 올라타고 있는 바위 아래를 감돌아 흐르다가 오조천을 따라 도화유수묘연거桃花流水杳然去 아득히 서해를 향해 사라진다.

폭포 주변에는 병풍을 두른 듯한 험준한 봉우리들이 호위군사라도 되는 양 줄을 이어 번져나간다. 청량봉과 이달봉이 그것이다. 이 산령들을 타고 30여 리에 달하는 대흥산성이 똬리를 틀고 있는데, 북문이 박연폭포에서 그리 멀지 않다. 그리고 이곳에서 두어 마장 떨어진 곳에 아담한 절 한 채가 절승을 놓치기 싫어 머뭇거리는 탐승객探勝客처럼 주저앉아 있다. 이름하여 문길사聞吉寺이다.

문길사는 고려 왕조의 고도古都에 세워진 절로 한때 꽤 번창한 사찰이었다. 그러나 조선조에 들어서면서 차츰 갈려나가 규모는 그럴 듯해도 찾는 이는 거의 없었다. 절이라면 그저 술 마시고 놀기 좋은 장소고, 중이라면 결신난륜潔身亂倫이나 일삼는 고약한 패거리로 취급하는 때였으니 행세하기도 어려웠지만, 절승을 끼고 있어도 도중에 꽤 고약한 봉우리가 가로막고 있어 자연 행려객의 발길도 뜸해진 탓이었다. 세 칸 남짓 되는 대웅전과 오른편에 그만한 나한전羅漢殿, 왼편에 승방으로 쓰는 초가집이 나지막하게 누워 있었다. 언덕 위에 손바닥 만하게 세워진 산신각山神閣은 언젠가 호환虎患으로 손자를 잃은 노인 양주가 시주한 돈으로 세운 것이었다. 게서 좀 더 올라가면 명부전冥府殿이 나왔다. 다시 좁은 골짝을 거슬러 올라가면 크고 작은 바위로 엉거주춤 엮어진 석굴이 있었다.

사람은 별반 찾지 않음에도 무슨 사연이 있는지 절 주변은 단풍나무로 뒤덮여 있었다. 몇 걸음 벗어나면 잡목들로 어수선한 것으로 볼 때 누군가 일부러 심은 것임을 알 수 있었다. 가을이 되면 절은 온통 붉은 단풍들로 덮여버렸다.

일주문이 있어야 할 절 어귀에는 윗부분은 아예 잘려나간 반쪽짜리 돌탑이 아무렇게나 뒹굴고 있었다. 마치 돌탑을 받들 듯 주위에는 채마밭 한 뙈기가 얼굴을 빠끔히 드러내고 있었다. 지금 채마밭에서는 승려 둘이 구슬땀을 방울방울 흘려가면서 푸성귀를 따고 있는 중이었다. 이들이 이 절을 지키는 신장이자 사천왕이었다. 챙이 낡은 밀짚모자를 쓰고 있는 데다 머리카락도 없어 분간이 잘 서진 않았지만 한 사람은 초로의 나이로 접어드는 품새고, 한 사람은 혈기가 방장한 젊은 중임이 분명했다.

"스님. 나 왔소."

정적을 깨고 어디선가 들려오는 나직한 소리에 두 사람은 굽혔던 허리를 폈다. 그 소리에는 귀를 즐겁게 하는 윤기와 애교가 어우러져 있었지만 완숙함도 묻어났다. 얕은 재 너머에서 성기성기 걸어오는 한 여인네의 모습이 눈에 잡혔다.

"저것이 논다니 짓을 그만두더니 아예 절간 부엌데기로 나서려나. 하루가 멀다 하고 찾아오는구나."

초로의 중이 이마에 서린 땀을 훔치더니 이 빠진 호미를 신 바닥에

툭툭 치며 흙을 떨어냈다. 옆 고랑에서 허리를 편 젊은 중 또한 흘낏 재 너머 쪽을 바라보더니 이내 고개를 숙였다. 그런 젊은 중의 등짝을 물끄러미 내려다보던 초로승初老僧은 헛웃음을 날리며 밭두렁으로 걸음을 옮겼다.

"이만하면 하루 끼니 먹을 만큼 품은 들인 것 같구나. 그만 일어나자. 아마 저년이 우릴 그냥 밭이나 파게 놔두지도 않을 게다."

초로승은 물들인 먹물도 반이나 빠진 모시 적삼을 윗몸에 걸치면서 바지런을 떠는 젊은 중을 일깨웠다. 그제야 그도 마지못한 듯 자리를 떨고 일어났다.

"스승님. 저는 먼저 들어가 손님 맞을 준비를 하겠습니다. 천천히 오십시오."

이 말에 초로승은 다시 헛웃음을 날렸다.

"무슨 얼어 죽을 손님맞이라더냐. 기생이나 중놈이나 팔천(八賤, 조선시대에 사천私賤에 속하던 사노비私奴婢와 중, 백정, 무당, 광대, 상여꾼, 기생, 공장工匠의 여덟 천민)에 들기는 마찬가진 것을. 벌써 절밥 먹은 지도 여러 핸데, 그렇게 낯가림이 심해서야 어디 제대로 중노릇하겠느냐. 중노름도 반은 광대 노름이야."

끌끌 혀를 차는 초로승의 꾸지람을 등에 받으면서 젊은 중은 묵묵히 돌탑을 지나 제 길을 가버렸다.

그럴 즈음 기생인지 논다닌지로 불린 아낙이 초로승의 옆구리까지 다가왔다.

"저 스님은 어찌 나만 보면 피한데요? 세상 눈칫밥 먹고 살긴 매일반인 것을."

그녀는 눈꼬리를 밉지 않게 올리며 멀어져가는 젊은 중의 뒷태를 쫓았다.

"놔둬라. 뭔가 터지기 직전이면 다 그렇단다. 세상사가 다 심상찮게 여겨지는 게지. 그래 뭘 싸왔누?"

초로승은 아낙의 눈길을 가리면서 한 손에 들고 있는 망태기를 쓸어보았다. 모양새가 아낙의 손에 들기에 어울리진 않았지만, 이고 들며 옮기기 좋은 도구로는 그만한 게 없었다.

"전을 좀 부쳐왔습니다. 허기질 때 주전부리나 하라고요. 어서 들어갑시다. 이 더위에 그예 음식 쉬겠소."

"어허! 귀가길 재촉하는 마누라처럼 구는구먼."

아낙이 떠미는 재촉이 싫지만은 않은 듯 초로승은 엉거주춤 발걸음을 내디뎠다. 그러더니 갑자기 몸을 홱 돌리는데, 지레 놀란 아낙이 화들짝 뒷걸음질을 쳤다.

"아니, 왜 이러십니까. 간 떨어지겠네."

아낙이 암상궂은 말투로 대꾸했다.

"이년아. 기왕 찾는 길이라면 탁주일망정 한 사발 퍼오면 어디 덧나기라도 한다는 게냐? 아무리 기방 문을 닫았다지만 한때 술집이었던 곳에 술 없단 소린 못할 테고."

"어허! 스님. 30년 면벽해서 반 부처 되었다는 소문이 고을마다 파다한데, 어찌 그런 말씀을 하십니까. 벼락 맞지요."

"벼락을 맞을 때 맞더라도 탁배기 한 사발이 그리운 것이야 또 어쩌겠느냐. 밋밋한 냉수 사발도 하루 이틀이지. 목구멍이 영 컬컬하구나. 더구나 네 몸엔 온통 술지게미 냄새뿐이니, 아무래도 네가 날 시험하려고 부처님이 보낸 마군魔軍이 아닌가 싶어.”

아낙이 어이가 없다는 듯 고개를 돌렸다가 다시 방실 웃으며 대거리
했다.

“제대로 보셨소. 내 다음에 올 땐 아예 사타구니에 술을 담아 오리
다. 그땐 몸 사리지 말고 흠뻑 취하셔야 합니다.”

우스개 반 진담 반을 눙치며 오자니 어느새 승방 앞까지 이르렀다.
쪽마당을 가리기 위해 세운 사립짝(나뭇가지를 엮어서 만든 문짝. 사립문
의 문짝)을 밀치자 먼저 갔던 젊은 중이 정재(淨財, 불교에서 부엌을 달리
부르는 말)에서 머리를 내밀었다. 아낙이 짐짓 합장을 하자 중도 겸연쩍
게 답례를 했다.

“성질 고약한 어른 모시느라 힘드시겠소. 나와 참 좀 드시오.”

“성질이 고약하다니, 정말 성질 고약한 것은 바로 도철(饕餮, 탐욕이
많고 사람을 잡아먹는다는 상상 속의 흉악한 짐승)이렸다. 왜 애꿎은 나를
옭아매느냐?”

그러자 바로 아낙이 혀를 찼다.

“허참. 큰스님은 멀쩡한 법명法名 도천道泉은 어디다 던져두고 자꾸
도철이라 부르시오. 젊은 스님께서 어디 기가 죽어 득도하시겠습니까?
열반부터 하시지…”

“네가 참 잔망스럽구나. 이놈은 욕심이 너무 많아. 깨달으려면 마음
을 비워야하는데, 온통 오도에 대한 욕심으로 배가 불뚝해. 음식 탐하
는 것만 도철이 아니야. 도를 탐하는 것도 도철이지.”

“스님도 시샘은. 게으른 스님이야 30년 면벽하고서야 겨우 득도하셨
지만, 저분은 욕심도 많은 데다 부지런하니 세 해를 넘기지 않고 득도

하실 겁니다. 내 장담할 테니 그리 윽박지르지 마세요.”

그러자 초로승의 표정이 갑자기 험하게 변했다.

“어허! 기생 년이 오지랖은 넓어서, 이젠 중놈도 서방으로 둘 셈이
냐. 웬 두둔이야!”

이 말에 아낙의 얼굴이 화끈 달아올랐다.

“어머나! 스님 너무 그러지 마세요. 이년이 비록 노류장화의 땟물을
씻은 듯 털어내진 못했으나, 일구월심 오직 세간 먼지 닦아내는 정성으
로 후미진 연사蓮社를 찾아오는 거 아니겠습니까? 이년의 정성을 너무
값싸게 보시지 마세요.”

아낙이 새침하게 팩 돌아섰다. 초로승이 적잖이 당황한 듯 어르기
시작했다.

“아이쿠! 우리 보살님 비위를 내가 건드린 게로군. 이렇게 매일매일
반승飯僧을 하시니 머지않아 보현보살이 되실 게야. 어디 오른손 좀 봅
시다. 여의如意를 들고 계신가 보게.”

스님의 넉살에 새치름하던 아낙도 슬머시 웃음을 지었다.

“땡중 눈에 보이면 그게 어디 여의주겠나요. 아니, 이 스님은 또 어
디 가셨나?”

그 와중에 도천이라 불렸던 젊은 중은 자취를 감추어버렸다.

“두게나. 명부전 지장보살님께라도 간 모양이지.”

절간 앞에 버려두고 간 댕기머리 꼬마를 데리고 기른 것이 벌써 십수
년 전의 일이었다. 눈물 고인 두 눈을 껌뻑이면서 그렇게 그는 절문 앞
에 서 있었다. 물어보니 부모는 역질에 다 죽고 친척들도 자기를 건사
하기 힘들어지자 절간에 몰래 팽개치고는 가버렸다고 했다. 사람 구실

하기 어려워 중 된 이가 한둘이 아닌 세상이었지만, 까만 눈망울 속에 어른거리는 눈물을 보자니 절로 한숨이 나왔다. 그래서 시봉으로 삼아 기른 아이가 바로 도천이었다. 부모의 끔찍한 죽음을 목격한 것이 어린 마음에도 애달팠는지 예불 때마다 대웅전에 모신 부처님보다 먼저 달려가는 곳이 지장보살 앞이었다. 한 번은 이런 질문을 던졌다.

"스승님. 얼마나 예불을 드려야 부모님이 극락왕생하실까요?"

타박을 줄까 하다가 그래도 부모를 섬기는 마음이 기특해 좋게 타일렀다.

"절이란 게 부모님 천도를 위해 하는 게 아니란다. 제 업장業障을 무너뜨리려고 하는 게지. 허나 네 업장이 무거워 조실부모했는지도 모를 일이니, 지극정성으로 예불을 드리면 자연 업장도 소멸되고, 부모님께서도 왕생하실 게다."

위로삼아 한 말인 것을 조금치도 의심 않고 도천은 밤이나 낮이나 제 부모 뵙듯이 지장보살께 절을 했다. 그리고 그러던 것이 이젠 아예 습성이 되어버렸다. 착한 사람이 한번 욕심을 부리면 더 무섭다더니, 부모님 천도든 득도든 목적에만 매달리는 그를 보면서 은근히 걱정이 이는 것도 어제 오늘의 일이 아니었다.

"수행하는 품새가 여간이 아닙니다. 스님."

아낙은 부러운 눈빛으로 멀리 산기슭을 올려다보았다. 그러나 초로승의 대꾸는 달랐다.

"어허! 그것도 욕심인 것을…."

초로승의 손에서는 굵은 염주알이 쉴 새 없이 움직였다.

성은 황씨黃氏이고 이름은 진이眞伊며, 기명은 명월明月이었던 황진이를 모르는 사람은 거의 없을 것이다. 언제 태어나 죽었는지 알 수는 없지만 여러 정황으로 볼 때 중종 말엽(1506~1544)쯤 태어나 명종조(1546~1564) 때 주로 활동했던 것으로 추측된다. 교태로서 유혹하려다가 실패하고 그의 제자가 되었다는 화담花潭 서경덕(1489~1546)과의 일화가 화담의 노년기 때 있었던 것이라면 1540년대 전후였을 것이고, 이때가 황진이의 전성기였다면 20대 초엽일 것이니, 이로 미루어볼 때 대략 1520년 어름에 출생했을 가능성이 높다고 하겠다.

그러면 죽은 연도는 언제일까? 대개 기생의 수명은 길지 않았다. 아무래도 화류계 생활을 했을 테니 이런 저런 질병이 없을 수 없었을 것이고, 음주가무로 심신을 다그쳤을 터이니 여러 모로 장수할 팔자가 되기는 어려웠을 것이다. 그녀가 죽은 연대를 짐작할 수 있는 단서라면 동시대의 대시인인 백호白湖 임제(林悌, 1549~1587)와 얽혔던 염문을 들수 있다. 사실 염문이랄 것도 없는 소동이었다. 그가 북방의 어느 고을의 미관말직을 얻어 부임하던 도중 송도를 지나다가 황진이의 무덤 앞에서 지어 불렀다는 시조는 지금도 우리의 심금을 울린다.

청초青草 우거진 골에 자는가 누웠는가
홍안紅顔은 어디 두고 백골白骨만 묻혔나니
잔盞 잡아 권할 이 없으니 그를 슬퍼하노라.

이 시조를 지었을 때가 황진이가 죽은 지 얼마 지나지 않았을 때라고한다. 그가 실제로 북방의 관직에 부임한 일이 사실인지는 불분명하지만, 그랬다면 아마도 30대 중반 무렵일 것이니, 그렇다면 1570년대 후반이나 80년대 초반 무렵이 될 터이다. 이런 추측이 사실에 부합한다면황진이는 1520년 무렵에 태어나 적어도 1570년대까지 오십여 세를 살다간 것이 아닐까 추단해볼 수 있다. 생각보다는 긴 일생이었다.*

*사족을 조금 달아야겠다. 두 개의 에피소드를 근거로 이렇게 황진이의 출몰연도를 예측했지만 왠지 너무 수명이 길지 않았나 하는 의구심을 버릴 수 없다. 황진이가 요절은 아니더라도 나이 쉰이 되도록 살았다는 것은 잘 납득이 안 가기 때문이다. 개인적으로 나는 그녀가 마흔을 갓 넘겼거나 그 이전에 죽었을 것으로 믿고 싶다. 그러나이런 희망은 두 개의 에피소드 때문에 여지없이 무너진다. 그래서 나는 조금 대담하게 생각하여 둘 중 하나의 에피소드는 후대에 꾸며낸 이야기가 아닐까 상상해본다. 그러면 어느 쪽일까? 단연 서경덕 일화다.
이 에피소드는 구성이 잘 짜여져 있는 것처럼 보이지만 사실은 서경덕의 덕행을 미

화하는 이야기 이상이 아니다. 황진이는 그저 소품에 지나지 않는다. 서경덕의 대단한 인품이 확 두드러지니 사대부들에게는 매력적인 일화이지만, 내용은 상투적이고 경직되어 있다. 때문에 나는 황진이의 출생연도가 10년 정도 더 나중이었다고 조심스럽게 추측해본다. 어차피 누가 진실을 알겠는가. 단지 그것이 더 황진이의 본질에 가깝다면 그렇게 생각하는 것도 나쁘지 않을 것이다.

당시의 풍류한량들과 갖은 염문을 다 뿌리던 황진이의 삶을 한마디로 어떻다 말할 수는 없다. 기생이란 직업이 겉으로야 화려해서 선망의 대상일지 모르지만 누구에게도 정을 주지 못하고 만남과 이별을 천형처럼 겪어야 하는 처지니, 빛 좋은 개살구일 수도 있다. 더구나 황진이처럼 시재詩才와 화용花容으로 일세를 쩌렁쩌렁 울린 여자였다면 더욱 그 어두운 구석은 참담하지 않았을까?

이쯤에서 우리는 그녀가 화려하게 자신의 청춘을 꽃피우던 시절의 이야기는 접어두고 그녀의 말년에 대해 살펴보기로 하자. 그녀가 잘 나가던 시절이야 이미 이래저래 다 아는 일들이니 부연하면 수다밖에 되질 않을 것이다. 그러나 그녀의 말년이라면 상황이 좀 달라진다. 우리는 그녀의 후반 생애에 대해 거의 알지 못한다. 하긴 관심도 없고, 자료나 떠도는 이야기조차 없으니 알고 싶다 한들 무슨 재주로 알아내겠는가. 청춘 시절의 어느 님을 그리워하다 불귀의 객이 되었는지 알 수 없지만, 왠지 그녀의 최후가 그렇게 아름답지 않았으리라는 불길한 예감이 드는 것은 꼭 몇몇 사람만의 기우는 아닐 것이다. 그러니 성큼 상상의 나래를 좀 넓고 높게 펼쳐보는 것도 나쁘지 않겠다. 붕새가 한 번 뜨면 천하를 다 덮었다지만, 상상조想像鳥가 한 번 날갯짓을 하면 우주를 품에 안으니, 얼마든지 황진이의 말년 삶을 되새겨볼 수 있을 것이다.

황진이는 청춘의 뜨거운 열정이 식어갈 무렵인 30대로 접어들면서 창기 생활을 거둬들이고 여염의 삶을 시작했다. 그렇다고 해서 그녀가 시집이라도 가 남의 집 정실부인이나, 하다못해 첩살이라도 했는가 하면 그것은 아니다. 어린 시절 연모의 정을 걷잡지 못해 죽어버린 한 청년의 열정과 번뇌를 고스란히 안고 살았던 그녀가 새삼 무슨 열이 뻗쳐 혼인을 했겠는가? 그녀가 자신의 속치마를 내놓았을 때 벌써 그 청년과 가뭇없는 혼약의 예를 치룬 것이나 진배없지 않겠는가? 아무리 유명幽明의 처지가 다르다지만 한 번 지아비로 섬길 마음을 먹었는데 말년에 재혼이라니 당치 않은 일이겠다.

요란했던 기류 생활과는 달리 황진이는 이렇다 할 재산을 모으지는 못했다. 이미 한 발짝은 저승의 문턱에 드리운 그녀였으니 이생의 재물에 무슨 미련이 있었겠는가. 어려운 사람을 만나면 인심 좋게 곳간庫間 문을 잘 열던 성정 때문에 고쟁이에서 바람 빠지듯 그저 적수공권赤手空拳의 삶이었다. 그래도 침모針母의 손길이 매서워 모아둔 재산이 영 없지는 않아 기방으로 쓰던 기와집 한 채와 열 마지기를 조금 넘는 논밭이며, 노비도 몇 딸려 있어 풍족하지는 않더라도 그런대로 말년을 남에게 손 안 벌리고 지낼 만한 푼수는 되었다.

원래 자발없이 나도는 성격은 아니었으니 집에서 한갓지게 사는 것에 몸살을 낼 정도는 아니었지만, 그래도 전력이 기생인지라 갑갑증이 일지 않는 것도 이상한 일이었다. 그래서 황진이는 소일 삼아 가까운 산사를 찾는 것을 낙으로 삼게 되었다.

불심으로 나라를 지킨 고려 왕조의 도읍인지라 송도 인근에는 크고 작은 절이 적지 않았다. 왕륜사王輪寺를 위시해 석방사石房寺, 연복사演福

寺 등등이 다들 위용을 자랑했지만, 진이의 발길은 그런 대찰로 옮겨지지 않았다. 남의 이목을 두려워한 탓이라기보다는 얼굴만 봐도 누군지 다 아는 처지인지라 새삼 눈총을 받기 거북한 까닭이었다. 그녀 때문에 속 끓인 여인네가 송도 바닥에는 한둘이 아니었다. 그래 침모에게 수소문해서 알아본 절이 문길사였다. 규모도 옹색하지 않았고, 무엇보다 꽤 가파른 재를 넘어 있는 사찰이라 인적이 뜸한 장점이 있었다. 여느 절 같았으면 재물을 내어 길을 닦는다 통문을 돌린다 하며 너스레를 떨었겠지만, 이 절 사주로 있는 지족知足은 사람 발길을 딱 싫어했다. 사람을 피한다는 속셈이 서로 맞았고, 오랜 세월 수양하며 두문불출하여 문사文辭에 능하다는 소문도 있어 그녀가 찾기 그만인 곳이었다.

이러구러 몇 번 찾아가던 차에 그만 하루가 멀다 하고 얼굴을 디밀지 않으면 좀이 쑤실 지경이 되었다. 더구나 지족 선사는 괴팍하다는 소문과는 달리 활수 좋고 마음에 꼬인 것이 없는 노인네였다. 또 절이 무슨 연유에서인지 음지쪽에 자리하고 있어 음침하면서도 고즈넉하여 젊은 날의 상념을 잠재우고 시심詩心을 일깨우기에도 좋았다. 지족 역시 시승詩僧은 아니었지만, 황진이의 노랫가락에 운을 맞추며 흥을 돋울 줄 알았다. 진작 만나지 못한 것을 한스러워 하는 진이였으니 발걸음이 잦아진 것은 당연한 귀결일 것이다.

한 번은 만월대를 지나 절로 넘어오면서 7언 율시 한 수를 읊었는데, 시창을 듣던 지족이 운에 따라 화답한 일도 있었다.

옛 절은 말이 없이 봇도랑 곁에 쓸쓸하고
높은 나무에 걸린 저녁 해가 더욱 서럽구나.

태평세월은 스러지고 스님 꿈만 남았는데
영화롭던 그 시절이 탑머리에 부서졌네.
누런 봉황새는 어디 가고 참새들만 오락가락
진달래 핀 성터에는 소와 양이 풀을 뜯네.
송악산 헌사롭던 옛 모습을 생각노라니
봄이 이리 소슬할 줄 그 누가 알았으리오.

古寺蕭然傍御溝　夕陽喬木使人愁
煙霞零落殘僧夢　歲月崢嶸破塔頭
黃鳳羽歸飛鳥雀　杜鵑花發牧羊牛
神崧憶得繁華日　豈意如今春似秋

〈만월대회고滿月臺懷古〉란 제목으로 전해지는 이 시를 지은 계기가
이러했던 것이다. 지족이 답한 한시는 세월의 바람 속에 뜬구름처럼 흩
어져버렸는데, 절간 구석을 굴러다니던 것을 어렵게 찾을 수 있었다.

청산은 짙푸르고 긴 냇물을 품었는데
절간의 독경 소리는 사람의 근심을 잊었네.
봉우리 위로 떠도는 구름은 중의 마음을 일깨우고
골짜기 사이 개울물 소리는 치맛자락에 잠겼구나.
참새 떼 시끄러워도 숲은 머물 만하고
사람 자취 쓸쓸하니 송아지를 풀어놓았네.
입으로 지난 세상 말하여 속 태우지 말거라

올해 봄도 이렇거니 어느새 가을 되리라.

青山蒼蒼懷長溝　蓮社讀經忘人愁
峰巒行雲打僧心　谷中溪聲沒裳頭
鳥雀喧喧林可棲　人馬蕭蕭放犢牛
口嚼前世莫傷腸　今春如斯不覺秋

기생의 울적한 심사를 위로하려는 마음이 잘 담겨져 있는 시라 하면 너무 출세간의 경지를 비하하는 객담이 될까? 두 사람은 기분 내키는 대로 서로 시를 짓고 싱거운 농담으로 소일하면서 하릴없는 마음을 쓸어내렸던 것이다.

언젠가 절간을 두르고 있는 단풍나무 숲을 두고 진이가 타박을 늘어놓았다.

"스님은 대웅전 단청도 바래지도록 내버려두시면서 어찌 절간은 온통 붉은색으로 단청을 올리셨습니까?"

"게 무슨 소리냐?"

『능엄경』 한 구절을 홍얼거리던 지족이 눈을 게슴츠레 뜨며 흘겨보았다.

"들으니 이 절 단풍나무는 스님이 오셔서 다 심으셨다 하더군요. 단청을 올리는 것이야 부처님의 장엄을 빛내기 위해서니 아름다운 일이라 하겠습니다. 그런데 절을 온통 가을 핏빛으로 물들이시니, 이는 누구의 장엄을 빛내기 위해서입니까? 부처님 섬기시는 분이 한사閑事에 눈을 파시니 절조가 부족한 처사가 아닐까요? 또 농염하기도 하구요."

　제법 논리를 들이대며 따지자 지족은 몸을 추스르며 황진이를 마주했다.

　"어허, 명월이야말로 곧 개오하겠는 걸. 이 노승의 마음을 부끄럽게 하는구나. 그러나 마음이야 항상 재처럼 차갑게 둔다고 해도 안복眼福까지 버려서야 어디 사람 구실을 하겠느냐? 단청이야 사람 손을 타야 하니 일일이 건사하기가 번거롭지만, 자연의 단청이야 한 번 심으면 제 알아서 해마다 붉게 물드니 그 아니 부처님의 가피력이 아니겠느냐. 가을마다 화로처럼 불타는 단풍을 보는 맛에 나는 사느니라. 아궁이도 불을 지펴야 제 구실을 하는 것이지, 화마가 두려워 매냥 차게 둔다면 그게 어디 아궁이겠느냐."

　지족은 시치미를 떼며 둘러말했다. 그러자 황진이도 지지 않고 토를 달았다.

　"제가 요즘 무료해서 혜심 스님의 『선문염송』을 읽고 있지요."

　다시 지족이 삐쭉 눈을 떴다.

　"우리 송도 장안에 불제자 한 사람이 는 줄 알았는데, 부처님 한 분이 늘었구나. 가야금 장단에 『염송집』 글발이 휘날리면 그야말로 금상첨화겠다."

　"놀리지 마시와요."

　진이가 금새 토라지자 지족의 입심도 누그러졌다.

　"알겠다. 우리 명월보살님. 그래 무슨 구절이 와 닿았던고?"

　"끝 장을 펼치니 어느 스님을 섬기던 보살 이야기가 나오더군요. 아시지요?"

　지족이 제법이라는 듯 진이를 쳐다보았다.

"그래. 파자고목婆子枯木 설화가 아니더냐?"

혹시나 그 내용을 알지 못하는 분을 위해 사연을 덧붙이자면 이렇다.

옛날에 한 노파가 암주庵主 한 분을 모시고 무려 20년 동안 공양하였다. 공양할 때면 항상 딸아이를 보내 시중을 들게 했는데, 하루는 딸에게 암주를 꼭 껴안게 하고는 이렇게 묻도록 시켰다.

"이럴 때는 어떻습니까?"

그랬더니 암주가 말했다.

"마른 나무가 찬 바위에 기대니, 한겨울에도 따뜻한 기운이 없구나."

딸이 돌아와 이 말을 전하니, 노파가 발끈 화를 내면서 말했다.

"내가 20년 동안 겨우 속한俗漢에게 공양을 바쳤구나."

그리고는 벌떡 일어나 암자를 불태워 버렸다.

속인의 눈에 그릇된 것은 암주가 아니라 노파인데, 오히려 속한이라 꾸짖고는 암자까지 불태워버렸으니, 역시 화두는 화두다. 사람 구실도 못한 자가 어찌 발심하여 부처가 되겠는가.

"그러니 스님은 위선이 심하지 않습니까? 겉으로는 아닌 척하면서 속으로는 호사를 즐기신다면 어찌 수행자라 하겠습니까?"

"허허! 어째 내가 위선자란 말이냐? 내가 언제 속만 즐겼느냐, 겉도 즐기는 것이지. 겉 다르고 속 다른 이야 바로 그 암주가 아니더냐? 제가 찬 바위라면 옳다만 젊은 딸이 마른 나무라니, 오히려 따뜻하게 물오른 버들가지지. 그리 사람 체온을 받아들이지 못하는 놈이 어찌 부처가 될 생각을 하겠느냐.”

진이가 호기심이 바짝 오른 눈으로 지족을 쳐다보았다.

“그러면 그 암주가 딸을 범하기라도 해야 옳다는 말씀인지요?”

이 말에 지족이 입맛을 쩝쩝 다셨다.

“쯧, 그건 또 무슨 망발이더냐. 내가 품으라 했지 언제 범하라 했느냐? 그럴 바엔 뭐 하러 머리 깎고 중이 되었누. 그저 호색범부로 살 일이지.”

진이가 고개를 갸우뚱거렸다.

“스님의 말씀은 알 듯하면서도 모르겠네요.”

“승려는 무욕無慾이어서는 안 된단 말이지. 바라밀에도 인욕忍辱하라고 하지 않느냐? 물이 무섭다고 세수까지 하지 않겠느냐. 눈으로 욕망이 뭔지 보고, 그 허망함을 안 다음에야 욕망을 제어할 수 있는 법이니라.”

“스님은 진정 그러하십니까?”

중이 오만하게 고개를 젖혔다.

“그럴 수 없다면 무슨 낯짝으로 승복을 걸치고 살겠느냐.”

진이가 치마폭을 홱 거둬 올리며 다짐하듯 말했다.

“이년이 오래 살진 않았어도 세상일에 장담이란 없다는 것쯤은 아옵니다.”

지족 역시 지지 않았다.

“그게 바로 숙세의 업에 얽매인 탓이지.”

나와 노승이 황진이 이야기를 주고받고 있는데, 밖에서 인기척이 들렸다.

"스님, 안에 계신지요?"

늦은 밤에 창호지 너머로 들려오는 말소리였지만, 나는 곧 그 목소리의 주인이 오후에 절을 올라오면서 만난 여인임을 알아차렸다. 나긋나긋하면서 끝자락이 올라가는 어투는 마치 얕은 바람에 소나무가 솔잎을 비비며 내는 소리 같았다.

"웬걸. 들어오너라."

노승은 짐짓 언성을 높이며 그녀를 불러들였다.

가만히 승방으로 들어오는 그녀의 손에는 과일이 보기 좋게 깎여 있는 자기 그릇이 들려있었다. 사과며 배, 참외에 수박까지, 올라온 과일이 다채로웠다. 밤에 불빛 아래에서 본 여인은 갸름한 얼굴이 더욱 시원하게 느껴졌다. 옆에서 보니 조금 차갑다는 인상을 풍겼다. 그녀는 나를 보더니 잠깐 눈웃음을 주고는 곧 눈길을 노승에게 향했다. 역시 입꼬리가 감겨 올라갔다.

"한담만 주고받으시면 심심하실까 싶어 준비해 왔습니다. 손님 입에 맞으실지…."

나는 얼른 허리를 곧추세우며 감사의 뜻을 표했다.

"고맙습니다. 안 그래도 목이 말랐는데, 잘 됐습니다."

이 말에 노승이 섭섭한 듯 한마디 던졌다.

"그거, 내가 끓인 차가 외려 처사님의 갈증을 부추겼나 봅니다."

"그런 뜻은 또 아닙니다. 이거 참."

내가 난감해하자 여인이 눈치 빠르게 말을 돌렸다.

"스님. 옷은 어디 입어보셨습니까?"

"어, 뭘 벌써 입겠냐. 뒀다 좋은 날 입으마."

여인이 쓸쓸하게 미소를 지었다. 그 미소 속에서 입술이 일자로 그어졌다.

"궤짝에 넣어두라 지은 옷이겠나요. 때 맞춰 입으시라고 지은 것이지요."

"허허. 평생을 입어도 생생한 가죽 옷이 있는데, 뭘 번거롭게 때마다 옷을 갈아입느냐. 마음은 알겠으니 너무 염려 말거라."

"아무리 누더기를 걸쳐 납승衲僧이라 한다지만, 스님도 참 지나치십니다. 굳이 권하는데도 됐다고만 하시니. 정성껏 준비한 제 손이 부끄럽잖아요."

노승은 이제는 나를 보며 무안하게 웃었다.

"허허. 요즘은 중이 신도를 모셔야 하는 시대라오. 이러다가 어디 맘 놓고 옷이나 입을 수 있을지 모르겠소."

나는 영문도 모른 채 웃으며 여인을 돕는 추임새를 넣었다.

"그래도 새 옷을 입으시면 기분도 새로워지지 않겠습니까. 어렵게 장만해 오신 것인데 입으셔야 보람이 있지요."

노승이 두 손을 들었다가 무릎을 탁 치면서 말했다.

"알겠다. 내 새벽 예불 때는 꼭 입고 나가마. 믿기지 않으면 나와서 직접 보거라."

여인은 대답 대신 내게로 몸을 돌렸다.

"그리고, 이것….."

여인은 저고리 품에 손을 넣더니 뭔가를 꺼내 내게 내밀었다. 지갑이었다. 내가 화장실에 들렀다 깜빡 잊고 나온 그 지갑이었다.

"아니, 이걸 어떻게…."

나는 엉거주춤 말도 다 끝내지 못하고 그녀를 올려다보았다.

"오늘 주무시고 가신다기에 내일이면 너무 늦지 않을까 싶어서요. 저녁 공양 끝내고 내려갔다 왔습니다. 차가 있으니 금방 다녀올 수 있네요."

그래도 인적이 완전히 끊긴 삼림 숲을 뚫고 혼자 왕래하기에는 먼 길이었다. 나도 은근히 지갑 걱정이 되었지만, 잃어버린다고 해도 어쩔 수 없다는 생각으로 지레 포기하고 있던 참이었다. 그것을 밤길을 도와 내려가 가져오다니. 나는 새삼 산사로 올라올 때 가파랬던 언덕이며 포장이 덜 된 돌길을 머리에 떠올렸다.

"정말 감사합니다. 어떻게 보답해야 할지 모르겠습니다."

고작 내가 할 수 있는 인사치레는 이 정도뿐이었다.

여인이 방문을 나가자 노승이 빙긋이 웃으며 사과 한 쪽을 깨물었다.

"저 보살께서 우리 처사님을 꽤나 좋게 본 모양이구려. 이 밤길에 거기가 어디라고."

나는 마치 내게 내리는 꾸지람인 것 같아 얼굴이 화끈거렸다.

"글쎄 말입니다. 아침에 가서 찾아도 괜찮았을 텐데…."

나는 마음에도 없는 빈말을 늘어놓았다.

"계집의 마음은 알 수 없다더니. 저 아이가 한편으로 나를 달가워하지 않으면서도 또 보살피는 정성이 이만저만한 게 아니라네. 흠! 사실 저 아이가 아주 재미있는 사람이라오."

"재미있다니요?"

“저 아이가 왜 우리 절집을 찾는지 아시오?”

“그거야 신심이 두터워 그러겠지요. 좀 험한 산입니까? 집도 서울이라고 들었습니다.”

“허허. 신심이 아니라 욕심 때문이라오. 그놈의 욕심.”

“무슨 욕심 말입니까?”

“아 글쎄, 저 아이가 우리 절 부처님께 자식 하나 점지해 달라고 성화지 않소.”

그 말에 괜히 실망이 되는 것은 또 무슨 까닭인지 모를 노릇이었다.

“아, 아직 아이가 없군요. 나이도 있어 보이던데. 불임부부로군요.”

“나이가 문제라면 다행이게. 아직 처녀니 문제지.”

나는 노승의 말뜻을 종잡기 어려웠다.

“처녀라니요? 그럼 아직 미혼이란 말씀입니까?”

“그렇지. 그럼 남편 있는 처녀도 보았소.”

“처녀가 어떻게 아이를, 먼저 결혼부터 해야지….”

나는 너무나 상식적인 말을 대단한 진리라도 되는 양 심각하게 말했다.

“그러게 말이요. 나도 혼인부터 하라 말하지만 영 씨가 안 먹히네. 나더러 부처님께 잘 부탁드려 애를 갖게 해달라지 않소. 이거 철없는 아이가 떼를 쓴다면 웃어넘기겠는데, 서른을 훌쩍 넘긴 처자가 그런 소릴 하니 혼낼 수도 없고, 원. 터무니가 없어서. 부처님도 못 하실 일을 내가 무슨 재주로 하겠소.”

듣고 보니 어처구니없는 요구였다. 무슨 사연이 있기에 애만 원한다는 것인지 모르겠지만, 누구도 들어줄 수 없는 소원이었다. 이런 자리에서 현대 의학으로 가능하다는 소릴 꺼낸다면 그야말로 입방정일 것이다.

"지 아이가 무슨 소릴 듣고 와서 생떼를 쓰는지 모르겠지만, 원이 있으면 길도 있는 게 세상 이치긴 하지. 어떻소. 우리 처사님께서 처녀 소원 한번 들어주시는 게?"

노승의 속뜻을 금방 알아차린 나는 화들짝 뒷걸음질을 쳤다.

"무슨 말도 안 되는 소리십니까? 제겐 아내가 있습니다. 농이 지나치십니다."

"아니 또 뭘 그렇게 놀라시오. 세상 살면서 자식 없는 사람에게 자식 주는 일이야말로 초열지옥 면하고 무상극락 갈 큰 보시가 아니고 무엇일까. 생각하기에 달린 문제인 걸."

노승은 시치미를 떼듯이 사과 한 입을 베어 물었다.

"자, 객쩍은 소리는 그만하고 와서 한 쪽 드시구려."

사과를 한 입 베어 물었지만 입맛은 씁쓸했다. 나도 아이는 없었다. 결혼을 한 지도 벌써 오 년째였다. 아이를 갖지 않으려는 생각은 없었지만, 아내는 아이를 낳을 수 없었다. 결혼을 하고 난 뒤에야 그 사실을 알았다. 처녀였을 때 아내는 몸이 안 좋아 갑상선 제거 수술을 받았다. 그 때문에 아이를 가지면 산모가 위험하다고 했다. 일찌감치 아이에 대한 기대는 포기했지만, 다른 부부가 아이와 함께 노는 모습을 보면 마음이 언짢아지는 것도 사실이었다. 그 때문인지 아내는 이런저런 핑계로 부부관계를 회피했고, 아이에 대해서는 적개심에 가까운 혐오를 보였다. 파리에서 유학하면서 패션 디자인을 공부한 아내는 그쪽 사람들 성향을 들먹이면서 아이를 낳아 기르는 일은 미개한 아프리카 원주민들이나 좇아가는 시대에 뒤떨어진 풍속이라며 매도했다. 심정을 충분히 이해한 나도 맞장구를 치면서 옹호했지만, 몸은 따라가도 마음은 편하질 못했다.

불현듯 술 생각이 났다. 저 밑에서 끓어오르는 갈증으로 입이 탔다. 노승도 눈치를 챘는지 지나가는 바람처럼 한마디 던졌다.

"어찌 울적해 보이시는구려? 처사님이야 아이가 있으시겠지?"

밤늦은 시각. 지상의 모든 생명들이 잠들어 휴식을 취하고 있을 때였다. 오직 이름 모를 산새와 부엉이만이 지칠 줄 모르고 뭇 생령들의 안식을 끈질기게 방해했다. 지족은 문을 반쯤 열었다. 낮에 한차례 지나간 소나기 때문인지 별들은 더욱 초롱초롱한 빛을 내뿜었다. 무슨 상념에 잠겼는지, 구름 한 점 없는 하늘에는 쪽배만한 달이 서성거리며 하계의 밤을 응시하고 있었다.

그 서슬 때문일까 지족은 쉽게 잠들지 못하고 뒤척였다. 도천이 달빛을 도와 명부전을 오르는 기척을 낸 지도 꽤 시간이 흘렀다. 그런데도 내려올 기미가 없었다.

'죽은 이를 그리워하는 것만큼 덧나기 쉬운 상처도 없는데. 어떻게 다스려야 할지 모르겠구나.'

행자승이라 하지만 이제는 어린 나이도 아니었다. 코흘리개처럼 추억에만 매달린다면 그것도 수행에 지장을 줄 일이었다. 언젠가 알아서 떨어내려니 믿고 있지만 그 갈등에서 벗어나지 못하고 맘만 더욱 상하는 것은 아닌지 내심 염려스럽기도 했다. 그렇다고 무턱대고 역정을 낼 수도 없는 일이었다.

'그것도 깨달음의 한 과정이겠지.'

이렇게 자위하고 다시 눈을 붙이려는데 몸은 엉뚱하게 문 밖을 나서고 있었다.

별빛에 달빛까지 흐르는 경내는 초파일 날 연등을 밝혔을 때만큼 환했다. 중생들이 어두운 길을 가면서 길을 잃지 말라고 밝히는 불빛. 또 자칫 바닥을 기는 벌레라도 죽일까 저어하여 밝히는 불빛. 그 연등보다 훨씬 밝고 명랑한 달빛이고 별빛이었다. 오솔길을 걷노라니 시끄럽게 울던 벌레며 산새들도 숨죽인 듯 잠잠해졌다.

의외로 명부전 안은 조용했다. 오체투지五體投地하며 부모의 극락왕생을 희구하는 정성을 올리고 있다면 아무리 사뿐하다고 해도 기척이 들리기 마련이었다.

'이놈이 예불 끝에 잠이 들었나?'

생각이 깊어 말로 내색은 않지만 제 일에 게으른 아이는 아니었다. 졸리면 제 방에 들어가 잘지언정 매일 쓸고 닦는 법당 마루를 더럽힐 염도 못 일으키는 고집통이였다. 깜박 촛불 끄는 것을 잊고 돌아간 모양이라고 치부하며 왼쪽 벽에 붙은 여닫이문을 여는데, 도천의 엎드린 모습이 눈에 들어왔다.

창문은 다 닫히고 오직 달빛만으로 어둠을 사르고 있는 방안은 서늘한 기운이 장승처럼 박혀 있었다. 어디선지 곰팡내도 은은하게 풍겨 왔다. 거기에 온몸을 바닥에 붙이고 지장보살을 향해 엎어져 있는 도천의 모습은 처연하다 못해 섬뜩할 지경이었다. 그는 꼼짝도 않은 채 자세를 유지하고 있었다.

'언제부터 저랬을꼬. 정진이 자칫 엉뚱한 방향으로 나가는 건 아닌지 모르겠구나. 속세의 일을 다 떨쳐버리지 못하고서야 어찌 중노릇을 하겠다고. 내일은 한 번 따끔하게 야단을 쳐야겠어.'

참담한 심경으로 문을 닫으려고 하는데, 도천의 몸이 조금씩 움직였다. 아니 그것은 움직인다고 하는 것보다는 떨린다고 해야 옳았다. 어깻죽지의 미세한 진동이 지족의 눈에는 산이 흔들리는 것보다 더 선명하게 다가왔다.

'우는 게 아닌가?'

그랬다. 도천은 울고 있었다. 무엇이 그렇게 사무쳤는지, 울음소리도 내지 못하고 그는 묵언의 몸부림을 치고 있었다. 그러면서 약하지만 격렬한 갈구의 소리가 간헐적으로 법당 안 공간을 맴돌았다.

"도와주소서. 떨치게 해 주소서. 부처님!"

더 이상 감정의 용광로 속에 방치하는 것은 위험했다. 너무 뜨겁게 달아오르면 결국에는 터지게 마련이다. 걷잡을 수 없는 불길 속에서 제 몸을 다 태우게 내버려 둘 수는 없는 노릇이었다. 지족 역시 일찍이 부모와 사별했다. 그래도 그리움이 저렇게까지 사무치지는 않았다.

어험!

헛기침 소리에 도천은 사냥꾼의 화승총에 불침이라도 맞은 노루처럼 펄쩍 뛰어 오르며 몸을 곧추세웠다. 장삼 자락으로 눈두덩을 문지르며 도천은 스승을 향해 일어났다.

“스승님. 어인 일이십니까?”

이놈이 의뭉스럽기는. 네놈의 망동이 나를 불러 세운 게 아니더냐.

심사로 따지자면 일갈 호통을 내리쳐야겠지만 눈물로 얼룩진 얼굴을 보니 마음이 약해졌다. 내가 너무 법기만 믿고 허약하게 키운 것은 아닌가 하는 자책감도 들었다. 어쨌거나 지금은 흐트러진 마음을 어루만지고 다독여야 할 계제였다.

“정진이 쉽지가 않지?”

한없이 부드러운 목소리로 도천에게 말을 건넸다. 자신의 젊은 시절이 문득 떠올랐다. 저 역시 현실을 견디지 못하고 도둑괭이처럼 담장을 넘어 달아난 한없이 연약한 수행자가 아니었던가. 죽은 부모가 그리워 애태우는 도천의 번뇌는 저보다 훨씬 값지고 무게 있는 아픔이요 마음인 것이다.

“아닙니다. 제가 미욱해서 제대로 가르침을 받들지 못하고 나약한 모습을 보이고 말았습니다. 용서해 주십시오.”

순순히 잘못을 실토하고 나오니 더욱 할 말을 잃고 말았다.

“도천아. 도를 깨치겠다는 것이 얼마나 큰 대업인 줄 아느냐. 거기에는 스승도 없고 제자도 없고, 임금도 없고 신하도 없느니라. 부모나 자식도 당연히 없지. 깨닫는 일 앞에서는 누구라도 양보해서는 안 되는 법이니라. 내가 너의 깨달음에 방해가 된다면 나도 밟고 넘어서야 하는 게야. 당나라 때의 스님 단하丹霞선사께서는 목불상도 태워 버리며 용맹정진하셨더란다. 부처가 가로막으면 부처도 죽이고 나한이 가로막으면 나한도 때려죽이겠다고 했지. 그런 독한 마음이 없으면 깨달음도 없느니라.”

무릎을 꿇은 도천은 아무 말 없이 지족의 말을 들었다.

"알겠느냐. 착한 놈이 부처가 되는 게 아니고 독한 놈이 부처가 되는 것이야. 눈이 펄펄 내리는 날 시퍼런 칼로 어깨를 베어낼 독기가 없으면 깨닫기란 물 건너간 일이란 말이다."

주장자라도 들었으면 한 대 쥐어박을 텐데 지족에겐 빈주먹뿐이었다.

"스승님께서 30년을 면벽한 뜻이 무엇인지 소승이 왜 모르겠습니까. 알면서도 따르지 못하니 송구하고 답답할 뿐입니다. 다 이놈이 못난 탓입니다."

지족은 속으로 한숨을 쉬었다. 아직도 입이 살아있는 것으로 보아 껍질을 깨고 나오려면 시간이 더 필요했다. 지족은 손사래를 치면서 고개를 돌렸다.

"그래, 그만 내려가 눈을 좀 붙이거라. 벌써 먼동이 뜨려고 하는구나."

"예."

도천은 역시 우직하게 한마디 던지고는 무거운 몸을 일으켰다. 그런데 일어나는 몸에서 뭔가가 굴러 떨어졌다.

똑, 또그르르르!

소리만 들었을 뿐 물건은 보지 못했다.

"뭐냐?"

지족은 소리를 좇아 눈길을 옮겼다. 도천도 황망하게 몸을 움직였다.

도천이 명부전 마루 한가운데 놓인 방석 자락에서 뭔가를 손에 움켜쥐더니 황급하게 뒤춤에 감추었다.

"뭐냐니까?"

몇 번의 채근을 받고서야 도천은 손아귀에서 물건을 꺼냈다.

노리개였다. 옥과 비취로 장식되었고, 노랗고 파랗고 빨간 술이 말려진, 꽤 값져 보이는 물건이었다. 흐린 달빛 속에서도 노리개는 은은하게 빛을 발산했다. 그 노리개에서 구슬 하나가 끊어져 구르며 소리를 낸 모양이었다.

"웬 거냐?"

제 어미의 유품인가 여겼다. 그러나 지족의 질문에 도천은 걸때에 어울리지 않게 온몸이 허물어져 내렸다.

"스승님. 저를 내쳐주십시오. 저는 부처님의 제자 될 자격이 없는 놈입니다."

도천은 짐승이 울부짖듯 절규했다. 놀란 것은 오히려 지족이었다.

"왜 그러는 게야. 무슨 일이 있었느냐?"

지족은 비로소 뭔가 큰 변고가 있었음을 깨달았다. 도천을 간신히 지탱하고 있던 끈 하나가 지금 막 끊어져버린 것이다. 스스로가 감당할 수 없는 무게에 허덕이다가 그만 허공으로 제 몸을 던져버린 것이다.

"저도, 저도 제 자신을 어떻게 하면 좋을지 모르겠습니다. 제 마음이 제 몸 밖으로 나가버린 것 같습니다. 팔다리가 다 잘린 듯합니다. 저는, 저는 어떻게 해야 합니까?"

도천은 부끄러움도 잊은 듯이 서럽게 외쳤다.

"이, 이 무슨 호들갑이야? 대체 뭐가 어떻게 되었다는 게야? 이게 누구 것이냐?"

지족은 노리개를 손에 쥐고 흔들며 고함을 질렀다.

도천은 학질이라도 걸린 사람처럼 온몸을 부들부들 떨었다.

"어디서 났냐니까!"

"진이 아씨 것입니다."

도천은 울먹이는 목소리로 꺼질 듯이 중얼거렸다.

"진이 아씨라니? 누구? 설마 명월이를 말하는 것은 아니겠지?"

지족은 그제야 근래 도천이 보였던 몇 가지 석연찮은 일들에 대해 갈 피가 잡히기 시작했다. 명월의 발걸음이 잦아지고 도천이 자꾸 명월이를 피하는 품새가 단순히 도천의 낯가림과 명월의 천연덕스러움이 엇갈린 것이라고 여겼다. 그런 줄 알았더니 이년이 절간에까지 와서도 행색을 못 버리고 여우 꼬리를 흔들고 다녔던 것인가?

"어허! 기생 년이 기어이 제 껍질을 버리지 못하고. 그래 그년이 너를 유혹했더냐? 그깟 암내를 못 참아서 10년 정진 노력을 연기처럼 날려 보냈다는 것이야!"

도천의 성품으로 볼 때 먼저 추파를 던지지는 않았으리라 믿었다. 어쩐지 자꾸 두둔을 한다고 했더니, 그런 흑심을 품고 있었을 줄이야. 지족의 눈에서도 한 줄기 회한의 눈물이 주르륵 흘러내렸다.

'내 불찰이야. 어찌 그걸 몰랐을꼬. 내 불찰이야.'

어떻게 수습을 해야 하나? 가장 교활한 여우에게 목줄을 잡혔으니 이보다 고약한 경우는 없었다. 그 쾌락의 늪에 빠지면 제아무리 장사라도 못 빠져 나오는 것을. 눈 먼 장님이 벼랑길을 가는 것보다도 더 위험한 일인 것을.

그러나 도천은 얼굴을 들더니 엉뚱한 말을 꺼내놓았다.

"진이 아씨는 아무 잘못도 없습니다. 모두 제 망상이 빚어낸 일일뿐입니다."

"그건 또 무슨 소리냐?"

“아씨가 저를 유혹한 적은 없습니다. 차라리 아씨에게서 유혹의 냄새를 느꼈다면 제가 이렇게 괴롭지는 않을 겁니다. 아씨는 참으로 곱고 따뜻한 마음으로 저를 염려해주셨을 뿐입니다. 다만 제가, 제 마음이 심하게 흔들리고 있을 뿐입니다. 너무나 걷잡을 수 없어서 어떻게 해도 안정이 되지 않습니다.”

지족은 기가 찼다.

“그렇다면 근자의 네 번뇌가 망친에 대한 것이 아니라 고작 여체에 대한 것이었더란 말이냐? 고작!”

“송구하옵니다. 아씨를 뵐 때마다 제 마음에서는 까닭을 알 수 없는 열기가 뿜어져 나왔습니다. 저를 감싸주시고 다정하게 바라봐 주시는 눈길을 느낄 때마다 이상하게 정신이 어지러워지고 혼미해졌습니다. 이를 막고자 부처님께 간절하게 기구하고 밤새워 삼천 배를 올리기도 했지만 아무 소용이 없었습니다. 저는 이제 장삼 가사를 입을 자격도 없는 놈이 되고 말았습니다.”

도천은 마룻바닥이 깨지라고 손바닥을 내리쳤다. 지족에게 어지럼증이 몰려왔다.

“그럼 둘 사이에 무슨 변고라도 있었다는 말이냐?”

도천은 급히 손을 홰홰 내저었다.

“아닙니다. 천부당만부당한 말씀입니다. 마음일 뿐입니다. 하지만 수행자가 되어 마음에 부처가 아니라 여인을 담고 있다면, 무슨 얼굴로 불전에 머리를 조아리겠습니까?”

도천의 여린 마음이 엉뚱한 곳으로 불길이 집힌 것이었다. 어릴 때 어머니를 잃은 처지이기에 명월에게서 어머니의 사랑을 느꼈을 수도 있었다. 그러나 그 사랑을 수습하기에 도천은 너무 젊었다. 내게 털어놓기도 쉽진 않았겠지. 명월이 절간 출입을 한 지도 벌써 일 년이 훌쩍 넘어서고 있었다. 그럼 언제부터?

"어쩌다가 그렇게 된 것이야. 명월이가 우리 절을 찾은 게 어제 오늘 일도 아니지 않느냐? 무슨 사단이 있지 않고서야 어떻게 갑자기 그런 고약한 불길에 휩싸일 수 있었더란 말이냐?"

도천은 떨군 머리를 차마 들지도 못했다. 그의 이마에서는 땀인지 눈물인지 알 수 없는 물기가 방울져 흘러내렸다.

"달포 전인가요. 채마밭에서 상치를 고를 때 스승님께서 호미를 가져오라 분부하신 적이 있었습니다."

지족은 기억을 되살려 보았다. 아무 생각도 떠오르지 않았지만 모른다 해서 덮어둘 상황은 아니었다.

"그래. 그게 어쨌다는 게냐?"

"그때 호미를 가지러 광으로 가다가 그만 못 볼 것을 보고 말았습니다."

"뭘 봤다는 게야?"

"진이 아씨가 정재에서 몸을 씻고 계셨습니다."

아뿔싸! 지족은 그만 눈을 감았다.

"아니, 그년이 미치지 않았나? 절간에 와서 계집이 무슨 심보로 목간을 한단 말이냐."

"아주 무더운 날씨였습니다. 그때부터 저의 눈에는 온통 아씨의 하얀 속살과 산비알처럼 곱게 흘러내린 어깨선만 어른거릴 뿐이었습니다. 하루 낮을 꼬박 잡념에 사로잡혔다가 밤에 몰래 가보았더니 부뚜막

위에 이 노리개가 놓여 있었습니다. 죄가 되는 줄 알면서도 들고 나오고 말았습니다.”

더 들어보지 않아도 짐작이 갔다. 집착이 큰 놈이 한 번 수렁에 빠지면 헤어 나오기 더 어려운 법이었다.

“명월이도 네 속내를 알고 있더냐?”

“전혀 눈치 채지 못한 듯했습니다. 비록 창기의 몸이었다고는 하지만 아씨는 참으로 정숙했습니다. 만약 아씨께서 무슨 태라고 내셨더라면 저는 한달음에게 저자거리로 달려갔을 겁니다. 그래서… 그래서….”

오호! 너무 뜨겁구나. 저런 불길은 저만 태우지 않아. 시방세계를 모두 태워버릴 화염이 될 수 있어. 다스려야 해. 지족은 자신의 젊은 시절이 다시 떠올랐다. 나는 어떻게 저 불길을 잠재웠지? 아, 생각해내야 해. 그러나 안타깝게도 아무런 기억도 떠오르지 않았다. 등 뒤로 들리는 스승의 비명 소리를 뿌리친 채 그저 달아났을 뿐이었다. 갑자기 난데없는 웃음이 흘러나왔다. 욕정이 얼마나 부질없는 것인 줄 모르고 불길로 달려드는 부나방처럼 날뛰는 모습이 실성한 놈처럼 보였다. 어쨌거나 불길부터 잡아야 했다.

“이놈아. 창기가 정숙하다면 무당도 득도하겠구나.”

호흡을 가다듬느라 지족은 잠시 달빛 어린 창호지를 응시했다. 저것이 옛날 내 망동을 그대로 흉내내는구나. 그래, 나는 그때 달아났지. 그러나 이놈에게도 달아나라고 할 수는 없는 일. 스스로 이겨내도록 몽둥이질을 할 수밖에 없었다.

“잘 듣거라. 부처님도 수행자가 가장 견디기 어려운 유혹으로 육체에 대한 탐욕을 말씀하셨다. 그러니 네 들뜬 마음도 충분히 이해가 가는구나. 그러나 이 점도 알아야 한다. 그 유혹을 이겨냈을 때 비로소 마음은 평정을 얻고, 진정한 깨달음의 길로 들어서는 것이다. 네 자신을 탓할 것은 없다. 다만 이겨내면 떨쳐내면 될 일이야. 알겠느냐? 서릿발 칼날을 내리쳐 등짝에 피 칠을 해야 깨치겠느냐? 망령에 사로잡혀서는 안 돼.”

도천은 고개를 숙인 채 아무 대꾸도 없었다. 한참 만에 도천의 입술이 열렸다.

“저도 잘 압니다. 그러나 제 마음이 그렇게 되질 않습니다. 이 마음을 어떻게 하면 좋을지. 스승님, 제발 길을 열어주십시오.”

“허허. 내가 달마고 네가 혜가라면 그 흔들리는 마음을 가져오라 하겠다만, 다 부질없는 짓이구나. 저승에서 너의 득도를 염원하는 부모님의 얼굴을 떠올려 보거라. 그러고도 명월이 낯짝이 떠오르면 하산할 준비나 해야지. 쿵!”

여전히 머리를 처박고 있는 도천을 던져두고 지족은 법당 문을 밀쳤다. 그러다가 다시 몸을 돌려 벽에 붙은 서가를 뒤척였다. 마침 집힌 책이 『육조단경六祖檀經』이었다.

“이 책을 밤새도록 읽고 또 읽거라.”

글이 눈에 들어올 정신이 아닌 것은 알았지만, 당장 아무 대책도 떠오르지 않았다.

지난밤의 사변을 아는지 모르는지 이튿날 아침 황진이는 천연덕스럽게 얼굴을 내밀었다. 이 망할 년이 또 오면 눈물이 찔끔 나게 혼찌검을 내서 내쫓으리라 곱씹고 있었는데, 막상 웃는 얼굴을 보니 부아는 치밀었지만 침을 뱉지는 못했다. 비아냥거리는 말 한마디가 전부였다.

"명월이 네 덕분에 우리 절 문지방이 다 닳겠구나. 곧 불사를 해야겠어."

핀잔에 익숙한 듯 진이는 대수롭지 않게 대꾸했다.

"스님은 제가 오는 게 영 마뜩찮나 봅니다. 이 휑한 절간을 찾아주는 이가 몇이나 된다고 올 때마다 타박이십니까?"

진이가 눈동자를 살짝 굴리며 되받았다. 한물 간 퇴기라지만 교태는 여전히 물이 올라 있었다. 도천이 감당하지 못한 것도 무리는 아니란 생각이 들자 더욱 울화가 치밀었다.

"어허! 그래 오늘은 어인 일로 납시었는가? 이리 자주 절간 출입을 하면 소문도 좋지 않을 터인데?"

"기생이 소문 무서워하면 어떻게 살겠습니까? 마실 가는 기분으로 온답니다. 그리고 제 기명은 그만 부르시면 좋겠어요. 기적에서 이름자 지운 게 언젠데, 아직도 명월이랍니까? 저를 낮잡아보시는 것 같아 언짢습니다."

토라진 기분이 영 잘 안 풀리는 모양이었다. 전세가 역전되었다.

"아니, 그럼 뭘로 부른단 말이냐? 명월이니 명월이라 부르지."

"그러지 마시고, 제게도 계명 하나 내려주십시오."

갑자기 칼날 같던 어조가 아양조로 바뀌었다.

"됐다. 사람이 이승에 너무 이름을 많이 두면 죽을 때 편치 않다고 했다. 떨칠 게 많은 게 뭐 좋더란 말이냐. 그것도 욕심이야."

그러자 진이의 치마폭이 휙 돌아갔다.

"섭섭하옵니다. 사람이 이생에서 만난 것도 전생의 큰 인연이 있는 탓이라 했는데, 그깟 이름 하나가 그리 아깝습니까? 스님은 참으로 박정하십니다.”

서운한 김에 발길까지 끊는다면 그도 좋을 일이었다. 따져보면 사내놈이 발정이 나서 미친 짓을 한 것을 두고 기생을 나무랄 수는 없는 일이었다. 가는 놈이 문제지 열린 문이 문제겠는가. 그런 차에 스스로 출입을 않는다니, 어찌 반갑지 않겠는가.

“알겠다. 내 한번 생각해보마. 그러니 그만 칭얼거리거라.”

지족은 내심과는 달리 다독거리듯 말로 그녀를 쓰다듬었다. 명월의 얼굴이 그 말에 보름달처럼 환하게 펴졌다.

“그럼 저는 계명 주실 날만 목욕재계하고 기다리겠습니다.”

목욕재계? 그것 때문에 이 난리인 것을?

“계집이 아무 때나 목욕재계해서 쓰겠느냐? 그러다 눈먼 수캐라도 훔쳐보면 어쩌려고.”

이 말에 진이는 밉지 않은 코웃음을 흘렸다.

“스님도 별 걱정을 다 하십니다. 이년 몸을 보고 누가 눈이 멀겠습니까? 다 한때 이야기지요.”

“벗는 네가 문제겠느냐? 보는 사람의 눈이 문제지.”

다 까밝히면서 말할 수도 없는 지족은 입맛만 쩝쩝 다시며 변죽만 울리는 자신이 애처로웠다. 기생 년 눈치는 하루에도 천리를 간다던데, 어찌 이리 먹통인고?

“혹시 스님께서 저에게 무슨 음심을 품은 것은 아니십니까? 하긴 제 몸이 아주 그리 볼성사납게 망가지진 않았죠?”

갑자기 진이가 은근한 웃음을 흘리면서 뇌까렸다. 적반하장이로군.

이거 불똥이 이상한 곳으로 튀겠구나.

"중 앞에서 못하는 소리가 없구나."

"못하는 말씀이 없기는 스님도 피장파장입니다. 수캐라느니 옷을 벗
는다느니 평소의 스님답지 않습니다. 갑자기 더위라도 자셨습니까?"

적잖이 당황스러웠다. 훈계를 하려다가 오히려 말려든 기분이었다.

"무슨 뚱딴지같은 소리냐? 네 옷 한 꺼풀 벗기는 일이 무슨 대수라
고. 내겐 그런 것쯤이야 일도 아니니라."

진이는 임자 만났다는 표정으로 차란차란한 웃음을 띠었다.

"오호! 그러시옵니까? 오늘 우리 문길사에 큰 불사가 있을 모양입니
다. 작은 스님은 어디 내보내시기라도 한 모양이죠? 또 명부전에 올라
가셨습니까?"

아닌 게 아니라 아침부터 보이질 않았다. 자기 근심에 젖어 도천의
동태를 놓치고 만 것이다.

"괘념치 말아라. 사람 이목이 있다고 벗기고 못 벗긴다면 어디 그게
용기 있는 행동이겠느냐. 무애행無碍行은 인천人天을 벗어난 것이니라."

"그럼 지금 당장이라도 제 옷을 벗기실 수 있으시단 말씀입니까?"

목소리는 냉정했지만 당황한 기색이 묻어났다.

"그럼!"

지족은 내친 김에 작심이라도 한 듯 만용을 부렸다.

"그럼 어디 벗겨 보십시오."

진이는 서슴없이 가슴을 내밀었다. 한복 맵시 속에서도 도톰한 젖가
슴이 도드라졌다. 제법 도발적이었다. 이것이 여우는 여우로구나. 그러
니 뭇 사내가 녹아난 것이지. 지족은 속으로 쓴웃음을 지었다.

"그래. 벗기지. 그러나 지금은 아니다."

"어이 아닙니까?"

진이가 내밀었던 가슴을 다시 거두면서 물었다.

"그럴 마음이 없어서지."

"마음이 없다니요?"

동그래진 눈을 숨기지 못하는 진이의 입은 휘파람이라도 불 것처럼 오므라들었다.

"그래. 마음. 마음이 있어야 옷을 벗기지. 아니면 어찌 벗기겠느냐."

진이도 지지 않고 말꼬리를 잡고 늘어졌다.

"그럼, 그 마음은 언제 생기겠습니까? 이년도 마음의 준비를 하고 있어야지요."

지족은 슬쩍 뒷등을 보이며 헛기침을 했다.

"내 마음이 생기면 먼저 부처님께서 아시고 내게 기별을 하실 게다. 그러면 그날이 네 옷 벗겨지는 날인 줄 알고 차비를 하거라. 내 마음이 없으니 벗길 옷도 없구나. 없는 마음인데 떠민다고 옷이 벗겨지겠느냐."

그제야 자신을 약 올리려는 속셈인 줄 안 진이의 토라진 얼굴을 뒤로 한 채 지족은 명부전 쪽으로 발걸음을 옮겼다. 구멍이 두 군데니 어느 쪽을 막아도 물이 새긴 마찬가지였다.

소변이 급하다는 핑계로 잠깐 몸을 승방에서 빼냈다. 사실 소변이 급하기도 했지만 오랜 시간 긴장한 채 이야기를 듣고 있자니 오금이 저려 왔다. 또 내용을 정리할 짬도 필요했다.

해우소는 승방에서 조금 내려간 곳에 있었다. 희미한 달빛 아래로 다행히 길목마다 백열등이 켜져 어둠을 밀어내고 있었다. 가뜩이나 가파른 길은 공사도 마무리되지 않아 자재들이 너저분하게 널려 있어 위태로웠다.

문을 밀고 나오니 담배 생각이 간절했다. 주머니에 담뱃갑이 들어있긴 했지만 경내라 조심스러웠다. 불빛이야 십 리 밖에서도 보인다지만 야반삼경에 누가 볼까 싶었다. 나는 조심스럽게 담배를 뽑아 불을 붙였다. 연기는 다행스럽게도 골짜기 바람을 따라 머리를 풀어헤치며 밑으로 사라졌다.

그렇게 몇 모금 빨고 있는데 갑자기 사람 그림자가 어른거렸다. 나는 쭈뼛 머리가 솟구쳐 얼른 담배를 등 뒤로 감추었다.

"스님께서 영 안 놓아주시죠?"

그녀였다. 사람이 어둠 속에 들어가면 오직 눈빛과 입술만 빛나는 것일까? 목소리보다도 그녀의 눈빛을 느낄 수 있었다.

"아니요. 아주 재미난 이야기를 들려주셔서 시간 가는 줄도 몰랐습니다."

"지족 선사 이야기지요? 너무 귀담아 듣진 마세요. 오랜 세월 대처 세상에 내려가신 적이 없어 손님만 오시면 저렇게 붙잡고 놓아주시질 않는답니다. 피곤하실 텐데, 제가 가서 한 말씀 드릴까요?"

"아뇨. 그러시지 않아도 됩니다. 어디서나 들을 수 있는 심심파적이 아니니까요."

사실이었다. 피곤하긴 했어도 놓칠 수 없는 이야기였다.

그녀는 잠시 나를 고즈넉하게 바라보았다.

"그러시면 다행이네요."

한 번 말이 끊기니 더 이상 할 말도 없었다. 지갑에 대한 감사를 한 번 더 할까 하다가 공연히 시간을 벌려는 수작처럼 느껴질까 싶어 그만두었다. 그러자 문득 노승이 한 말이 떠올랐다. 한편으로 달가워하지 않으면서도 보살필 때는 정성이 이만저만이 아니라고 했다. 그게 무슨 뜻일까, 문득 궁금해졌다. 그러나 물어볼 계제는 못 되었다.

그만 올라가려고 인사를 하려는데, 그녀가 발길을 붙잡았다.

"저기 하늘 좀 보실래요."

"하늘요?"

그녀의 손가락을 좇아 하늘을 쳐다보았다.

자세히 보니 검은 골짜기 숲 사이를 가르고 있는 은하수는 그야말로 별의 바다였다. 구름 조각도 멀리 제 갈 길을 가버리고 없었다. 금모래 은모래가 깔린 백사장이 저럴까? 총총한 별들은 사이좋게 어깨동무를 하고 노를 젓고 물살을 가르며 밤바다를 항해하고 있었다.

"정말 별이 지천이군요. 이런 별바다는 정말 오랜만입니다. 어지럼증이 몰려오는데요. 마치 하늘이 불꽃놀이를 하는 것 같습니다."

놀라운 장관을 감상한 평이 너무 진부하다는 생각이 들었지만 적당한 수사가 떠오르지 않았다.

"그래요. 여기서 보면 우주가 얼마나 넓고 아름다운지 깨닫게 된답니다. 아이들이 옹기종기 모여 별을 세고 있는 것 같아요."

그녀는 소리를 죽인 채 깔깔 웃었다. 문득 아이를 점지해 달라고 부처님께 기구한다는 그녀의 사연이 떠올랐다. 별무리를 올려다보는 그녀의 눈빛에는 어린아이가 가진 맑은 마음이 가득 고여 있었다. 아이의 마음을 가지고 있어 아이를 바라는 것일까? 그렇담 남편을 얻어 가정을 꾸릴 일이지.

"혹시 은하수 왼편 아래 반짝이는 별 보이세요?"

그녀의 질문이 내 상념을 거두어갔다. 나는 이마에 손을 얹고 자못 심각하게 그녀가 가리킨 쪽을 주목했다.

"어디 말씀입니까?"

"저쪽 끝이요. 안 보이세요? 저만큼 혼자 떨어져서 깜빡이고 있잖아요?"

수천만 개도 더 되어 보이는 별이 떠 있는 밤하늘에서 특정한 별을 찾기란 쉽지 않은 일이었다. 하지만 나는 그녀의 기대를 깨기 싫어 열심히 찾는 시늉을 했다.

"손가락이 아니고 그 끝을 따라 올라가 보세요. 물동이 모양 바로 위에 뜬 별인데, 딱 하나밖에 없는데."

놀라운 집중력을 발휘해 나는 그녀가 말한 별인 듯한 발광체를 식별해냈다.

"아, 예. 이제 보입니다. 꽤 밝군요."

"그래요. 다행이에요."

손뼉을 치는 모습이 더욱 그녀의 연령을 구별하기 어렵게 만들었다. 그런 그녀의 태도는 마치 고등학교를 다니는, 사춘기를 지난 여학생처럼 보였다.

"그런데 말이에요. 저 별이 사실 생긴 지 얼마 안 된 별인 거 아세요?"

그녀는 대단한 비밀이라도 누설하는 사람처럼 두 눈을 모으면서 내게 말했다. 나는 나도 모르게 고개를 숙였다.

"그래요? 한 십만 년쯤 된 모양이죠?"

나는 대학 시절 어설프게 청강했던 천문학 지식을 반추하면서 그녀의 입술을 훔쳐보았다.

"아니요. 300년쯤 됐을 걸요."

나는 어처구니가 없어 대답도 못한 채 그녀를 쳐다보았다. 그러나 그녀는 조금도 무안해 하지 않으면서 내 시선을 받았다.

"에이, 그렇게 새로운 별이 이렇게 가까이 있으려고요. 그 정도라면 모양도 제대로 갖추지 못했을 텐데."

나는 다시 별의 일생을 머릿속에 그리면서 반론을 냈다.

“정말이에요.”

그녀는 오히려 내가 놀랍다는 듯 토끼눈을 떴다.

“믿지 못하시겠다는 표정이군요?”

그녀는 살짝 미소를 지었다. 주변이 밝진 않았지만 두 뺨에서 볼우물이 피어오르는 것은 볼 수 있었다.

“솔직히 그렇습니다.”

나는 마지못해 인정했다.

“거기에는 이런 전설이 있어요.”

그녀는 갑자기 초등학교 국사 선생이라도 된 듯한 어조로 검지손가락을 까닥거렸다.

“전설이요?”

“그럼요. 아까 저녁 때 절로 올라오면서 석문을 보신 거 기억나세요?”

“예. 납니다.”

“그럼 그 바위에 새겨져 있던 글씨도 기억나시겠군요?”

아쉽지만 기억이 나지 않았다. 어두운 데다 사진 찍기에 여념이 없었기 때문에 주변의 풍광에는 신경 쓸 틈이 없었다. 화면으로 찍은 사진을 확인해 봐야겠다는 생각이 잠시 떠올랐다가 가라앉았다.

“죄송하지만 제대로 살피지 못했습니다.”

“그렇게 미안해하실 필요는 없어요. 바위엔 꽤 큰 글씨가 새겨져 있어요. ‘石門’이라고요. 제가 그때 석문이라고 말씀드렸잖아요? 그럼 누가 쓴 글씨인지는 더욱 모르시겠군요?”

왠지 그녀가 나를 갖고 논다는 기분이 들었지만 인정하지 않을 수 없었다.

“누가 썼습니까?”

“우암尤菴 송시열宋時烈 선생께서 쓰셨대요.”

우암은 이곳에서 그리 멀지 않은 대전 호법에서 살았으니 충분히 근거 있는 말이었다. 하지만 이 높은 곳까지 걸어와서? 그녀는 이미 내 의구심까지 읽은 모양이었다.

“설마 걸어 오셨겠어요? 하인을 딸려 가마로 왔겠죠.”

나는 두 손을 모두 들어올렸다.

“그렇겠군요.”

“어쨌거나 태고사의 절경을 보고 감탄해서 바위에 글씨를 남겼다고 해요. 아주 잘 쓴 글씨였어요. 문외한이 제가 봐도.”

낮에 추사의 글씨를 흉보던 그녀의 말이 떠올랐다.

“그것과 전설과는 무슨 관계인지….”

“아! 아마 아시겠죠? 우암 선생은 아주 건강한 분이셨대요. 사약을 받고 돌아가실 때도 금방 약효가 돌지 않아 애를 먹었다는 이야기가 전하잖아요.”

그 일화는 나도 들은 적이 있었다. 우암 선생의 건강법과 체력은 호사가들 사이에 재미나게 전해지는 야담 가운데 하나였다.

“믿을 수 없긴 하지만 우암 선생이 아직 달거리를 하지 않은 소녀의 소변을 장복했다는 말이 있다는 것은 저도 알고 있습니다.”

“그래요. 알고 계시리라 생각했죠.”

어울리지 않는 칭찬을 어떻게 받아들여야 할지 난감했다. 나는 감사의 표시로 고개를 까딱였다.

“과찬이십니다.”

“뭘요. 그런데 선생의 말년에 그 수발을 들던 소녀가 있었답니다. 마지막 유배길에 오르기 직전 선생은 자신의 천운이 다했다는 걸 알아채셨데요. 그래서 자신이 다시 되돌아오지 못하면 그동안 수발을 들던 소녀의 운명이 어떻게 될지 염려하셨다더군요.”

그런 소녀가 있었다면 귀한 신분은 아니었을 것이다.

“기껏해야 몸종이었을 텐데요….”

“자신의 늘그막을 돌봐주던 아이를 그냥 팽개치고 갈 순 없다고 생각하신 선생은 떠나기에 앞서 그 아이를 속량贖良해 주셨대요. 약간의 땅과 재산도 나눠주었고요.”

“아!”

백의재상으로 한 시대를 호령하면서 산 우암에게 그런 면모가 있을 줄은 몰랐다. 손녀 같은 몸종의 앞날을 염려하는 마음씨가 있었기에 불세출의 도학자로 정치가로 길이 칭송을 받았던 것일까?

“1689년, 숙종 15년 때의 일이었죠. 선생은 장희빈으로 더 유명한 숙의 장씨가 낳은 아들을 세자로 책봉하려 하자 시기상조라며 반대하는 상소를 올렸죠. 이 때문에 숙종의 미움을 사서 모든 관작을 삭탈당하고 제주로 유배되었답니다. 그리고 그해 6월 국문鞫問을 받으려고 한양으로 압송되던 도중 정읍에서 사약을 받고 세상을 떠나셨죠.”

도대체 이 여자의 정체는 무엇인지 부쩍 궁금해졌다. 절과 관련된 일이니 상세하게 기억할 수도 있겠지만, 어설프게 책을 읽고 안 지식이라고 하기에는 그녀의 목소리에 자신감과 여유가 묻어났다.

“그렇다고 알고 있습니다. 그 아들이 나중에 경종이 되죠.”

“그래요. 참으로 불행하게 태어나 어쩔 수 없이 살다가 갑자기 죽었죠."

그녀는 그때 당시의 역사 이면에 숨겨진 모종의 사실을, 내막까지 잘 알고 있는 듯 보였다. 그렇지만 얘기가 곁다리로 흘렀다.

"그런데 그 몸종이 어떻게 되었다는 겁니까?"

"아참. 그 얘기 중이었죠. 마땅히 갈 곳이 없었던 소녀는 재산도 모두 버리고 그 길로 이 절에 올라왔답니다."

우암의 마음이야 그랬겠지만, 집안에서 이 꼴을 그냥 두고 보지는 않았을 것이다.

"하긴 그 재산이 온전히 아이의 몫이 될 리 없었겠죠. 망령이라고 생각한 일가붙이들이 두 손 놓고 있지는 않았을 테니까요."

"하지만 문서상 이미 양민이 된 것까지야 어쩌겠어요."

"그래서요?"

"비구니로 다시 태어난 소녀는 날마다 법당에 들어 부처님께 간절히 기원했답니다."

"우암 선생이 무사히 귀환하기를?"

"아뇨!"

"아니라구요?"

"아마 꽤 영악한 아이였나 봐요. 그러니까 우암 선생도 속량해 주셨겠지만. 선생이 좀 고생을 해봐야 한다고 말했다네요. 그래야 백성들의 고통을 안다고 말이죠. 참 맹랑하죠?"

사실 우암 선생은 임금의 진노도 두려워하지 않으며 산 양반이니 뼛속까지 사무치는 백성들의 고생은 당연히 몰랐을 것이다.

"그래도 설마 사약까지 받기를 바라지야 않았겠죠."

“제 짐작에 소녀는 진심으로 우암 선생을 사랑하지 않았나 여겨져요. 사약을 받고 돌아가셨다는 소식을 들은 소녀는 눈도 하나 깜짝하지 않고 법당에서 더욱 간절하게 기도했다니까요.”

“극락왕생을요? 유림의 거벽이 비구니의 축원을 받았다니 아이러니하군요. 우암 선생도 썩 반기진 않았겠는데요.”

“아뇨! 그러면 싱겁죠.”

허방을 짚은 아이처럼 나는 휘청거렸다.

“그럼 뭘?”

“내생에서는 선생과 자신이 부부로 태어나게 해달라고 빌었답니다.”

나는 다시 충격을 받았다. 어린 계집아이가 뭘 알아 그런 염원을 빌었을까? 그런 염원을 한 본심은 또 무엇이었을까? 여러 생각들이 섬광처럼 지나갔다.

“허허! 참 깜찍하군요. 그래 과연 그 소원이 이뤄졌을까요?”

“알 수 없지만, 세월이 지나 소녀는 세상을 떠났고, 그 영혼이 하늘로 올라가 별이 되었다고 해요.”

그제야 나는 본론을 떠올렸다.

“그러니까 저 별이 바로 그 소녀의 영혼이 화한 것이란 말씀이군요.”

“비구니 스님의 사리가 승천해서 저렇게 반짝반짝 빛나는 것이라고 해요.”

“참 재미있으면서도 감동적입니다.”

묘한 기분에 나는 얼굴을 손바닥으로 쓸어내렸다.

“그러니까 생긴 지 300년 된 별이죠. 이젠 이해하시겠죠?”

그녀는 가볍게 손뼉을 치면서 환하게 웃었다. 가지런한 치열이 하얗게 드러났다.

“저도 인정할 수밖에 없군요.”

내 마지막 말을 못 들었는지 그녀가 갑자기 손을 하늘로 향했다.

“저것 보세요!”

이번에는 지체 없이 그녀의 손길을 쫓았다.

“별 옆에 뭔가 희미하게 깜빡이지 않나요?”

“글쎄요. 아무것도 보이지 않는데… 옆에 별이 하나 더 있습니까?”

나는 눈을 가늘게 뜨고 열심히 주변을 살폈지만, 별다른 조짐은 느낄 수 없었다.

“예. 바로 옆에 별이 하나 더 있데요. 평소엔 잘 보이지 않지만 가끔 아주 희미하게 빛을 낸데요. 사람들 말로는 그 별이 바로 우암 선생의 별일 거라고 해요. 소녀의 정성에 부처님도 감동해서 하늘에 두 개 별로 환생하게 해주셨다는군요.”

진위를 떠나 가슴이 벅차오르면서도 뭔가 씁쓸했다.

“결국 신분의 한계는 벗어나지 못했군요. 밝게 빛나는 별과 어쩌다 희미하게 명멸하는 별. 그게 두 사람에게 주어진 운명이었던가 보죠.”

“그렇지만 저렇게 아주 가끔 만난다고 해도 두 사람은 무척 행복할 거라 여겨요. 안 그러면 너무 슬프잖아요.”

나는 고개를 높이 들어 그 별을 주시했다. 우주라는 무한한 공간 속에 외롭지 않게 떠 있는 두 개의 별. 임을 향해 항상 불타오르는 찬란한 별과 가끔 잊을 만하면 빛을 내어 영영 인연의 끈을 놓지 못하고 있는 별. 두 사람의 만남은 저렇게 별처럼 멀어지지도 가까워지지도 못하고 우주가 영겁의 시간 속에 머물 때까지, 아니 종말이 올 때까지 가슴 아픈 거리를 유지해야 하는 것이었다. 그 우울한 사연 때문에 주변의 모든 별들도 빛을 잃어버린 듯 느껴졌다.

나는 문득 아내와 나 사이의 거리는 얼마인지 궁금해졌다.

아내와 내가 만난 것은 후배의 소개를 통해서였다. 엄격하게 말하면 소개랄 것도 없었다. 우습게도 장소도 대학병원 장례식장이었다. 과 교수의 어머니가 노환으로 죽은 자리였다. 그때까지 강사 딱지를 떼지 못했던 나는 몇몇 강사들과 어울려 문상을 갔다. 썰렁한 조문을 마치고 난 뒤 객실에 잠시 몸을 붙였다. 객실은 금연인데다 빌어먹게도 술상은 나오지 않고 다과상만 달랑 차려져 있었다. 게다가 궁상맞은 찬송가 소리는 지치지도 않고 뇌리를 후벼팠다.

"제길 문상 온 놈들이 지레 죽겠구나."

성질이 괄괄했던 후배는 참지 못하고 구시렁거리더니 내 어깨를 툭 쳤다.

"형, 나가서 우리끼리라도 한잔 합시다. 망인을 저렇게 보내서야 이게 어느 나라 예의입니까?"

눈치를 보아 슬며시 밖으로 나오는데, 후배가 쾌재를 불렀다.

"아니, 저게 누구야!"

후배의 손길이 닿는 곳을 바라보니, 검은색 양장을 입은 여자 둘이 막 출입구로 들어오는 중이었다. 검은 빛깔이긴 했어도 세련된 디자인이었다. 두 여자도 후배를 알아보았는지 가볍게 손을 흔들었다.

"여긴 어인 행차신가? 페르가모의 여신들께서."

두 사람도 같은 집에 문상을 오는 길이었다. 다만 우리가 아들 쪽인 반면 그들은 며느리 쪽이었다. 과 교수의 부인은 꽤 알려진 패션 디자

이너였고, 어느 예술대학 의상과 교수였다.

"내가 꾸리고 있는 미학 스터디에 나오는 친구들이에요. 꽤 실력도 있는데, 이 바닥이 어디 실력으로 교수 되나요? 사모님 눈도장 찍으려고 온 모양이네요. 잘 됐네. 바로 나오라고 했으니까, 합석해서 미진한 술자리나 이읍시다."

그렇게 해서 우리는 남의 죽음을 빌미로 대면하게 되었다. 신촌으로 나간 우리들은 소주에서 맥주, 양주, 칵테일까지 세상의 모든 술이란 술은 다 순례했다. 마지막에는 노래방까지 갔는데, 프랑스 유학파라 해서 샹송이나 뽑을 줄 알았더니 뜻밖에도 그녀들이 부른 노래는 뽕짝이었다.

"세상의 모든 미학의 엑기스는 바로 이 뽕짝 속에 있다고요."

이미 잔뜩 취한 후배는 혀 꼬부라진 목소리로 뽕짝 옹호론을 펼쳤다. 그렇지 않아도 숫기가 없었던 나는 생면부지의 여자들 앞이라 더욱 쩔쩔맸다. 그들은 저희들끼리 즐겁게 놀았고, 나는 완전히 꿔다놓은 보리자루 신세를 면하지 못했다.

"형. 쟤네들 집안도 빵빵하고 몸매도 빵빵하다구. 맘에 드는 애 있으면 말해. 내가 다리 놓아 줄게. 아주 든든한 콘크리트로 공구리쳐서 말이야."

둘이 화장실을 간 사이에 후배가 배포 좋게 큰소리쳤다. 한 여자는 비교적 유순하고 순탄해 보이는 인상이었던 데 비해 한 여자는 꽤 도도한 성격이 묻어나는 얼굴을 가지고 있었다. 사람은 오르지 못할 나무에 더 매혹되는 법일까? 말은 안 했지만, 조금 마르고 도도한 인상의 여자에게 은근히 마음이 끌렸다. 그러나 그것으로 끝이었다.

노래방을 나온 우리는 늦은 시간을 핑계로 헤어졌다.

"시간은 많아. 공들인 작업이 배신도 안 하는 법이거든."

여자를 떠나보낸 뒤 그제야 마음이 편해진 나는 발걸음도 제대로 가누지 못하는 후배를 끌고 선술집을 향했다.

그리고 얼마 뒤 다시 만난 후배가 음흉한 미소를 띠면서 나를 불렀다.

"형 잘 하면 내 덕에 장가가겠는 걸."

"뭔 실없는 소리냐?"

"전에 만났던 애들 있잖아? 그 장례식장 말이야. 걔들 중 하나가 형이 마음에 든대. 다시 만나게 해 달라더군."

나는 노래를 부르고 춤을 추면서도 가끔 곁눈질로 나를 보던 유순한 인상의 여자가 떠올랐다. 아내감이라면 신경질적이고 콧대 높은 여자보다는 그런 여자가 나을 것이다.

"아니, 걔라면 나도 그러려니 하겠는데, 반대야. 시녀 말고 여신."

그렇게 만나서 우리는 급속도로 가까워졌다. 배경도 별로고 기껏 강사인 나의 어디를 보고 좋아했는지 모르겠지만, 아내는 굉장히 몸이 달아 있었다. 호텔방에서 처음 몸을 섞었을 때 놀랍게도 아내는 처녀였다.

우리들의 결혼에 대해 아내 집 쪽에서는 반대가 극심했다. 고작 저런 사위를 보겠다고 비싼 돈 들여 파리까지 유학을 보냈느냐며, 거의 막말에 가까운 야유도 들었다. 그러나 아내의 고집을 꺾지는 못했다.

너무 빨리 달아올랐던 탓일까? 아니면 결혼의 현실에 눈을 뜬 것일까? 신혼의 열기는 오래가지 못했다. 순결만 지켰다 뿐이지 아내의 결혼 전 남자관계는 좋게 말해 자유분방했고 심하게는 난잡한 수준이었다. 결혼한 뒤에도 그녀는 자기 세계를 그대로 인정해줄 것을 요구했다. 이런 저런 이유로 귀가는 늦어졌고, 지방 패션쇼 관계로 외박도 잦아졌다. 보수적이었던 나로서는 선뜻 받아들이기 어려운 파격이었다. 말다툼이 오가면서 언성도 높아졌다.

그러다보니 차마 이혼 얘기까지 입에 오르지는 않았지만, 이제는 남보다는 조금 가까울 뿐인 사이로 벌어지고 말았다. 그것이 그렇게 불편하고 불만스럽지 않다는 사실도 괴로운 일이었다. 아내와 나는 처음부터 사랑하기는 했던 것일까? 그랬다면 그 사랑은 어디로 갔는가? 언제까지 이렇게 살아야 하는가? 온갖 의문이 꼬리를 물고 이어졌다.

아마 아이가 없는 것도 이렇게 된 까닭 중 하나일 것이다. 도대체 왜 아내는 겨우 한 번 대면한 나를 보고는 남편감으로 덥석 물어버린 것일까? 어디 하나 아쉬울 게 없는 여잔데. 실은 이 문제가 요즘 나에게 엄습해 오는 화두였다.

그런 갈피 없는 생각을 정리하는데 문밖에서인 듯 창문 너머에서인 듯 인기척이 들렸다.

"이제 그만 들어가 보세요. 스님께서 기다리시겠어요."

나는 긴 혼수상태에서 깨어난 사람처럼 초점 없는 눈을 그녀에게 보냈다.

내 머릿속을 어지럽히는 화두 한 자락이 유령처럼 어둠의 골짜기를 헤엄쳐 내려갔다.

한동안 발길이 뜸했던 황진이가 다시 문길사에 모습을 보인 것은 그일이 있고 시간이 좀 지난 후였다. 윤달이 끼어 있어 예수재豫修齋 준비를 하느라 한적했던 절간이 제법 활기가 도는 때였다. 지족도 오랜만에 고의에 적삼, 장삼 가사를 모두 갖추고 마을을 찾아다니며 생전에 공덕을 쌓으라고 탁발도 도는 등, 널리 죄업을 씻을 수 있는 이날을 알렸다. 그랬던 탓에 진이의 얼굴이 보이자 지족도 그러려니 생각했다. 뭇 남성을 애욕과 죄악의 구렁으로 몰아넣었으니 누구보다 생전의 죄업을 가장 많이 씻어야 할 그녀였다. 더구나 될 성 부른 법기를 갖춘 승려 한 사람의 마음까지 뒤집어놓지 않았는가!

그런데 진이의 얼굴에는 수심이 가득 서려 있었다.

"왜 그러느냐? 어디 아픈 게야?"

지족은 마른 수건으로 된장독을 닦는 둥 마는 둥 하며 주뼛거리는 도천을 한 눈으로 흘겨보면서 진이에게 말을 건넸다. 뭔가 심사가 편치 않은 기색이 완연했다. 얼굴도 핏기가 가서 하얀 분칠을 한 것처럼 보였다.

"아니오. 잠시 먼 길을 다녀와야 해서 인사차 들렀어요."

"아니, 왜? 아예 거처라도 옮길 작정이더냐?"

중이 못 가니 차라리 속인이 떠나는 것도 괜찮겠다 싶어 반갑기도 했지만 느닷없는 이별이라 생각하니 한편으로는 마음이 언짢아졌다. 중 놈 팔자나 기생 년 팔자나 정착하기 어려운 것은 매한가지인 것을.

"무슨 말씀을. 송도는 제겐 고향이나 다름없는 곳인데, 어찌 낯선 타향살이를 자처하겠소. 어머니가 편찮으시단 기별이 와서요. 문안이라도 다녀와야 할 것 같습니다."

"어허! 저런. 나무아미타불 관세음보살. 어디 많이 편찮다더냐?"

"전갈을 가져온 사람 말이니 상세하진 않지만, 심상치 않은가 봐요. 오죽했으면 어머니가 직접 알리라고 했을까요."

비록 천한 신분이라지만, 진이가 외동딸이란 얘기는 들었다. 어머니 역시 병치레에 신경 쓸 만큼 한가한 처지는 아닐 것이다.

"진작 모시지 않고 그랬느냐? 네 수완이라면 어머니 모시는 일이야 그리 어려운 일도 아니었을 텐데."

"전들 왜 그러고 싶지 않았겠어요. 그런데도 굳이 고향 땅에 뼈를 묻으시겠다며 고집을 피우니 어째요? 명절 때면 잊지 않고 옷감이며 쌀가마도 보내드렸는데, 찾아뵌다 하면서도 한동안 경황이 없어 잊고 지냈는데 덜컥 와병이라니… 딸년이 되어 이래저래 불효막심합니다."

가슴이 답답했는지 진이는 부채를 펼쳐 황망하게 목덜미로 바람을 날려 보냈다. 수구초심首丘初心이랄까. 고향 그리워하고 부모 봉양하려는 마음이야 내남이 없겠지만, 세상 근심 없는 사람처럼 명랑하던 진이가 풀이 죽은 모습을 보니 더욱 안쓰러워 보였다.

"창기 생활도 작파한 지 꽤 되었는데 뭐가 그리 분주해 연락도 끊었더란 말이냐? 쯧쯧!"

지족의 말은 한 귀로 흘려보냈는지 대거리도 없이 진이는 평상에 주저앉듯 몸을 던졌다. 갑자기 몇 년은 늙어버린 것처럼 귀밑으로 하얀 새치가 돋은 것이 보였다.

"내 부처님께 쾌차하시도록 간절히 기도할 테니 어서 가서 잘 조리해 드리려무나. 그리고 여북하면 이곳으로 모시고 돌아오너라."

"알겠소. 아무래도 망극한 일을 당할 듯하니, 명부전에 자리나 하나 봐주시오."

"거 무슨 망녕된 소리냐! 말이 씨가 되느니라."

어처구니가 없어 고개를 돌려 외면하려다가 문득 궁금증이 일어 진이에게 물었다.

"자당의 연세는 올해 어떻게 되시느냐?"

"그깟 나이가 무슨 소용이겠소. 아마 스님보다는 몇 살 아랠 거예요."

진이는 대웅전에 들어가 치성이나 드리겠다며 돌계단을 올라갔다.

치성을 마치더니, 진이는 제대로 인사도 못하고 허위허위 오던 길을 따라갔다.

먼 산으로 긴 그림자를 드리우고 어깨를 축 떨어뜨린 채 걸어가는 뒷모습을 보면서 지족은 까닭 없는 불길한 마음을 잠재우지 못했다. 저러다 산길에 낙상이라도 하면 어쩔까 염려되었다. 만난 사람은 떠나야 하는 것인데, 지금 한 여인이 세상의 인연을 다하고 떠날 차비를 하고 있는 것이다. 그러나 떠난 사람은 다시 또 돌아오기 마련. 떠나는 사람은 홀가분한데 보내는 사람에게는 늘 미련이 남는 게 인생이었다. 떠남은 돌아옴의 계기이고, 만남은 헤어짐의 준비임을 모르기 때문이다. 그러나 지족은 진이를 위해 부디 진이의 어미가 건강하기를 마음속으로 거듭 빌었다.

옆을 보니 도천이 입을 반쯤 벌린 채 멀어져가는 진이를 망연자실 쳐다보고 있었다. 죽비라도 들었다면 대갈빡을 오지게 때려주고 싶었지만 또 빈손이었다. 필요할 때마다 주장자는 어딜 외출하는지. 지족은 정신이 들도록 버럭 고함을 질렀다.

"이놈아! 정신을 어디다 놓고 있느냐, 엉!"

"아씨 모친께서 편찮으시답니까? 저를 어쩝니까?"

도천은 제 어미 부음이라도 들은 양 안절부절못했다. 그 꼴이 더욱 지족의 부아를 돋우었다.

"이놈아! 남 걱정 말고 네 마음이나 잘 간수하거라. 마음을 장사 치른 놈이 남의 어미 걱정이 가당키나 하겠느냐? 니놈이 출가한 몸이란 걸 잊어서는 안 돼!"

해가 저물고 산사에는 다시 어둠이 깃들었다. 한낮의 분주했던 소음은 여름날의 소낙비처럼 어느새 뒷산 너머로 자취를 감추었다. 언제나 그렇듯이 사찰의 고즈넉함은 몸으로보다는 마음으로 느껴야 하는 정적이었다. 저녁 예불을 마친 지족과 도천은 오래간만에 지필묵을 꺼냈다.

“오늘은 『초발심자경문初發心自警文』을 써보기로 하자꾸나.”

지족의 느닷없는 제안에 도천은 잠시 스승의 얼굴을 뚫어져라 쳐다보았다. 내 속셈을 총명한 네가 모를 리 없겠지.

“아직 『능엄경』도 다 쓰지 못했는데요?”

도천이 조금은 심술이 섞인 목소리로 되물었다. 지족은 붓으로 먹물을 적시면서 무덤덤하게 대꾸했다.

“그보다 더 큰 산이 앞에 놓여 있구나. 물길이며 골짜기를 헤쳐 나가려면 산을 잘 알아야 하는데, 지금 산이 어디에 박혔는지도 모르지 않느냐. 산을 아는 데 『초발심자경문』만한 글도 없지. 보조국사의 『계초심학인문戒初心學人文』부터 쓰기로 하자꾸나.”

잠깐 지족을 쳐다보던 도천은 곧 포기한 듯 옷자락을 걷어 올렸다.

“사경寫經을 하면서 금물을 최고로 치는 것은 금강석 같은 마음을 간직하라는 교훈이 담겨 있는 게다. 먹물은 검은 빛이니 마음을 더럽혀 흑심黑心을 품게 만드느니라. 지금 이 먹물이야 분명 검지. 그러나 마음을 맑게 씻고 정성을 다하면 검은 빛이 점차 금빛으로 바뀔 것이니라. 이 말을 명심하고 혼을 쏟아 넣어야 한다. 알겠느냐?”

도천은 대꾸도 없이 붓끝에 먹물을 듬뿍 찍어 눌렀다.

두 사람은 잠시 숨소리도 내지 않고 사경에 심혈을 기울였다. 화선지 위로 붓을 달리는 소리가 마치 누에가 뽕잎을 갉아먹을 때 나는 소리처럼 은은하게 방 안을 가득 채웠다.

처음으로 마음을 낸 사람은 나쁜 벗은 멀리 떠나보내고 어진 이를 가까이 할 것이며, 오계五戒와 십계十戒를 받아 지키고 어기며 트고 막을 줄 알아야 한다. 오직 부처님의 말씀을 의지하고 용렬한 사람들의 허망한 말을 따르지 말지니라…

夫初心之人 須遠離惡友 親近賢善 受五戒十戒等 善知持犯開遮 但依
金口聖言 莫順庸流妄說…

끝줄까지 휘갈겨 휘갑한 지족이 붓을 내려놓으며 작심한 듯 말했다.
“그래. 첫 대목에 나오는 용류庸流와 망설妄說이란 게 뭐냐?”
“용렬한 무리, 망령된 말이란 뜻입니다.”
도천은 판에 박힌 말만 뇌까렸다. 지족은 짐짓 모른 척 넘어갔다.
“그렇지. 사미가 아무리 오계, 십계, 아니 만계를 받아 정진한다고 해도 겉모양만 흉내 낸다면 그것은 박제가 된 독수리일 뿐이다. 살았을 때 그놈이 아무리 사나웠다 해도 병든 병아리 한 마리 잡아챌 수 없는 노릇이지. 차라리 발톱 빠지고 부리가 뭉그러진 산 솔개가 더 나을 게다. 자신이 죽은 독수리인지 산 솔개인지를 잘 가릴 줄 알아야 한다. 그렇지 못하면 길가에 굴러다니는 돌덩어리, 장마철 흩뿌리는 빗방울만도 못한 미물로 떨어지기 십상이지.”
“무슨 말씀인지요? 돌덩어리, 물 한 방울이 어찌 미물이겠습니까?”
번연히 알면서도 도천은 짓궂게 질문을 던졌다. 지족은 눈알을 부라리며 치도곤을 내리려다 마음을 고쳐먹고 다시 차근차근 설명을 더했다.
“남악회양南嶽懷讓 선사가 이런 말을 한 적이 있지. ‘너는 좌선하고 있느냐? 그렇지 않으면 앉아 있는 불타의 흉내를 내고 있느냐? 좌선이면 선은 좌와坐臥에 얽매이지 않으며, 앉아 있는 불타는 선정의 자세에 얽매이지 않는다. 너는 앉아 있는 불타를 배워서 불타를 죽이고 있다. 좌선에 사로잡히는 것은 선에 도달하는 길이 아니다.’ 그런데 너는 지금 무슨 좌선을 하고 있는 게냐? 고작 껍데기만 흉내 내고 있는 게 아니냐?”

이 말에 도천의 자세가 조금 흔들리는 듯 보였지만 곧 평정을 되찾고는 받아쳤다.

“저는 불타가 되려고 했지 불타를 죽인 적은 없습니다. 중생의 선악과 미추를 보이는 대로 보고 이해하지 못하는 사람이 오히려 눈 뜬 장님이 아닐런지요?”

‘오호! 그놈 참! 말로 따지다가는 굴복시키기 어렵겠구나. 천산갑처럼 똘똘 제 몸을 감싸고 있으니, 쑤시고 들어갈 바늘구멍 하나 없어. 게다가 가슴속에 칼침까지 품고 있지 않나?’

지족은 속으로 감탄을 터뜨렸다.

명부전 마루에서 여인을 향한 그리움에 몸서리치던 그때의 도천이 아니었다. 그새 대오자각이라도 한 것인가? 허나 재주를 부려본들 도천은 지족의 손아귀 안에 있었다. 지식으로 무장해서 단 꿀을 바른 혀로 자신의 나약한 모습을 감추려 하지만 그의 눈에서는 전혀 광채가 나지 않았다. 오물이 섞인 흙으로 세운 담은 아무리 흙손질을 해도 더러움을 감출 수는 없는 게 이치다. 마음에 오물 덩어리가 콱 박혀 있으니, 언변이 번지르르 한다 한들 구업口業만 쌓을 뿐이지 수행에 하등 도움도 되지 않을 것이다. 지족은 좀 더 세찬 기세로 도천을 윽박지르기로 했다.

"그렇지. 말을 참 잘했구나. 눈 뜬 장님이 누구더냐? 바로 네가 아니더냐? 무엇이 선악이고 미추란 말이냐? 여인네의 하느작거리는 옷고름이 선함이고, 백옥처럼 하얀 어깨선이 아름다움이란 말이냐? 네가 명월이를 그리워하고 그 아이의 불행을 안타까워하는 것은 참다운 자비심이 아니다. 그저 네놈의 육욕일 뿐이야. 원효는 『발심수행장發心修行章』에서 '수행하는 이의 마음이 깨끗하면 모든 하늘 사람들도 다 같이 찬탄하고, 도를 닦는 사람으로서 여색을 생각하면 착한 신장들도 등을 돌리고 떠난다.'고 했다. 지난번에는 수행할 자격도 없다면서 통곡하고 회한을 토하던 네가 이제는 눈 뜬 장님 운운하며 선악과 미추를 입에 올리는 게냐? 입에서 나오는 말을 들으면 마음 상태를 알 수 있는 법이다. 너는 지금 궤변을 늘어놓아 네 그릇된 마음을 치장하려는 게야. 『개각자성반야경開覺自性般若經』을 읽어 보았느냐? 보살은 색色 속에 세 가지 도리가 있음을 관찰해서, 온갖 것이 무상無常함을 마땅히 인식해야 한다고 했다. 이 세 가지란 게 무엇이더냐? 첫째는 그것이 실재實在하지 않는다는 도리이고, 둘째는 그것이 파괴되고 만다는 도리이며, 셋째는 그것이 더러움을 수반하는 것이라는 도리다. 네가 아직도 정견情見을 버리지 못해 어떤 물건이 가슴에 걸린 것이 마치 원수와 함께 있는 것과 같다면 어느 천 년에 개오하여 해탈의 바다를 건너 피안에 닿겠느냐. 큰 뜻을 세운 놈이 쪽배도 제대로 몰지 못하니 돌개바람만 만나도 뒤집혀 빠져 죽을 것이다. 살은 물고기 밥이 되고 앙상한 뼈대만 구천을 떠돌 것이니, 그때 후회한들 어느 보살이 너를 구원하겠느냐!"

그래도 도천은 끝까지 평정심을 잃지 않으려고 애썼다. 그러나 이미 그는 물 먹은 솜처럼 탈진해 있었다.

"그렇게 말씀하시는 스승님은 진정 사람을, 아니 여인을 사랑해보신 적이 있으십니까? 30년 동안 면벽 수양만 할 줄 아셨지 인간의 체취를 맡으며 그 가죽 속에 숨어 있는 고통이며 번뇌며 숨결과 노래에 귀 기울여보신 적이 있으십니까? 무엇에 투신해보신 적이 있으십니까? 스승님이야말로 허울뿐인 좌선에 골몰한 것이 아닙니까? 중생의 마음이 아니 되고서 어찌 중생을 제도한다 자신 있게 말하겠습니까?"

붓을 쥐고 있던 도천의 손이 부들부들 떨렸다. 그의 말은 사자의 포효처럼 울려 퍼졌지만 기상은 다람쥐 한 마리도 두렵게 할 수 없는 것이었다. 지금 그의 입에서 나오는 말은 모두 자신을 향해 던지는 넋두리요 연약한 의지를 단근질하는 불인두일 뿐이었다.

지족은 그대로 내버려두었다.

그래. 울부짖어라. 그렇게 울부짖고 채찍질을 하고 지져서 피투성이가 되면 결국 깨닫게 될 것이다. 가죽 속이 아니라 뼛속 깊은 곳에 웅크리고 있는 참 마음을 발견하게 될 것이다.

그러면서도 지족은 도천의 고뇌에 연민을 느꼈다. 그래, 마음이 재가 되기 위해서는 불꽃이 필요한 법이지. 번뇌의 불길이 뜨거우면 뜨거울수록 불순한 띠끌은 녹아버리고 재는 더욱 정갈해지고 조밀해질 터. 어설프게 타오르면 고작 숯검댕밖에 더 되겠는가. 아무 짝에도 쓸모없는 토우土偶가 될 뿐이야. 그래. 내가 너를 더욱 불타오르게 해주마.

지족은 말없이 도천이 쓰고 있던 화선지를 손으로 끌어당겼다. 도천은 그런 지족의 모습을 물끄러미 지켜보았다. 지족은 자기가 쓰던 종이를 그 옆에 나란히 놓았다.

"자, 네가 쓴 글씨와 내 글씨를 견줘 보아라."

도천은 눈길을 화선지 위로 떨어뜨렸다가 다시 뜨악한 눈길로 지족을 올려다보았다.

"네 글씨가 참으로 곱구나. 서법도 갖추었고, 필세에도 배운 흔적이 완연해. 그렇지 않느냐?"

도천은 아무 대답도 하지 않았다. 질문의 갈피를 잡지 못한 눈치였다.

"그런데 내 글씨는 어떠냐? 내가 봐도 참 못 썼구나. 갓 서당 출입을 시작한 삼척동자의 글씨도 이것보다는 나을 게야. 그렇지 않느냐?"

도천은 스승이 던진 물음의 요체를 간파하려는 듯 화선지를 뚫어져라 노려보았다. 그러나 도천의 눈은 그 요체를 꿰뚫어보기에는 아직 어두운 미망의 늪 속에 잠겨 있었다.

지족은 천천히 말문을 열었다.

"옛 고승들의 유묵遺墨을 보았느냐? 그게 어디 글씨더냐. 서법에도 없는 희한한 필치가 어찌 보면 치졸하게까지 보일 정도니라. 그러면 그분들이 서법을 모르고 배우지 않아 무식의 소치를 드러낸 것이겠느냐? 아니다. 그분들은 붓끝에도 얽매이지 않았던 것이야. 공자께서도 사달辭達이라고 말씀하셨느니라. 글이란 뜻이 통하면 그만이란 말이다. 뜻이 통하기 위해 적절한 수식을 가하는 일도 필요하지. 허나 수식에 골몰해서 정작 뜻을 잃어버린다면 그것이 무슨 우행이겠느냐. 이것을 염려해 공자도 그런 말씀을 하신 것이 아니겠느냐. 스님들의 그 골필骨筆이야말로 고졸古拙의 극치니라. 무주처無住處 무주상無住相이라 했다. 말이나 글은 통발일 뿐인데, 고기를 담아야지 제가 갇힌다면 그게 어디 주인공이 할 짓이겠느냐?"

지족은 지그시 도천을 응시했다. 도천의 어깨는 아직도 위축되어 잔뜩 움츠린 상태였다. 봄날의 햇볕이 비추면 묵은 눈도 녹듯이 언젠가 도천의 묵은 번뇌도 녹을 날이 있을 것이다. 그러기 위해서는 햇볕이 필요할 뿐이다. 내 너를 위해 햇볕이 되어주마. 따뜻한 햇볕이 아니라 서릿발 같은 차가운 햇볕이 되어주마.

지족은 다독거리듯 말을 이었다.

"도천아, 지금은 말법 시대다. 정도는 가려지고 사악한 방편들만 판치고 있다. 어찌 올바른 도가 제 구실을 할 수 있겠느냐. 이럴 때 너는 더욱 정진하여 정토를 이루고 해탈을 완수하는 일에 절치부심해야 할 것이야. 그런 처지에 여인네의 치마폭이 그리워 머뭇거린다면 어떻게 불국정토에 이르러 모든 번뇌를 떨쳐내겠느냐. 여인네의 품안도 벗어나지 못할 기골로 어찌 천하 중생을 구제할 힘이 나오겠느냐? 제풀에 겨워 허리가 휘어지고 다리가 꺾일 뿐이지. 네가 참 깨달음을 얻게 되면 저절로 어떤 물건도 가슴에 걸리지 않고, 원수도 한 자리에 있지 않아 당장에 편하고 즐거워질 것이다. 오직 그때만 생각하거라."

도천은 무거운 돌을 발아래 내리듯 고개를 떨어뜨렸다.

"스승님. 저는 아직도 그 방법을 모르겠습니다. 눈앞에 온통 암흑천지일 뿐입니다. 길이 보이지 않습니다."

지족은 도천의 어깨 위로 손을 얹었다.

"걱정하지 말거라. 곧 빛이 보일 것이다. 너의 어진혼이라면 미망은 그리 오래가지 않을 것이다. 너는 이미 백척간두에 섰으니, 진일보하는 일만 남았을 뿐이니라."

촛불 끝으로 두 사람의 정겨운 그림자가 너울거렸다. 문길사의 밤은 두 사람을 에워싼 채 한 발 한 발 새벽을 향해 가고 있었다.

황진이가 문길사에 모습을 보이지 않은 지도 어느덧 많은 시간이 흘렀다. 어머니 병환 때문에 고향을 다녀온다고 떠난 사이 우아한 자태를 자랑하던 주홍빛 능소화도 벌써 다 졌고, 대웅전 앞마당에는 백일홍이 활짝 피어 분홍빛 홍염을 뽐내고 있었다. 아직 병 수발 때문에 고향에 머물고 있는 것인지, 벌써 귀가하고도 심신이 지쳐 몸조리를 하고 있는 것인지 적이 궁금했다. 염려한 대로 몹쓸 일을 당했다면 그녀의 말도 있었으니 분명 지족에게 뭔가 연락이 닿았을 것이다. 그렇다고 불쑥 찾아가자니 아무래도 모양새가 좋지 않을 듯했다. 그렇지 않아도 사시를 뜨고 보는 세상인데 대낮에 다른 이도 아니고 지족이 기방 출입을 한다면 사대부들의 눈길이 곱지 않을 것은 보지 않아도 뻔했다. 어쨌거나 흠집을 찾기 위해 한눈을 팔지 않는 치들이 있으니 그 눈초리를 소홀히 할 수는 없었다. 그게 무어 대수랴 싶어도 선뜻 자리를 박차기란 만만치 않았다. 이래저래 안절부절 못하며 지족은 하루하루를 보냈다. 그저 황진이가 절간 어귀에 선뜻 나설 날만 기다릴 수밖에 도리가 없었다.

그러나 기다림 앞에는 장사가 없었다. 지족 역시 그랬다. 초연하자고 하면서도 진이의 일에는 그렇게 되지 않았다. 새벽 예불 뒤 도천을 불렀다.

"잠깐 도성엘 다녀와야겠구나."

무슨 사연이냐는 듯한 표정으로 도천은 지족의 눈을 바라보았다. 그새 조금 야위어보였다. 흠모하는 님을 보지 못하니 이 녀석 마음도 답답하기는 마찬가지겠지. 네놈이나 나나 신세가 비슷하기가 겨울바람 앞에 선 메마른 가지로구나.

"명월이 집이 어딘지는 알고 있지?"

사찰에 중요한 행사가 있을 때마다 명월이는 능력이 닿는 대로 정성 껏 잊지 않고 시주를 했다. 따로 부엌살림을 하는 사람이 없는 점을 고려해서 음식이며 기물 따위를 보내는 일도 잊지 않았다. 그때마다 기물과 음식을 나르는 일을 도천이 도맡아 했다.

"예."

도천의 얼굴 위로 반가운 기색이 잠깐 스쳐지나갔다.

"날이 밝거든 휑하니 다녀오너라. 요즘 발길이 너무 뜸해 걱정이구나. 무양無恙한지 알아보고, 별 탈 없으면 전해줄 것도 있으니 일간 봤으면 좋겠다고 전하거라."

애타던 마음을 숨기지 못해 해가 동쪽 봉우리에 이마를 내밀자마자 도천은 도성으로 발걸음을 내달렸다. 중이 양반가를 출입한다면 경을 칠 일이지만 기생집 드나드는 것은 손가락질은 받아도 아직 크게 흉을 보는 판국은 아니었다. 그러나 매사 조심한다고 해도 나쁠 것은 없었다. 남들 아침 밥 먹기 전에 휑하니 다녀오는 것도 괜찮은 방법이었다.

"별일이야 있겠냐마는 남들 눈에 드러나는 행동은 삼가거라. 그리고 여기 몇 자 적었으니 명월이 보거든 전해주고."

우유부단하긴 해도 눈썰미는 빠른 도천이니 공연한 기우였지만, 그래도 한마디 덧붙였다.

"초행길도 아닌 걸요. 염려 놓으십시오."

도천은 나들이 나가는 학동처럼 신바람이 잡혀 있었다. 마음 간사하기야 남녀간 내외가 없다지만 그 모습이 딱하면서도 우습기도 했다. 깨우친다는 것은 유정有情의 상태를 벗어나는 일이니, 동심이 없는 놈이 어찌 득도를 하겠는가. 그러나 동심에만 머물러서도 득도는 물 건너간 일이다. 그 이치를 저놈도 알 날이 오겠지.

법당에서 백팔 배를 마친 지족은 그 자리에 주저앉아 화선지 한 장을 품에서 꺼냈다. 옥색으로 물들인 종이였다.

'정랑심靜浪心'

마음에 이는 물결을 고요히 가라앉혀라.

지족이 각고 끝에 얻어낸 이름이었다. 계명이야 절차로 따지면 연비燃臂를 거쳐야 하지만 형식을 따질 처지가 아니었다.

서른 해를 넘긴 명월의 생이 길다고 할 수는 없겠다. 그러나 그녀가 보낸 젊은 시절은 누구보다 뜨겁고 세찬 불길의 시간이었다. 지족 역시 그녀가 뿌리고 다녔던 염문이며 술자리에서 불렀다는 시조창, 한시 따위를 듣고 읽지 않은 바 아니었다. 재주가 넘친달까 정염을 주체하지 못한달까, 지족은 명월의 행색 속에 응어리진 구석을 누구보다 소상하게 읽었다. 불행하게 여자로 태어나, 그것도 천시 받는 기생의 신분이 된 명월의 가슴속에는 독사의 이빨이 숨겨져 있었다. 누구라도 달려들면 시위를 떠난 화살처럼 날아가 심장을 꿰뚫어버릴 독기가 서려 있었다. 하늘보다 무거운 한恨에 총기까지 걸머졌으니, 어설픈 남정네라면 그녀를 당할 재간은 없었을 것이다. 구름처럼 바람처럼 이 사람 저 사람 품을 정처 없이 떠돌았던 명월의 가슴 한편에는 뜨거움을 알 수 없는 불덩어리를 삼킨 구렁이가 도사리고 있었다. 그 새파란 화염을 식힐 것은 물밖에 없다. 그러나 물 또한 너무 거세면 시방세계를 집어삼키는 악기惡器가 되는 법. 파랑波浪마저 고요히 가라앉히고 평정무심平靜無心하게 살라는 뜻을 지족은 계명 속에 담아 보았다.

명월이 도성 밖의 하고 많은 사찰 암자를 다 버려두고 이곳 문길사를 찾아온 것도 모두 숙세의 인연이 이끌었던 탓이리라. 처음 명월이가 문길사 문지방을 넘어섰을 때 그녀의 얼굴이 낯설지만 않았던 것도 그런 이유였을 것이다. 부처님께 치성을 드리면서 여생을 마치겠다고 했을 때도 반가움보다는 염려하는 마음이 앞섰다. 기생이 뭔가. 춤이면 춤, 노래면 노래, 결국 흉내나 내는 족속이 아니던가. 치성치레도 흉내 내기의 한 작태라면 더 큰 죄악을 지는 짓이었다. 사슴이 제 뿔을 너무 자랑하다가는 나뭇가지에 걸려 지레 호랑이의 먹잇감이 되기 마련. 화려한 뿔도 내버려두고 지나간 업장도 다 거둬버리고 들판을 내달리는 맑은 혼령이 되라는 뜻을 담았다. 그리하여 흉내만 내는 치성에 빠지지 말고 이승의 때를 말끔히 씻고 내생에는 청신녀淸新女로 다시 태어나기를 지족은 염원하였다. 아픔이 큰 사람이어야 업장의 굴레도 벼락처럼 허물어뜨리는 법이다.

‘그래, 이제부터 내 너를 명월이 아니라 정랑으로 부르마. 또 미망에 흔들리는 중놈 하나를 득도의 길로 이끄는 보살의 화신으로 다시 태어나게 할 것이다.’

화선지 자락을 매만지면서 지족은 이런저런 상념으로 마음을 한 자리에 그냥 두지 못했다. 지족은 지그시 눈을 감고 묵상에 잠겼다.

사시마지(巳時麻旨, 절에서 사시(巳時, 오전 9시~11시)에 부처 앞에 올리는 밥. 보통 10시 30분쯤 올린다.)를 할 때면 돌아올 줄 알았던 도천은 저녁 예불을 코앞에 두고서야 숨을 헐떡이면서 고개를 넘어왔다. 무슨 사단이 난 게 아닌가 싶어 하루 종일 조마조마한 마음을 누르고 있던 지족은 도천의 면상을 보자마자 민대가리에 손바닥을 철썩 날렸다.

“무슨 봄놀이라도 다녀오라는 줄 알았더냐. 용건을 마쳤으면 냉큼 돌아올 일이지.”

얻어맞은 곳을 문지르면서도 도천의 얼굴에는 아픔보다는 슬픈 기색이 완연했다. 지족의 마음속에서 언뜻 불길한 바람이 회오리쳤다.

“왜? 명월이에게 무슨 일이라도 생겼더냐?”

도천은 고개를 떨구며 우울한 목소리로 대답했다.

“자당께서 돌아가셨답니다.”

가슴이 갑자기 철렁 내려앉았다.

“저런! 기어이 그랬구나. 그렇게까지 위중했을 줄이야. 아미타불.”

“아씨의 몰골이 말이 아니었습니다. 어찌나 애통해 하시는지. 위로도 해 드리고, 염불도 해 드리느라고 그만 늦었습니다.”

“그래. 잘했다. 난 네가 늦기에 성안에서 무슨 봉변이라도 당한 게 아닌가 싶어 지레 걱정을 했구나. 그래, 아직 사십구재는 지내지 않았다지? 언제라더냐?”

“그 일로 해서 조만간 한번 찾아뵌다고 말씀하셨습니다. 문길사에서 초상을 치르고 싶었지만 사정이 그럴 수 없었다고 하시더군요. 약속을 못 지켜 죄송하단 말도 전하라 했습니다.”

사람의 목숨이란 것이 이렇게도 허망하고 무상한 것이었다. 일면식도 없는 사이였지만 새삼 그 어머니의 죽음이 가슴에 사무쳐왔다. 그 황망한 가운데도 자기와의 언약을 기억했다니 진이가 대견하기도 했다. 지족은 헛기침을 크게 했다.

“그 애가 별 소릴 다 하는구나. 무슨 경황에 여기까지 운구해 와.”

지족은 도천을 보내지 말고 자신이 직접 찾을 것을 공연히 미뤘다고 후회했다. 그러나 이미 지난 일. 새삼 자신이 다시 조문을 하는 것도 어색한 일이었다. 평소 명랑하던 진이가 침통해 하는 모습을 보는 것도 언짢았다. 시간이 지나면 모든 세사란 잊혀지기 마련. 혈육을 잃은 아픔을 훌훌 털어버리고 다시 생기를 찾기를 기다릴 뿐이었다.

지족은 자신도 모르게 명부전 쪽으로 발길을 옮겼다.

이번에는 노승이 자리를 털고 일어났다.

"어디, 해우소라도 다녀오시려고요?"

나는 짐짓 모르는 척 물었다.

"아닐세. 지금 시각이면 딱 샘물이 새로 솟을 시간이야. 이때 잘 길어둬야 오늘 하루도 입에 맞는 차 맛을 우려낼 수 있다네."

노승이 벽장문을 열자 그 안에는 자그마한 냉장고가 숨어 있었다. 냉장고 문을 열고 빈 페트병 서너 개를 꺼냈다. 페트병은 노승의 품 안에 가득 찼다.

"따라오시려는가? 아니면 계시려는가?"

노승은 머뭇거리는 나를 물끄러미 바라보면서 재촉의 눈길을 주었다. 하는 수 없이 나는 따라 일어섰다. 페트병은 고스란히 내 차지가 되었다.

선방이 있는 건물을 나오니 옆으로 비좁은 골목길이 이어졌다. 오른편은 승방의 벽이고, 왼편은 돌담이었다. 지붕이 다하자 길도 끊겼고 바로 숲이었다. 소나무가 빽빽이 우거진데다 잡초까지 무성해 도무지 길이 있을 성 싶지 않았다. 그런데도 그 어두운 길을 노승은 마치 한낮에 네거리를 걷는 사람처럼 아무렇지도 않게 발걸음을 옮겼다. 소경이 문고리를 찾듯 더듬거리며 걷던 나는 바지 주머니 속에 소형 손전등을 넣어둔 내 선견지명에 감사를 표했다. 단추를 누르자 한 줄기 하얀 광선이 어둠을 가르며 뻗어나갔다. 갑작스런 불빛에 노승이 고개를 돌리며 손사래를 쳤다.

“불을 끄구려. 풀벌레들이 놀라겠소. 뭐 그리 어둡다고.”

“아이구, 스님은 눈도 밝으십니다. 제 눈엔 아무 것도 뵈질 않는데요.”

공연한 엄살이 아니었다. 별빛이야 아무리 밝아도 하늘의 몫인 셈이고, 달빛도 가려진 숲 속이니 시야를 열어줄 것은 아무 것도 없었다.

“조금만 참아 보구려. 곧 세상이 훤해질 테니. 이 동네에 오래 살다 보면 이 정도는 도무지 어둡단 생각이 들지 않는다오.”

나는 노승을 인도견 삼아 어둠이 깔린 길을 조심조심 걸었다. 너무 어두워 길이 한없이 이어지는 느낌이었다. 노승을 놓칠까 머뭇거릴 짬도 없었다. 어릴 때부터 겁이 많아 밤에 멀리 떨어진 변소를 가지 못해 소변을 지렸던 나였다. 거기다 페트병은 무겁지는 않아도 부피 때문에 아주 성가셨다. 어둠이 바닥 모를 지하 계단처럼 계속될 듯했는데, 잠시 후 거짓말처럼 세상이 밝아왔다. 그러자 노승도 걸음을 멈추었다. 내려다보니 샘물이었다. 녹색 이끼가 양탄자처럼 깔린 돌 틈 사이로 샘물이 솟는 소리가 희미하게 들려왔다. 그것은 마치 땅이 토해내는 낮은 숨소리처럼 숲 속을 울렸다.

"보시구려. 이 샘물이란 놈도 우리 사람들처럼 숨을 쉰다오. 특히 해 뜨기 전이면 아주 크게 숨을 토하지. 밤새 맑고 시원한 기운을 잔뜩 머금었다가 새벽이 올라치면 한꺼번에 내뿜는구려. 그때 솟은 물로 차를 끓이면 그야말로 땅과 하늘의 정기를 고스란히 간직한 기운을 맛볼 수 있다오."

연구실 수돗물을 틀어 순간온수기에 넣고 끓인 물로 우려낸 차를 마셨던 나로서는 지나친 호사란 생각도 들었지만, 이런 궁벽한 오지에서는 그게 가장 현실적인 방법일 수도 있겠다는 생각이 들었다.

아내는 항상 고급 커피를 선호했다. 동양차라면 아주 질색이었다. 항상 짙은 향기가 배어 있는 원두커피를 즐겼고, 아침에 일어나면 처음 하는 일과가 원두를 곱게 갈아 커피 메이커로 원액을 내리는 것이었다. 브라질에서 생산되어 가공된 최고급품이 아니면 입도 대지 않았다. 향기는 그럴 듯해도 설탕도 프림도 넣지 않은 헤이즐넛은 도무지 내 입맛엔 맞지 않았다. 최고의 품질이라며 입에 침이 마르도록 칭찬하는 보르도 산 포도주만큼이나 그것은 내 입에서 겉돌았다. 차라리 한 병에 1500원 하는 진로 포도주가 훨씬 입맛에 맞았다. 내가 촌놈이라서 그렇다며 아내는 경멸어린 눈으로 나를 보곤 했다. 그러니 작설차나 우롱차는 그녀가 생각하는 차의 반열에는 얼씬도 할 수 없는 풀잎 따위들이었다. 이상하게 아내는 차와 커피를 구분하지 않았다. 이렇게 꼭두새벽에 밤길을 도와가며 샘물을 길어 차를 우려낼 준비를 하는 것을 보면 아내는 뭐라고 할지 문득 궁금해졌다. 유난히 밤샘 작업을 좋아하는 아내니, 지금 시간 아내는 그 헤이즐넛을 즐기면서 디자인 아이디어를 구상하는 데 여념이 없을 것이다.

"자, 이제 땅이 준 귀한 선물을 잘 담아봅시다."

돌 틈에 놓인 작은 쪽박을 들더니 노승은 병을 부서내고는 정성스럽게 물을 담아 넣었다. 마치 엄숙한 제의라도 주관하는 제관처럼 노승은 병에 물을 다 채울 때까지 한마디 말도 꺼내지 않았다. 허리를 잔뜩 웅크린 채 물을 담는 일이 힘에 부칠 듯하건만 노승은 힘쓰는 소리 한 번 내지 않았다. 내가 길겠다고 나서고 싶었지만, 공연한 참견이란 생각이 들어 선뜻 나설 엄두가 나지 않았다.

꽤 긴 시간이 흐른 뒤 마침내 페트병은 고운 샘물로 가득 찼다.

"아이쿠, 디다. 몸이 한 해마다 다르구려. 전에는 이깟 쯤은 일도 아니었는데."

노승은 옆에 누워 있는 널찍한 바위에 엉덩이를 걸치더니 허리며 등을 연신 두드렸다. 이마에 송골송골 맺힌 땀이 어둠 속에서도 빛났다. 노승이 나를 훌쩍 올려다보면서 말했다.

"담배 한 대 주시구려."

나는 깜짝 놀라 내 귀를 의심했다.

"담배라 하셨습니까?"

"왜? 아니 피시오. 없으면 됐고."

"아니, 있긴 합니다만, 스님이 담배를 찾으시는 건 처음 봅니다."

나는 허겁지겁 주머니에서 담배를 꺼내 한 개비를 뽑아 내밀었다. 노승은 담배 머리를 잡더니 두 손가락으로 허리를 뱅뱅 돌렸다.

"어허! 아직 진짜 대덕을 못 만났구먼. 부처님 계율에 담배 피지 말란 법은 없어요. 나도 소싯적엔 이놈을 꽤 피웠지. 담배를 꼬나물면 굉장히 멋있게 보이는 줄 알았거든. 그땐 참 못된 짓도 많이 했지. 출가한 뒤엔 끊었는데, 나도 이제 죽을 때가 되었나, 가끔 뜬금없이 당길 때가 있구려. 오늘처럼 이렇게 맑은 새벽녘이면 더욱 간절하다오.”

그러나 말은 그렇게 하면서도 정작 불을 붙일 생각은 없는 것 같았다. 라이터나 성냥을 찾진 않았다. 담배는 노승의 손가락에서 뱅뱅 맴을 돌았다. 노승의 시선도 담배가 아니라 샘물 쪽에 닿아 있었다.

“보시구려. 병으로 이렇게 많이 길렀는데도 여전히 샘물은 그대로지. 게다가 희한한 게 한동안 길지 않아도 넘치질 않아요. 대신 말라버려. 샘이란 길어줘야 마르지 않는다는 말이 맞아. 위에 있는 놈을 떠내줘야 밑에 있는 놈이 머리를 내밀 수 있는 게 세상 이치 아니겠소? 샘물도 마찬가지야.”

노승은 손을 내밀어 샘물을 가볍게 휘저었다. 나는 마땅히 대꾸할 말이 없어 떠오르는 대로 말했다.

“그러면 위에 있는 놈이 섭섭하지 않을까요? 마냥 밀려 쫓겨나야 할 팔자니….”

손가락을 들어 입으로 맛을 보던 노승이 목에 힘을 주었다.

“모르는 소리. 위에 있던 놈도 결국엔 돌고 돌다가 다시 아래로 내려간다오. 그렇게 밀고 밀리고, 나가고 들어오고 하며 한없이 순환하는 게지. 부처님 손바닥 안에 불공평한 것은 없다오.”

“하지만 아무 결과도 없이 돌기만 한다면 너무 허망하지 않을까요?”

“도는 것 자체가 결과라오. 또 원인이지. 하지만 결국엔 순환하지 말아야 해. 벗어나지 못하고 돌기만 하면 숙세의 업만 쌓일 뿐이니까. 그것은 몸에 묻은 때와 같아서 씻어내지 않으면 켜켜이 쌓여버리지. 영혼의 때, 전생의 때가 가끔 이승의 인간을 괴롭힌다오. 처사님은 무슨 숙세의 업이 있어 이 신새벽에 예서 담배 피는 노승을 만났는지 모르겠구려.”

착각인지는 모르겠지만 노승은 빙긋 웃는 듯했다.

나는 객쩍은 질문을 하나 던져보기로 마음먹었다.

“그렇게 말씀하시니 궁금한 게 있습니다. 불가에는 옷깃만 스쳐도 인연이란 말이 있잖습니까?”

“그렇답디까?”

노승은 처음 듣는 말인 것처럼 귀를 쫑긋 세웠다. 나는 또 말문이 막히고 말았다. 그러나 내친김이라 싶어 말꼬리를 접지 않고 계속 이어나갔다.

“제가 듣기에 전생에 천 번을 만났어야 이생에서 옷깃 한 번 스치는 인연을 짓는다고 하더군요.”

“그런데?”

“하지만 곰곰이 생각해보면, 제가 평생 동안 사람을 만나봐야 만 명도 안 될 것 같습니다. 그중 여러 번 만나는 사람이야 더욱 적겠죠. 그런데 천 번이라니, 세 해 동안 매일 만나야 천 번이지 않습니까? 그런데 옷깃 스치는 사람은 하루에도 수십 명은 되지요. 제가 수학은 자신이 없긴 하지만 등식이 성립되지 않는 게 아닌가요? 그냥 천 번은 많다는 뜻인지도 모르겠지만 말입니다.”

“허허! 젊은 분이라 셈이 빠르시구려. 그러나 천 번이면 천 번이지 어찌 많다는 막연한 숫자와 같겠소.”

114

"그럼 진짜 천 번을 만났다는 뜻이란 말씀입니까?"

"당연하지!"

노승은 제법 어깨를 으쓱거리며 대꾸했다.

"참, 스님도 농담이 과하십니다. 어디서 그 많은 사람들이 나오겠습니까."

"처사님이야 말로 우물 안 개구리 같구려. 어찌 전생이 한 번뿐이었겠소. 열 번도 있을 수 있고, 스무 번, 백 번, 아니 천 번도 더 될 수 있지. 천 번의 전생에서 만난 사람이라면 얼마나 많겠고, 또 딱히 왜 사람만 고집하시오. 풀이며 나무며 바람이며 구름들도 다 만난 물상들이지. 그런 만남이 쌓이고 쌓여 오늘이 있는 것인 줄 모르셨소. 인간은 그렇게 쳇바퀴 돌듯이 전생에 만난 사람을 이생에서 만나고 또 다음 생에서 만나는 것이라오. 그러니 만남이란 것이 얼마나 지겹고 소중한 것이오."

그 대답에 나는 할 말을 잃었다. 나는 고작 덧셈을 하고 있는데 노승은 제곱수를 곱하고 있었던 것이다. 문득 그렇다면 인간의 의지란 것은 무슨 소용이지? 하는 의문이 스쳐갔다. 그렇게 만물이 다 맹목적으로 변화에 따를 수밖에 없다면 자율성은 없는 셈이었다. 넋 놓고 걷다가 문득 정신을 차렸을 때 만나는 미루나무처럼 인간은 누군 줄도 모르고 어떻게 될 줄도 모르고 끊임없이 만나고 헤어지고 하는 존재일 뿐일까? 그렇게 만난 것이 나와 아내의 인연이고 숙명일까? 그렇다면 나와 아내 앞에 놓여 있을 미래는 어떤 형상과 빛깔을 띠고 있는 것일까? 맑은 새벽에 갑자기 머리가 아파왔다.

"어허! 무슨 대단한 법문을 들었다고 이리 골똘히 상념에 젖소. 여름

이슬도 차가우니 그만 발길을 옮깁시다."

그제야 정신을 차린 나는 페트병을 들면서 말을 맺었다.

"스님 말씀이 옳습니다. 제가 좌정관천했습니다."

내 마음 갈피를 읽었는지 노승은 위로하듯 한마디 말을 더했다.

"너무 실망 마시오. 우물 안인지 똥간인지도 모르고 살아가는 중생이 더 많으니까."

노승은 맴을 돌리던 담배를 내게 돌려주었다. 그러면서 이렇게 뇌까렸다.

"아이쿠, 담배 그놈 참 맛있게 피웠다. 야반삼경의 차 맛 못지않구려."

다시 문길사로 나타난 진이의 몰골은 도천의 말대로 꼴이 아니었다. 나이보다 젊게 보였던 외모는 살이 빠져 까칠해졌고, 잔주름이 눈 주위를 실개천처럼 흐르고 있었다. 눈가엔 기미 자국도 완연했는데, 눈자위에는 여린 핏발까지 서려 있었다. 마치 초로의 나이에 접어든 아낙의 초상을 보는 듯했다. 이미 대면했던 도천조차 깜짝 놀라 눈을 씻을 정도였으니, 그간 그녀의 상심이 어떠했는지 짐작하고도 남았다.

"저런, 얼굴이 많이 상했구나. 어서 힘을 내야지."

마땅한 위로의 말이 떠오르지 않은 지족은 서투르게 조문의 예를 갖췄다. 피부에 와닿는 세속의 일에 능란하고 대범하게 처리하지 못하기는 예나 지금이나 변함이 없는 자신이 서글펐다.

"예."

지족을 잠깐 올려다본 진이는 곧 고개를 떨군 채 고무신 코만 열심히 살폈다.

"무슨 말인들 위로가 되겠느냐만, 너무 상심이 크면 어머님도 구천에서 염려하실 것이니 초심을 잃지 말아야지. 부처님께 정성을 다해 빈다면 극락왕생하실 것이야. 뭐 굳이 우리 힘이 필요할 까닭도 없겠지. 훌륭한 분이셨을 테니."

인사치레에 바쁜 지족은 진이의 얼굴이 가볍게 일그러지는 것을 알아채지 못했다. 겉으로 보기에 어머니를 여읜 아픔이 고스란히 묻어나는 것은 당연했지만, 마음을 밖에 버려둔 듯한 사람처럼 보이는 것은 뜻밖이었다. 마치 무언가에 홀린 사람처럼 시선이 끊임없이 흔들렸다. 어찌 보면 골똘히 생각에 잠겨 바깥 물정에 반응할 겨를도 없는 사람 같기도 했다. 오랜 동안 시정의 사내들을 상대했던 그녀에게는 알게 모르게 세파에 단련된 노련함이나 긴장감 같은 것이 배어 있었다. 쉽게 감정을 드러내거나 감정에 흔들리는 일은 필요할 때라면 얼마든지 속이거나 감출 수 있는 능력이 그녀에게는 있었다. 그러나 지금 진이의 거동은 그런 상례에서 벗어나 있었다. 마음의 어느 한 구석이 날아간 듯한 공허함을 그녀는 감추지 못했다. 지족만 이를 간파하지 못할 뿐이었다.

"진이 아씨가 전과는 좀 달라 보입니다. 못 느끼셨습니까?"

진이가 저만치 멀어지자 곁눈질을 하던 도천조차 이렇게 말할 정도였다. 이 소리에 지족이 버럭 화를 냈다.

"아직도 계집의 꽁무니를 살피는 데 마음을 빼앗기고 있더냐! 어머니를 잃었는데 당연하지, 평소와 같겠느냐?"

이 서슬에 도천은 목을 잔뜩 움츠린 채 더 말도 붙여보지 못하고 뒤로 물러섰다. 그 뒷모습을 흘기면서 지족은 고개를 홰홰 내저었다. 저 놈을 위해 뭔가 조치를 취하겠다고 다짐은 했지만 어떻게 해야 할지 갈 피가 분명히 서지 않았다. 진이의 도움을 받아야겠다는 막연한 복안을 가지고 있었는데, 모친을 잃은 그녀에게 무엇이 되었든 부탁을 할 상황 은 못 되었다.

기다리자. 부처님도 뜻이 있으시다면 뭔가 서광을 비추시겠지.

고작 이런 속 넋두리나 할 뿐이었다.

사십구재를 지낼 때까지 진이는 문길사를 떠나지 않았다. 대신 침모 와 몸종이 문길사로 와서 제사 준비를 거들었다. 갑자기 문길사의 식구 가 부쩍 늘어났지만, 모두 여자인지라 동네 이목에도 신경이 쓰였다. 승방을 진이네 식구에게 내준 지족과 도천은 가장 멀리 떨어진 명부전 으로 잠시 거처를 옮겼다. 두 사람은 재일까지 밤을 낮 삼아 쉬지 않고 『아미타경』을 외웠다. 수륙재水陸齋도 아니고 한 사람의 망자를 위해서 는 과분한 처사이기도 했지만, 다른 이도 아닌 진이의 모친이었다. 이 를 통해 도천의 흐트러진 마음을 다잡으려는 의도도 깔려 있었다. 한 사람의 죽음 앞에 서서 경건해지지 않을 사람은 드물 것이다.

밤을 까맣게 지새우며 『아미타경』을 외던 지족은 뇌리를 떠나지 않 는 이상한 예감 때문에 도무지 독경에 집중을 할 수가 없었다. 근거를 알 수 없는 상념이 마음을 계속 어지럽혔다. 잠깐 눈을 붙인 새벽녘에 는 길몽인지 악몽인지 알 수 없는 꿈에 시달리기조차 했다. 새 한 마리 가 밤하늘을 정처 없이 날고 있었다. 한없이 멀어지다가도, 손을 뻗으 면 닿을 듯한 거리에서 홰를 치기도 했다. 칠보로 온몸을 치장한 극락조極樂鳥인가 싶었는데 갑자기 칠흑처럼 까만 까마귀로 변하기도 했고, 그러다가도 문득 찬란한 꽁지깃을 뽐내는 공작새가 되기도 하는 등 변화무쌍한 새였다. 손을 저어 쫓으려 했지만 녀석은 지족의 주변을 떠나기 싫은 듯 꿈쩍도 않고 선회했다. 정체가 궁금해 자세히 관찰하려고 올려다보려는데, 이상하게 고개가 뻣뻣하게 굳어 젖혀지지 않았다. 그저 잠시 낮게 날아왔을 때 눈앞에서 펼쳐놓는 변신을 지켜볼 뿐이었다. 새는 웃는 것 같기도 하고, 하염없이 울고 있는 것 같기도 하는 등 표정을 쉴 새 없이 바꾸었다. 분명 달도 뜨지 않은 그믐밤인 것 같은데 갑자기 눈부신 햇살이 내리쬐었다. 도무지 요령을 잡을 수 없는 꿈이었다.

내 심신이 많이 허약해진 모양이구나. 그동안 정진의 끈을 늦추었던 탓이야. 명색이 중놈이 망상을 떨치지 못하고 무명 속을 허우적거리다니. 돈오점수頓悟漸修라 했는데.

도천도 도천이지만 자신을 향한 담금질도 한동안 게을리 해서는 안 되겠다고 자책하면서 더욱 염불에 심혈을 기울였다.

다음날이었다. 저녁부터 울적한 표정을 감추지 않던 도천이 밤이 되자 자신은 대웅전에 가서 독경을 하겠다고 일어섰다. 여러 부처님께 두루 치성을 올리면 더욱 망자를 위하는 일이 아니겠느냐면서 어울리지도 않는 변명까지 늘어놓았다. 마뜩치는 않았지만 굳이 그러겠다는 것을 만류할 이유도 없었다. 잠시나마 혼자 있는 게 마음을 가다듬는 데 도움이 될 것 같기도 했다. 누구에게나 자기 정진의 시간은 필요한 법이다. 그리고 그 시간은 외롭다.

밤늦도록 지장보살의 용안을 우러러보면서 지족은 사람의 삶과 죽음에 대한 명상으로 혼몽한 상태에 잠겼다. 제법무상諸法無常. 모든 것은 변하는 것이니, 인간의 육신 또한 한결같지 않은 게 당연한 이치다. 육신이 생명의 탈을 썼을 때 우리는 삶이라 부르고, 육신을 떠났을 때 죽음이라 일컫는다. 떠난 생명이 다시 육신을 찾아 옷을 입으면 삶은 다시 시작된다. 그 간극은 억겁의 시간일 수도 있고 찰나일 수도 있는 것. 시간의 길고 짧음에 얽매일 필요는 없다. 그런 구분이 망념을 일으키고 집착을 불러온다. 진이가 어머니의 죽음을 애통해 하는 것이나, 도천이 진이의 허울에 들씌워져 고민하는 것 역시 망념이고 집착이다. 망념과 집착을 여의었을 때 부처의 세계가 열리는 것이다. 그런데 그 문을 열 생각은 않고 기어이 닫으려고만 하는 고집은 또 무엇인고? 낮에 얼핏 보니 두 사람이 뒤뜰에서 만나 뭔가 귓속말을 주고받는 눈치였다. 아무래도 점점 낌새가 나빠져 가는 것이 아닐까 부쩍 안달이 났다.

마음의 문제일 것이야. 어떻게 잊을 수 있겠는가, 그 마음을 버려야지. 모든 것을 허공에 날려 무無로 만들 때 진정한 나로 존재하는 것인 것을.

지족은 무無라는 글자를 허공 속에서 거듭 지우면서 선정의 깊이를 더해갔다.

진이와 도천, 두 사람은 전생에 무슨 악업을 지었기에 이생에서까지 그 굴레를 벗어나지 못한단 말인가. 정업淨業을 쌓지는 못했을망정 축생에 떨어질 죄업을 짓지는 않았을 터인데, 어쩌다 길을 잘못 들어 저런 번뇌의 나락에서 벗어나지 못하는 것인고? 어찌하여….

그러나 그의 생각의 물결은 곧 흐트러져버리고 말았다. 문전에서 여인의 주저하면서도 단호한 목소리가 들려왔다.

"스님, 계십니까? 잠깐 들어가겠습니다."

진이는 그 말을 여러 차례 되풀이했을 것이다. 명부전 안이 너무 조용해 혹시 그새 자리라도 비웠나 저어될 정도였다. 사십구재를 지내기 전에 반드시 지족을 만나 전해야 할 말이 있었다. 그리고 분명한 다짐도 받아야 했다. 재를 지내고 나면 모두 허사가 될 것이다. 자신의 업보지만 아직 아무 것도 알지 못하는 지족에게 이 일을 어떻게 설명하고 납득시켜야 할지, 진이 자신이 생각해도 황당한 부탁을 아니 애원을, 아니 요구를 해야 할 시간이 얼마 남지 않았다. 내 탓이 아니라고 얼마든지 변명할 수도 있었다. 그러나 일이란 벌여놓은 사람이 수습해야 한다. 그의 의도였던 아니건 그것이 중요하지는 않다. 꼬인 매듭을 풀어야 하는데, 그 일은 지족이 아니면 불가능했다. 경위를 알게 되면 지족역시 나 몰라라 발뺌하지는 못할 것이다.

―하지만 그것도 내 좋은 생각이지.

며칠을 주저하다가 더 이상 지체할 수 없다고 판단한 그녀는 오늘이가기 전에 단도리를 쳐야겠다고 다짐했다. 점심 때 도천을 만나 큰스님에게 긴히 할 말이 있으니 오늘 밤은 대웅전으로 자리를 비켜달라고 부탁했다. 의심과 의혹의 눈초리를 떨치지 못하면서도 도천은 그러마고승낙했다.

자리에서 일어나는지 옷깃이 스치는 소리를 들은 진이는 두 손을 꼭쥐었다. 손바닥은 생각지도 않게 축축하게 젖었다. 그녀는 치마폭으로땀을 씻어냈다.

"어인 일이냐? 잠이 오지 않는 게로구나."

쪽문을 열면서 지족이 상체를 밖으로 내밀었다. 법복을 모두 갖춰입은 상태였다. 오른손에 들린 염주가 유난히 무거워보였다. 내려다보고 있는데도 주름살은 여전히 생생했다. 그만큼 세월이 흐른 것이다.

"드릴 말씀이 있어 야심한데 찾았습니다."

지족은 어색하게 법당 안으로 고개를 돌렸다가 다시 진이에게 시선을 주었다.

"밝은 날에 하면 안 될 말이냐?"

"죄송하오나, 오늘 말씀드려야겠습니다. 불편하시더라도 들여보내주십시오."

승려와 신도의 관계니 새삼 내외를 할 까닭은 없었지만, 그래도 께름칙했다. 더욱이 뭔가를 단단히 결심한 진이의 굳은 얼굴을 보니 들여보내기가 썩 내키지 않았다. 그러나 무작정 내치기에는 그렇게 격식을 따질 사이도 아니었고, 쉽게 물러설 기미도 없었다.

"그래. 들어오려무나."

법당 마루에 정좌한 진이는 한동안 입을 꾹 다문 채 용건을 꺼내지 않았다. 마주 앉은 지족 역시 아무 생각도 없는 사람인 듯 눈길을 내려놓은 채 침묵을 지켰다. 어색하면서도 팽팽한 긴장감이 흘렀는데, 진이는 그 까닭을 알고 있었고, 지족은 헛다리를 짚고 있었다. 설마 도천과의 춘정을 토로하려는 것은 아니겠지? 결국 먼저 입을 열어야 할 사람은 까닭을 알고 있는 진이였다.

"어떻게 말머리를 꺼내야 할지 모르겠습니다. 거두절미하고 말씀드리죠."

마치 다 안다는 듯이 지족은 고개를 주억거렸다.

"그러려무나."

"스님은 제 고향이 어딘지 아시는지요?"

이 질문에 지족의 표정이 뜨악하게 바뀌었다.

"무슨 소리냐? 고향이라니?"

"모르시지요? 제가 말씀드린 적도 없고, 물어보신 적도 없으니까요."

"그래 맞다. 내게 그런 것까지 알 신통력은 없구나."

지족은 보일 듯 말 듯 고개를 갸웃거렸다.

이 아이가 무슨 얘기를 꺼내려고 이렇게 요상한 말로 변죽을 울리는 것일까?

지족이 말을 계속하라는 듯 허리를 조금 구부렸다. 진이는 큰 비밀이라도 발설하는 사람처럼 무겁게 입을 열었다.

"금산 땅입니다."

이 말에 지족의 눈썹이 위로 치켜 올라갔다.

"금산 땅이라고?"

"예. 처음 듣는 고장 이름은 아닐 것입니다. 스님과도 인연이 깊은 고을이지요."

지족의 표정은 복잡하게 뒤엉켜갔다. 그는 깊은 숨을 내쉬며 말문을 열었다.

"내가 어찌 그곳을 모르겠느냐. 내가 삭발을 하고 수계를 받은 절이 있는 곳인데…."

회상에 젖은 얼굴이라고 하기에는, 지족의 낯빛에 감회가 묻어나지 않았다. 오히려 떨치고 싶은 기억을 못내 지워내지 못한 안타까움이 짙게 드리워진 표정이었다. 해묵은 상처가 다시 덧날 때 보이는 거북한 감정이 떠올랐다.

"그렇지요. 스님의 젊은 시절의 땀과 번뇌, 정진이 고스란히 살아 있는 곳이지요. 또 부랴부랴 달아나듯 떠나온 곳이기도 하구요."

진이의 말투에는 의도했건 아니건 비꼬는 기색이 숨어 있었다. 그러나 그녀의 얼굴에는 버거운 짐을 내려놓은 사람이나 보여줄 수 있는 홀가분함이 밀물처럼 번지고 있었다.

"무슨 말인지 종잡을 수가 없구나. 아직 나를 기억하고 있는 사람이라도 만났던 것이냐?"

부끄러운 상처가 드러난 사람이 그러하듯 지족은 방어하듯 두 팔을 무릎 위로 올렸다. 지족의 눈은 이제 의혹에서 경계하는 눈빛으로 바뀌었다. 당황하는 지족을 안심시키듯이 진이는 도란도란 말을 이었다.

"스님께서야 한낱 먼지 같은 옛 기억에 얽매이시지 않을 터이니 무엇이 거리끼겠습니까? 벌써 서른 해도 지난 일인 것을요. 다시 헤적여 무슨 보탬이 되겠습니까. 하지만 망자의 소원이 있으니 무턱대고 덮을 수만도 없는 게 자식의 도리이지요. 이제부터 제 어머님 얘기를 들려드릴 터이니, 속없는 아녀자의 말이려니 생각지 마시고 들어주세요."

사연을 꺼내자니 목부터 매인 듯 진이는 가볍게 헛기침을 했다. 손톱으로 법당 바닥에 일어난 흠집을 몇 번 긁더니 손바닥으로 자국을 쓸어냈다. 지족은 아무 대꾸도 없이 그 몸짓을 물끄러미 바라보았다.

"제가 천한 기생이니 모친의 신분 역시 그러려니 여기시겠지만, 사실 어머님은 어엿한 양반 댁 규수로 태어나셨습니다. 인생이 기구해서 그만 모진 풍파 세월을 겪고 마셨지요. 진흙 밭에 발자국을 남긴 기러기가 어디로 날아갈지 알 수 없다더니 어머님의 삶이 바로 그러했습니다. 금산 땅에서 조판서 댁이라 하면 모를 사람이 없을 만큼 유서 깊은 명문가의 외동딸로 어머니는 세상에 나오셨습니다. 만득녀晩得女였지요."

지족의 얼굴 위로 흠칫 놀라는 표정이 완연하게 번져갔다. 진이는 그 변화를 놓치지 않았다.

"위로 줄줄이 대과에 급제하여 궐 안팎의 요직을 맡고 있는 오라버니와 십 년 권세를 자랑하는 부친의 귀여움을 한 몸에 받으며 곱게 자라셨지요. 그 즈음 부친은 (제게는 조부가 됩니다만) 궐내의 암투에서 밀려나 사정이 여의치 않자 잠시 낙향하여 절치부심의 세월을 보내고 계셨지요. 권토중래를 노리고 있던 조부님과 집안 분위기 탓에 어머님은 집안에서는 금쪽같은 재산 덩어리였습니다. 어서 빨리 장성해서 세도가와 가약을 맺어 움츠려드는 가문의 광영을 이어나가야 할 막중한 책임이 있었으니까요. 스님께서도 그 가문은 기억하실 겝니다."

진이는 지족의 눈치를 살피며 잠시 말을 끊었다. 그러나 얘기 중간부터 꾹 다물어진 지족의 입술은 미동도 하지 않았다. 아예 눈까지 감겨 있었다. 채근할 듯 어깨를 움찔하던 진이는 그예 뜻을 접고 사연을 이어나갔다.

"그런 어머님이 그릇된 길을 가게 된 것은 이팔방년의 나이를 갓 넘길 무렵이었습니다. 이제 한 해만 더 보내면 혼례를 치르고 한양 땅으로 올라갈 날을 기다리던 때였죠. 어느 날이던가요. 한창 만물이 기지개를 켜는 봄이 막 무르익어가는 때였습니다. 어머니의 아버님, 그러니까 제 조부님 되시는 분은 엄격한 유가의 본분을 지키는 사대부였지만, 불가의 고승들과도 흉금을 터놓고 지내는 그런 분이셨습니다. 방외方外의 벗이라 해서 주변 고찰에 기거하는 대덕들과도 돈독한 교분을 나누고 계셨지요. 주변의 만류도 아랑곳하지 않으셨죠. 아마 그 핏줄을 속이지 못해 저도 이렇게 산사 발걸음이 이어졌나 봅니다. 한 번은 절간의 큰스님이 제자를 시켜 문안 편지를 전해왔었답니다. 긴한 내용은 없었지만 오랜만에 서신을 접한 조부님은 답신을 쓸 동안 심부름 온 스님에게 잠시 사랑에서 기다리라고 분부했습니다.”

진이는 이 대목에서 침을 한 번 꿀꺽 삼켰다.

“때는 춘삼월, 아직 겨울의 잔설이 다 녹진 않았어도 뒤뜰 정원에는 춘색을 아름답게 장식하는 꽃들이 시샘하듯 자태를 뽐내고 있었지요. 판서 댁 후원은 심상하지만 아담하면서 기품 있는 화훼며 화목花木들이 소담하게 가꾸어진 곳으로 인근에서는 꽤 알려진 명소였던 모양입니다. 호남에 소쇄원瀟灑園이 있다면 기호에는 판서 댁 후원이 있다고 말들을 할 정도였지요. 조부님은 호사가의 췌언이라면서 후원의 이름도 붙이지 못하게 하셨습니다. 젊은 스님은 기다리기가 무료했던지 사랑방을 나와 서성이다가 후원으로 향하는 문을 들어서게 되었습니다. 붉은빛이 감도는 금낭화며 해당화가 토실토실한 꽃망울을 벌렸고, 키 낮은 진달래는 부끄러운 듯 후원의 돌 틈에 숨어 꽃잎을 하늘거렸습니다. 이에 어울리게 하얀 목련과 벚꽃이 목을 길게 빼고 어깨를 나란히 했지요. 잘 단장된 노란 유채꽃과 개나리도 후원에 활기를 불어넣었습니다. 나비들이 물결이 찰랑거리듯 떼 지어 꽃 사이를 숨바꼭질했고, 벌들은 꿀을 찾아 힘차면서도 바쁜 날갯짓을 했죠. 게다가 석간수石間水를 끌어들여 만든 연못에서는 금빛 잉어들이 게으르게 헤엄치고 있었습니다. 이 모습에 넋이 나간 스님은 한동안 자연이 만든 만화경에 정신을 놓고 말았습니다. 참으로 좋은 시절이었지요.”

이윽고 지족이 천천히 눈을 떴다. 그의 눈빛 속에는 눈을 감기 전과는 다른 의미가 담겨 있었다. 촉촉하게 습기를 머금은 고운 모래밭 같았다. 맨발로 걸으면 모래알이 주는 섬세한 감촉과 차가우면서도 기분 좋은 물기가 금방이라도 배어나올 듯했다. 그 잔잔하면서도 올올한 시선을 고스란히 받으면서 진이는 무언가 계시 같은 것을 느꼈다. 눈물을 흘리시나? 뭔가 한마디라도 말을 할까 기다렸지만, 지족은 고집스럽게 입을 다물고 있었다. 별 수 없이 진이의 입이 다시 열렸다.

"그때 우연인지 조물주의 조화인지 그 후원 문을 들어서는 또 한 사람이 있었습니다. 역시 나른한 봄날의 햇볕을 견디지 못하고 꽃을 동무 삼아 놀려는 어린 계집아이였습니다. 바로 제 어머니셨죠. 소녀는 아무 생각 없이 후원으로 들어서다가 낯선 이방인을 보았습니다. 스님은 솜 망울을 쥐듯 꽃을 부드럽게 어루만지면서 화향花香을 맡고 있었습니다. 그러면서 세상에서 가장 맛난 음식을 음미한 사람처럼 빙그레 미소를 짓고 있었습니다. 아련하게 비치는 햇살을 맞으면서요. 그런데 그만 그 모습을 본 소녀의 가슴에 말로는 표현할 수 없는 감정이 복받쳐 오르고 말았습니다. 잿빛 승복을 두르고, 파랗게 깎은 머리를 숙인 채 염화시중의 미소에 잠긴 스님을 보는 순간 뭔가 묵직한 덩어리 하나가 철렁 가슴속으로 떨어지는 충격을 느꼈답니다. 그것은 너무나 신선하면서도 아픈 충격이었죠. 이렇게 해서 그 소녀에게는 한 덩이 정념의 불꽃이 지펴지고 말았습니다."

다시 숨을 고르려고 입술을 다문 진이는 차분한 눈길로 지족을 바라보았다. 뭔가 할 말이 없냐는 질문이 그 눈길 속에는 담겨 있었다. 하지만 지족은 돌덩이라도 된 듯 꼼짝도 하지 않았다. 이제 지족의 눈길은

달빛이 희미하게 무늬를 남기고 있는 창호문을 향하고 있었다. 밖에서
는 바람이 부는지 문풍지가 가늘게 떨렸다. 미간도 조금 떨리는 것 같
긴 했는데, 어쩌면 바람 때문일지도 모른다고 생각할 만큼 짧았고 자취
도 남기지 않았다. 법당 안으로 바람이 불어올 까닭도 없었지만, 지족
과 진이가 날린 숨결을 견딜 수 없기라도 한 듯 향불은 천장에 닿기도
전에 흩어져버렸다. 그녀와 지족 외에 또 한 사람이 법당 안에 있는 것
이 분명했다. 살은 없고 넋만 있다고 해도, 그것은 존재했다.

말을 계속 잇기를 재촉하듯 향불이 진이를 향해 날아왔다.

"이날부터 그 소녀는 남모를 병을 앓기 시작했습니다. 유모에게 몰
래 물어 그 스님의 신원을 알아낸 소녀는 그저 다시 한 번 스님을 보고
싶다는 마음 외에는 아무 생각도 나지 않았습니다. 골똘히 생각에 잠겨
있다가 바늘에 손끝을 찔린 일도 한두 번이 아니었지요. 다시 심부름
오기를 기다렸지만, 조물주의 시샘인지 사랑채에는 쓸쓸한 기운만 감
돌았습니다. 만나지 못하니 호기심은 그리움으로 번졌고, 마른 겨울 숲
에 불씨 하나가 던져진 것처럼 연모하는 정은 거대한 불길이 되어 자꾸
만 번져갔습니다. 재회할 방법이 없었으니 사방 창을 다 닫고 불을 지
피는 방 안처럼 언제 터질지 모를 지경으로 내달을 수밖에 없었죠."

마음의 동요를 대신하듯 지족의 염주 돌리는 소리가 차츰 커지기 시
작했다.

"그래서 꾀를 내었지요. 그 새 봄은 더욱 무르익어 열기가 후원을 넘
어 사방 들판이며 산으로 번져갔습니다. 소녀는 조부님의 눈치를 살피
다가 슬쩍 청을 드렸습니다. 겨우내 규방에 갇혀 지냈더니 갑갑증으로
쓰러질 것 같다며 엄살을 떨었습니다. 더구나 초파일도 가까워지고 있

었지요. 제발 하루만이라도 바깥 외출을 허락해달라며 보챘습니다. 여느 때 같으면 불호령이 떨어졌겠지만, 문밖을 나가 세상 공기를 마시고 싶은 것이 하나 남은 소원이라는 어린 딸의 눈물 어린 호소를 조부님은 거절하지 못했습니다. 아무 것도 모른 채 정략결혼의 재물이 되는 딸이 안쓰럽기도 했겠지요. 이제 저러다가 시댁으로 들어가면 귀신이 될 때까지 어두운 골방 신세를 면할 수 없을지도 모르니까요. 그래서 딱 하루 몸종과 하인까지 거느리고 마을 구경을 하도록 허락했던 것입니다. 어머니는 뛸 듯이 기뻐했고, 작심을 하고 발길을 내달린 곳은 마을에서 멀지 않은 곳에 있던 어느 산사였습니다.”

접동새 한 마리가 멀리서 구슬픈 울음소리를 내었다.

“어머니는 귀동냥으로 스님이 그 절에 기거하지 않는다는 사실은 알고 있었습니다. 대둔산 산봉우리 하늘과 맞닿은 곳에 있는 산사가 거처였지만, 어머니가 오르기에는 너무나 멀고 험한 딴 세상이었지요. 그저 혹시나 하는 마음으로 달려갔던 것입니다. 더욱이 그 절은 삼국시대 때 세웠다고 전해지는 칠층 석탑이 있어 유명했지요. 초파일 밤에 탑돌이를 하면 반드시 한 가지 소원을 들어주는 영험이 있어 많은 사람이 찾았답니다. 그리고 어머니가 그 절을 찾은 날도 초파일이었습니다. 별당에서 조모님이나 친지들이 들려준 덕목이며 예절만 익힌 어머니가 무슨 부처님의 가르침이란 걸 알았겠어요. 그런데도 어머니는 거역할 수 없는 힘에라도 끌린 듯 자신도 모르게 골목을 벗어나 언덕을 넘어 절로 향했답니다. 마지막 정성까지 모아 스님과 재회하게 해달라고 빌 작정이었지요.”

아미타불—

그제야 지족의 입에서 한숨인 듯 탄식인 듯 한마디 육성이 흘러나왔다. 그것은 마치 마술사의 주문처럼 들렸다. 잘못된 길을 가고 있는 것을 말리려는 뜻인지, 아니면 이미 정해진 운명은 돌이킬 수 없다는 체념인지 알 수 없었지만, 호흡만큼이나 음성은 흔들리고 있었다.

진이는 잠깐 그 모습을 엿보고는 말을 이었다.

"물론 어머니는 밤이 올 때까지 그 절에 머물진 못했습니다. 마을 어귀를 벗어나서는 안 된다는 엄명을 어긴 마당에 해 떨어지기 전에 귀가하라는 조부님의 금령까지 깰 순 없었으니까요. 몸종과 하인의 만류를 뿌리치고 그나마 절까지 왔던 것이니까요. 하지만 어머니는 거기서 다시 스님을 만났습니다. 놀라운 우연이고 행운이었지만, 하늘이 무너지고 땅이 꺼질 불행의 시작이기도 했습니다. 비록 아주 짧은 해후였을 뿐이지만, 어머니의 가슴에 엄청나게 단단하고 모진 흔적을 남기고 말았으니까요. 왜 그때 하필이면 승방의 창문이 다소곳이 열려 있었을까요. 귀신의 장난이었을까요? 아니면 부처님의 손길이었을까요? 열린 창문 사이로 어머니는 불경을 읽고 있는 스님의 모습을 보게 되었습니다. 어깨를 약간 숙인 채 곱게 삭발한 머리를 가볍게 흔들고 있었답니다. 무슨 귀한 말씀을 읽는지 입가에는 벙긋 미소까지 머금고 계셨답니다. 처음 후원에서 마주쳤을 때 그 모습 그대로였지요. 입술은 암송하는 구절을 음미하는 듯 섬세하게 움직였습니다. 그 모습이 어머니에게는 마치 귀에 따뜻한 입김을 불어넣으며 정답게 귓속말을 속삭이는 것처럼 느껴졌답니다. 입술을 타고 새어나온 꽃향기는 창문을 넘어 허공을 가르다가 탑머리를 아쉬운 듯 한 번 감돌고는 어머니의 어깨를 타고 안개처럼 자욱하게 내려앉았습니다. 어머니는 너무나 가슴이 떨리고

숨이 차서 제대로 서 있지도 못했답니다. 그것은 거대한 홍수가 밀려오고 찌를 듯한 산맥이 허깨비처럼 스러지는 전율이었습니다. 그래요. 어쩌면 생전 외간 남자를 본 적이 없던 어머니의 눈에 처음으로 들어온 스님의 모습이 가슴 벅찬 형상으로 각인된 것일 수도 있겠죠. 그러나 어머니의 인생은 그 일 때문에 돌이킬 수 없는 길을 가게 되었습니다. 어머니는 날이 저물도록 탑 그림자에 숨어 그 스님의 모습을 지켜봤답니다. 그리고 채근을 이기지 못하고 차마 떨어지지 않는 발길을 집으로 돌렸지요. 스님은 그런 얘기를 들어보신 적이 있나요?"

그제야 지족은 눈길을 진이에게로 향했다. 촛불이 어려 있는 눈동자는 평소의 빛을 잃고 있었다. 엉킨 실타래를 풀려다 더욱 꼬여 낭패를 본 사람처럼, 지름길인줄 알고 달린 숲길이 벼랑에서 끊겨버린 지친 나그네처럼 그는 어리둥절한 표정이었다. 가슴속으로 습하고 뜨거운 바람이 헤집고 돌아다녔다. 머리는 더욱 아수라장이 되어갔다. 돌아가고 싶어도 이미 시간이 그렇게 하도록 용서하지 않았다.

"그런 규수가 밖에 있었던 줄 나는 몰랐구나. 그날 난 초파일 행사를 돕기 위해 잠시 마을 가까운 절에 내려와 있었지. 아침나절로 다시 돌아갈 요량이었지만, 궁벽한 산사에서는 좀체 손에 넣기 어려운 경전을 손에 쥔 나는 쉽게 눈길을 거두고 떠날 수 없었다. 조금만 더 조금만 더 읽자고 한 것이 그만 해가 서녘에 걸릴 때까지 책상머리를 떠나지 못했던 게지. 방 안이 어두워 책 읽기를 방해하자 문까지 열어젖힌 채 글자 하나라도 놓칠까 탐독했어. 누군들 밖에 그런 사연을 가진 낭자가 있을 줄 알았겠느냐."

진이는 고개를 숙였다. 고운 눈물 한 방울이 치맛자락을 타고 흘러내렸다.

　"누구의 허물이겠습니까. 아무의 잘못도 아니지요. 하지만 말 한마디 나누지 못하고 돌아온 어머니는 가슴에 박힌 스님의 모습 때문에 하루도 편한 날이 없었습니다. 다시 만날 기약은 고사하고 더 이상 대문 밖을 나갈 수도 없는 처지였으니까요. 게다가 몇 차례 실랑이를 벌이던 한양 세가 집 도령과의 혼담이 마무리된 마당에 문 밖 출입이라니, 어림도 없는 일이었습니다. 조부님의 금족령에 어머니는 발을 동동 구르면서도 딱 한 번만 더 스님을 만나기를 간절히 빌었습니다. 스님만 엿보다가 탑돌이를 놓쳐버려 소원을 빌지 못한 자신을 한탄했죠. 뭘 어찌하겠다는 아무 대책도 없이, 그저 그 고운 모습을 가슴에 새겨두고 싶었던 것입니다. 그러나 그것은 결코 이루어질 수 없는, 이루어져서는 안 되는 소망이었습니다."

　지족의 눈이 다시 감겼다. 눈가에 맺힌 짙은 주름이 가볍게 떨렸다. 지족의 속마음인 듯 어긋난 염주가 유리구슬 부딪치는 소리를 냈다. 이제는 지족이 뒷이야기를 이어갈 차례였다. 허공에 몸을 띄운 사람처럼 지족은 담담하게 말했다.

　"초파일이 지나고 얼마나 지났을까. 웬 처자가 새벽바람에 내가 있던 산사를 찾아왔다. 아니 들이닥쳤다고 해야 옳겠지. 그 밤에 동행도 없이 이십 리도 넘는 산길을 혼자 헤쳐 온 것이었어. 온통 땀과 흙으로 범벅이 된 그녀는 마치 산도깨비 같았구나. 실족해 저승길로 가지 않은 것만도 천운이었지. 스승님과 나는 깜짝 놀라 연고를 물었지만 그녀는 입도 뻥긋하지 않더구나. 그저 나를 빤히 쳐다보면서 나들이를 나왔다가 길을 잃었으니 잠시 지내게 해달라는 말만 되풀이했지. 거짓말인 줄은 번연히 알았지만, 우리로서도 어쩔 도리가 없었다. 옷차림이 상민은 아닌지라 처음엔 역모의 올가미에 걸려 멸문지화를 당한 집안의 여식인가도 여겼지. 가끔 그렇게 산사로 숨어들어 피신하는 일이 있었다고 스승님께서 귀띔을 해주시더구나. 나는 그런가보다 여기고는 승방 한 칸을 비워 머물 자리를 마련해줬지. 조만간 행적을 쫓는 사람이 찾아오거나, 아니면 마을로 내려가 수소문할 요량이었다. 절간이란 곳이 떠돌이 개가 들어와도 내쫓지 못하는 법인데, 하물며 사람을 내칠 수야 있겠느냐.”

진이의 눈가에 슬픈 이슬이 또렷하게 맺혔다. 그리운 사람을 찾아 막무가내로 밤길을 헤맸을 어머니의 모습이 눈에 잡힐 듯 어른거렸다. 어머니의 장례를 마치고 진이는 어머니가 헤맸다는 그 산길을 따라 절을 올랐다. 길잡이를 두고도 끔찍한 길이었다. 그 길을 고작 열여섯 먹은 어린 계집애가 한밤중에 눈먼 짐승처럼 내달리다니. 미쳤거나 엄청난 집념이 아니라면, 아니 가눌 길 없이 뜨거운 사랑이 아니었다면 도저히 불가능한 행군이었다.

“어머니는 열병에 든 사람처럼 며칠을 허우적거리다가 밤에 몰래 집을 뛰쳐나왔어요. 정말 우스운 일이죠. 그깟 바람처럼 스쳐간 만남 때문에 그토록 무모한 짓을 하다니. 어머니는 한 번만 더 얼굴을 볼 수 있다면 당장 죽어도 좋다고 생각했다는군요. 그저 다시 만나야겠다는 염원 외에는 아무 것도 떠오르지 않더랍니다. 언덕 너머 절간까지 한달음에 달려갔지만, 스님의 행방은 이미 찾을 길이 없었죠. 겨우 어떤 스님의 애길 듣고는 길도 모르는 대둔산 골짝으로 들어섰답니다. 아무 것도 보이지 않았을 텐데, 어떻게 길을 제대로 잡았는지⋯ 밤을 꼬박 헤매고서야 스님이 계시던 절간을 찾았던 거죠. 부처님의 손길이 없었다면 불가능했을 거예요."

"그랬구나. 나무아미타불. 그렇지만 너무나 어리석은 짓이었어. 도대체 무엇을 얻겠다고, 무엇이 이루어질 줄 알고 그런 어처구니가 없는 망동을 부렸단 말이냐."

이 말에 진이는 화난 사람처럼 소리를 버럭 질렀다.

"그게 다 스님 때문이었다고요! 마치 남의 일처럼 말씀하시는군요."

"망념이야. 네 어머니의 쓸데없는 아집 때문에 이후로 어떤 일이 있었는지 네가 알기나 하느냐?"

"다 압니다. 임종하시기 전에 제게 모두 말씀해주셨어요. 스님은 비겁했어요. 그러면서 어떻게 중생을 제도한다는 말을 입에 담을 수 있는 거죠? 한낱 계집 하나 지키지 못했으면서."

지족은 움찔 놀란 듯이 몸을 뒤로 젖혔다.

"무슨 소리냐? 비겁했다고? 네 어미가 오고 며칠 동안은 절간이 조용했다. 산 아래서 무슨 풍파가 일어났는지 전혀 알 길이 없었지. 만신창이가 된 옷을 그대로 입힐 수는 없어 대신 행자옷을 주어 입도록 했다. 머리를 곱게 틀어 올린 네 어미는 남루한 차림에 어린 태를 벗진 못했지만, 조신하면서도 우아한 대갓집 규수의 기품을 그대로 보여주더구나. 부탁을 하지도 않았는데 팔을 걷고 나서서 허드렛일을 하겠다고 나섰지. 허술했지만 정성이 담긴 모습이 내 마음을 움직였다. 더구나 나를 바라볼 때마다 빛나는 눈빛이라니. 도저히 내가 감당할 수 있는 게 아니었다. 차라리 그것이 욕정이었다면 물리치기가 쉬웠겠지. 그것은 흠모였고, 대가를 바라지 않는 바람이었다. 순수한 마음이었어. 마치 강아지가 어미의 젖을 보채면서 짖는 웅얼거림과 같았지. 그녀가 무슨 속셈을 숨겼는지 알 수 없었지만, 아아! 그때 나도 거추장스런 승복을 벗어버리고 함께 대처 세상으로 손잡고 달려가고픈 충동에 사로잡혀 미칠 것만 같았다. 맞아죽든 굶어죽든 조금도 무서울 게 없다는 생각이 들었지. 그녀의 눈빛은 시간이 갈수록 그런 내 결심을 재촉하는 듯했다. 나는 온몸으로 소름이 번지는 것을 느꼈다. 이제야 부처님께서 나를 왜 이 세상에 보내셨는지 깨달은 것 같았지. 그녀가 가까이 다가오면 숨결과 눈빛 때문에 육신이 녹아내릴 것처럼 뜨거워졌지. 생전 처음 느낀 감정이었다.”

진이는 몸을 앞으로 내밀더니 원망과 비난이 가득 담긴 눈빛으로 지족을 쏘아보았다. 눈물이 홍건하게 고인 채 날아오는 눈빛은 이승의 마지막 숨을 몰아쉬는 상처 입은 사슴의 그것과 같았다.

“그러면 그러지 그러셨어요. 그렇게 어머니의 마음을 잘 읽으셨다면 당장 품에 안고 달려가시지 그랬어요. 멀리 멀리 도망가서 사시지 그러셨어요. 무엇이 주저되어 포기했단 말씀입니까? 그랬으면 어머니는 행복하게 세상을 사셨을 텐데.”

절규하는 듯 타오르는 진이의 목소리는 새되게 갈라졌다. 지족은 모든 것을 포기한 사람처럼 허탈하게 대꾸했다.

“하지만 나는 그럴 수 없었다. 내가 처자나 거느리고 밭고랑을 파먹는 일로 살 작정이었다면 그 어려운 시절에 구태여 출가하지도 않았을 것이다. 부처님의 제자가 되어 큰 뜻을 깨우치고 참된 진리를 얻어 영원한 생명을 얻는 일에 내 목숨을 바치기로 서원을 세운 몸이었다. 세간의 유혹에 그것도 한낱 아녀자의 유혹에 흔들려 결심을 저버릴 수는 없었다. 이제 생각하니 그것이 부처님의 참된 뜻이었는지 의심스럽지만, 그때 나는 그 일을 하나의 시련으로, 수행의 과정으로 판단했다. 나도 괴로웠고, 한편으로는 홍분하기도 했지. 깨달음이란 한갓 떠도는 구름처럼 허망하고 정체가 없는 것이라고 억지로 타협도 했다. 과연 어떻게 하는 것이 올바른 행동인지 판단이 서질 않아 무척이나 혼란스러웠다.”

진이는 눈길을 돌려버렸다.

“그것은 구차한 핑계일 뿐이에요. 스님은 자신이 없었던 거죠. 유혹이 무서웠던 것이 아니라 그렇게 했을 때 닥칠 결과가 두려웠던 것입니다. 사대부 집안의 여식을 건드렸다가 발각되었을 때 돌아올 응징이 무서웠던 거예요. 절간의 수행자 하나 없애는 일이야 여름철 파리 한 마리 죽이는 것보다 수월한 세상이었으니까. 그래서 비겁하게 부처님의 이름으로 타협했던 것이 아닌가요? 허겁지겁 뒤도 안 돌아보고 고향을 등졌고, 아무도 모를 이곳 송도로 달아나 숨어버린 게 아닌가요?”

말문이 막힌 사람처럼 지족의 황망하고 어두운 눈빛은 방향을 잃고 흔들렸다.

“네 말이 그르다고 하진 않겠다. 그때 나는 갓 불문의 문지방을 넘어선 무지렁이 중이었을 뿐이니까. 네 어미를 진심으로 받아들일 만한 용기도 배짱도 없었을지 모르겠다. 지금의 나라면 다르게 처신했겠지만, 그때의 나는 너무 어렸다. 그게 최선이라고 생각했다. 좀 더 지혜로웠다면 다르게 처신했겠지만, 이제 와서 후회한들 무슨 소용이겠느냐.”

그 말에 진이는 세차게 머리를 흔들었다.

“어머니가 뒤늦게 행방을 확인한 집안사람들에 의해 끌려갔을 때도

스님은 눈 하나 깜짝하지 않았습니다. 오히려 다행이라고 여겼겠죠. 그
뒤에 어머니가 겪은 고초와 수모를 스님은 아시기라도 하나요?"

지족이 고개를 떨어뜨렸다.

"그래. 네 말대로 얼마 뒤 한 패거리가 몰려오더니 네 어미를 끌고
내려갔다. 그 자리에서 내가 무슨 항변을 할 수 있었겠느냐? 그 서슬에
자초지종을 따졌다가는 나와 스승님은 몰매를 맞아 죽었을 것이다. 그
저 불미스런 일은 없었으니 그럭저럭 무마될 것으로 믿었다. 체면을 중
시하는 사대부니 남부끄러워 조용조용 덮어버리리라고 생각했지. 그리
고 판서란 분은 불가를 그리 멀리하는 분도 아니었고…."

진이는 어이없다는 표정을 지으며 고개를 절레절레 흔들었다.

"어머니가 조금이라도 사리를 분별할 수 있었더라면 그랬을 수도 있
었겠죠. 하지만 어머니는 너무 순진했어요. 세상이 얼마나 무서운 줄
몰랐어요. 조부님께 진심으로 간청하면 딸의 뜻을 받아들여주리라 믿
었던 어머니는 모든 사실을 솔직하게 털어놓았습니다. 게다가 운 나쁘
게도 어머니를 찾느라 너무 수선을 떨어 소문이 정혼을 한 권세가의 귀
에도 들어가고 말았습니다. 당연히 파혼장이 날아들었지요. 조부님은
어이가 없어 뭐라 대답도 못하셨고, 이래저래 머리끝까지 화가 난 오라
버니들은 어머니의 머리를 다 밀어버리고는 어두운 광 속에 처넣어버
리고 말았습니다. 어머니는 뒤늦게 조부님께 용서를 빌었지만 이미 엎
질러진 물이었죠. 돌아온 것은 모진 매질과 깨끗이 자결하라는 가혹한
주문뿐이었습니다. 사면초가에 빠진 어머니는 마지막으로 스님을 향해
구해달라고 애절하게 애절하게 외쳤습니다. 그 소리가 그 애끓는 외침
소리가 스님의 귀에는 들리지 않던가요?"

138

지족의 안색이 파랗게 질려나갔다.

"그건 내가 몰랐구나! 나는 그 이후 소식은 듣지 못했다. 네 어미가 끌려갔던 그날 밤 스승님께서 나를 부르시더니 어서 빨리 절을 떠나라고 당부하셨다. 뒤이어 닥칠 끔찍한 재앙을 스승님은 미리 아셨던 게지. 하지만 나는 지나친 걱정이라며 함께 절에 머물겠다고 고집을 부렸다. 우리가 무슨 잘못을 저지른 것도 아닌데 왜 피해야 하는지 이해가 되지 않기도 했지. 그러나 스승님의 태도는 결연했다. 형편이 잠잠해지면 기별을 하겠다면서 뒤도 돌아보지 말고 북쪽으로 올라가라고 하셨지. 그 성화에 용기가 꺾인 나는 새벽 어스름이 밝아올 무렵 행장을 꾸려 북녘으로 발길을 재촉했다. 그리고 한참이 지난 뒤에야 스승님의 최후를 알게 되었지."

기억에서 다 지우고 싶었던 일들을 되새기는 지족의 얼굴 위로 회한과 고통의 핏자국들이 뒤엉켜 솟구쳤다. 얼굴은 참담하게 일그러졌고 불끈 쥔 두 손이 부들거렸다.

"차라리 용기 있게 어머니와 함께 그 땅에서 사라져버렸다면 그토록 참혹한 결과는 벌어지지 않았을 거예요. 절은 집안에서 풀어놓은 무뢰배들의 손에 불타버렸고, 스승이라는 분은 모진 문초 끝에 결국 난장을 맞고 절명하셨지요. 끝까지 제자의 행방은 밝히지 않으셨다고 합니다. 시신은 재만 남은 대웅전 앞마당에 버려져, 산짐승들의 먹이가 되었지요. 누가 일을 이 지경으로 만든 것입니까?"

지족은 안타깝게 시선을 돌리면서 화염을 뿜어내듯 외쳤다.

"이제 와서 내 탓이라고 하면 무엇이 달라지겠느냐? 어쨌거나 네 어미는 목숨이라도 건지지 않았느냐? 스승님은 혹독한 매질에 숨지셨고,

나는 그 죄업을 씻느라 삼십 년 세월을 어두운 기억 속에서 살아왔다. 스승님께서 왜 나를 그 사지에서 벗어나게 하셨는지, 그 거룩한 뜻을 헛되게 하지 않게 하고자 매일매일 내 자신에게 채찍을 휘두르고 심장에 비수를 꽂는 심정으로 살아왔다. 다시는 어리석은 육욕과 헛된 망념에 사로잡히지 않으려고, 그래서 진정한 깨우침을 얻어 떳떳하게 스승님을 뵙고자 하는 마음으로 이제껏 살아온 것이야. 네가 어찌 그 통곡할 사연을 알아 말을 함부로 하더란 말이냐!"

"목숨이라도 건졌다고요? 어머니가 어찌 제대로 된 삶을 살았다 하겠습니까? 차라리 죽는 것만 못했습니다. 하늘과 조상 보기가 부끄럽다며 조부님과 일가 식구들은 전답을 모두 팔아버리고 가솔들을 이끌고 먼 고을로 야반도주하듯 떠나버렸습니다. 다시는 금산 땅에 발을 들이지 않겠다고 다짐하면서요. 하지만, 하지만 어머니는 헌 옷가지 팽개치듯 버리고 갔습니다. 그것도 금산 관아의 관비로 떠밀어버리고 떠났습니다. 중놈과 놀아나 가문에 먹칠을 한 년의 말로가 어떤지 일벌백계를 보인다면서요. 곱게 키운 외동딸에 대한 사랑보다 가문의 명예가 더욱 소중했겠지요. 그렇게 온갖 천한 일에 내몰리며 사시다가 아전 놈에게 겁탈을 당해 낳은 자식이 바로 저였습니다. 그런데도 그것이 목숨을 건져 살았으니 위안이 된다고 하겠습니까? 오로지 어머니가 목숨을 버리지 않은 것은 살아생전에 다시 한 번 스님을 만나겠다는 희망 때문이었습니다. 정말 어머니는 죽기보다 나은 삶을 산 것입니까? 어서 말씀을 해보세요!"

진이의 목소리에는 독기가 서려 있었다. 지족은 완전히 얼이 빠진 사람처럼 열린 입을 다물지 못했다. 눈두덩은 이리떼가 와서 파먹은 송장의 눈처럼 움푹 파여 버렸다. 지족은 머리위에서 짓누르는 고통을 참으려는 듯 온몸을 떨었다.

"그래, 그래. 미안하구나. 내가 어리석고 용렬해서 네 어미가 말 못할 고통을 당했구나. 그때 내가 좀 더 현명했더라면 네 어미가 그런 참혹한 꼴을 당하지는 않았겠지. 지금이라도 그녀가 살아 있다면 내 이깟 승복도 다 벗어던지고 달려가겠다만, 어쩌겠느냐. 이미 유명을 달리한 처지가 되었으니, 가서 용서를 빌 수도 참회할 수도 없게 되었다. 내 남은 생은 네 어미의 혼령을 위로하고 극락왕생을 축원하는 데 모두 바치련다. 그래 다음 생에 다시 만나면 결코 비겁하게 등 돌리고 돌아서지 않겠다고 약속하마. 내가 네게 다짐할 수 있는 것이라곤 안타깝게도 이것밖에는 없구나. 너그럽게 나를 용서해주려무나."

지족의 떨리는 목소리에는 진정으로 참회하는 마음이 담겨 있었다. 그래 이미 다 지난 일이 되어버린 것이다. 그 시절로 되돌아갈 수만 있다면 이번에는 실수하지 않고 바로잡겠지만, 소가 송아지로 돌아갈 수 없듯이 삼십 년의 세월이 끊긴 다리처럼 놓여 있었다. 누가 그 다리를 이을 수 있겠는가. 진이는 길게 한숨을 몰아쉬었다. 하고 싶은 얘기는 아직 끝나지 않았다.

"지나간 일은 어쩔 수 없다고 해도 앞으로 올 일은 하실 수 있을 겁니다. 이것만은 꼭 약조해주셔야 합니다. 어머니는 마지막 숨을 내쉬면서 저에게 부탁했습니다. 그때 그 스님을 꼭 찾아달라고요. 이미 많은 세월이 흘러 그분 역시 이 세상 사람이 아닐지 모르지만, 어머니는 꼭 살아계실 것으로 믿었습니다. 그래서 당신의 한 많은 생애를, 그 모진 그리움을 들려주라고 했습니다. 그렇지 않으면 죽어서도 눈을 감지 못하고 편히 저승길을 가지 못할 것이라고요.”

지족은 고개를 들어 지장보살의 얼굴을 그윽하게 올려다보았다. 희색 빛 향꼬리가 잠자리처럼 얼굴을 감싸 돌더니 어두운 천장 너머로 두 팔을 흔들며 흩어지고 있었다. 보살은 가엾은 중생들의 희로애락을 응시한 채 빙그레 미소 짓고 있었다. 그리고 이렇게 말하는 듯했다. 참된 진리란 세상 밖에 있는 것이 아니라 세상 울타리 안에 있다고. 울타리를 벗어나려고 하지 말고 울타리 안에서 진정한 수도자의 길을 찾으라고. 갑자기 보살의 얼굴은 그 아득한 옛날 산사의 오솔길에서 마주쳤던 여인의 얼굴로 바뀌었다. 수줍게 고개를 숙이면서 간간히 그를 올려다보던 총명한 눈망울의 계집의 모습으로 화했다. 그녀의 지순한 삶을 보상할 길이 있다면 무슨 일이든 해야 하리라 지족은 마음먹었다. 이런 지족의 결심을 아는지 모르는지 진이는 자기 말을 계속 이어나갔다.

“스님은 삼십여 년을 면벽 수도에 정진하면서 바깥세상과 인연을 끊고 사셨습니다만, 세상의 소문이란 메아리와 같아 잔향은 항상 남는 법입니다. 남녘 어느 곳에서 수도하다가 죄를 짓고 와 은둔하는 스님이 있다는 소문은 어지간한 송도 사람이라면 다 아는 비밀이지요. 그때 저는 그저 스님이 말 못할 사연이 있는 분이로구나 그렇게 여겼습니다. 그런데 어머니의 말씀을 듣자마자 스님이 그때 그 수행자인 것을 직감했습니다. 부처님께서도 무심하지 않아 구천을 떠도는 어머님을 가엾게 여기시고 저를 스님에게로 바로 인도해주신 것이지요.”

지족은 고개를 주억거리며 말했다.

“그래. 그렇게 인연의 끈이란 질긴 게다. 너와 네가 네 어미 때문에 이 송도 골짜기에서 대면할 줄 누가 알았겠느냐. 부처님의 섭리라면 참으로 고약한 일이로구나. 그저 스쳐가는 바람처럼 지나가버렸어도 좋았을 것을…."

거센 비바람이 다 지나가고 맑게 갠 하늘을 올려다보는 사람처럼 속없이 뇌까리는 지족을 보면서 진이는 문득 그가 가엽게 여겨졌다. 이제 그녀는 지족에게 더욱 힘겹고 고통스러워도 반드시 감수해야 할 요구를 해야 했다. 어차피 어머니와 약속한 이상 피할 수 없는 일이었다.

"스님. 일이 다 끝난 것은 아닙니다. 이제 저는 어머님이 돌아가시면서 제게 남긴 유언을 실천에 옮겨야 합니다."

다시 정신을 차린 지족은 눈을 크게 뜨면서 진이를 바라보았다.

"그래. 네 어미가 무슨 말을 남겼더냐? 평생을 속을 끓이면서 살아오신 분의 유언이니, 뭔들 들어주지 못하겠느냐? 말해 보거라. 내가 도울 수 있는 일이라면 뭐든지 사양하지 않겠다. 나와 합장해달라고 했다면 내 몸인들 아깝겠느냐!"

진이는 두 손으로 치마폭을 더욱 꼭 쥐었다. 진이의 얼굴에 떠오르는 결연한 의지를 지족은 제대로 읽지 못하고 있는 것이 분명했다. 그렇지 않다면 저렇게 태평한 상상을 하지는 않을 것이다.

"그렇습니다. 스님이 꼭 도와주셔야 이룰 수 있는 소원입니다. 절대 물러서시면 안 될 일이지요. 그러니 스님께서도 제 어머니의 유언을 꼭 반드시 들어주셔야 합니다."

지족은 약간 짜증 섞인 목소리로 대답했다.

"알았다는데도 그러는구나. 네 어미의 혼백이 편안하게 저승으로 갈 수 있는 일이라면 내 기꺼이 따를 것이니라. 내 목숨이라도 원한다면 그것도 아까울 게 없구나."

"합장이며 목숨이라니요. 어찌 그런 섬뜩한 말씀을 하십니까? 어머님은 돌아가시면서 이렇게 말씀하셨습니다. 당신은 평생 한 사내를 그리워하면서 살아왔다고. 힘들고 괴로울 땐 원망도 하고, 당신의 팔자가 왜 이리 사나운지 뼛속 깊이 후회도 한 적이 있었답니다. 하지만 스님이 있었기에 스님을 만났기에 당신의 삶은 진정 가치가 있었다는 말씀도 빼놓지 않았습니다. 늘 마음속에 스님을 두었기에 행복할 수 있었고, 어떤 고난도 달게 받아들일 수 있었다고요. 다만 다시 한 번 만나지 못하고 이승을 떠나는 것이 가슴 아프지만, 언젠가 다시 만날 것을 믿기에 두렵지 않다고 했습니다."

지족은 눈을 감은 채 묵묵히 진이의 회상에 귀를 기울였다. 그 옛날 처음 그녀를 만났을 때처럼 입술이 조금씩 움직이고 있었다. 거기에는 한 여자의 마음을 온전히 받아들이진 못했지만, 이제는 뭐든지 다 줄 수 있는 한 승려의 그림자가 아지랑이처럼 일렁이고 있었다.

"하지만 어머니는 어쩔 수 없는 속인이었습니다. 미련을 다 떨치지는 못하셨어요. 어머니는 저에게 당신이 죽거든 화장을 하여 유골이라도 스님의 품에 안길 수 있게 하라고 했습니다. 그래서 두 분이 처음 만났던 바로 그곳, 이제는 폐허가 되어 자취도 없겠지만, 그 언덕에 뿌려 달라고요. 스님의 손으로 직접."

말을 잠시 멈춘 진이는 지족을 응시했다. 지족의 감은 두 눈에서도 굵은 눈물방울이 떨어졌다. 그것은 별빛처럼 투명하게 빛을 냈다.

지족은 무슨 말인가 꺼내려 했지만 진이의 입놀림이 더 빨랐다.

"하지만 그 전에 먼저 해야 할 일을 알려주셨습니다."

지족의 눈썹이 위로 치켜 올라갔다.

“먼저 해야 할 일이라니? 무슨?”

“불가에서는 사람이 죽으면 사십구 일 동안은 저승으로 가지 못하고 이승을 떠돈다고 하지요. 그리하여 마침내 죄업이 결정 나면 이승의 삶을 훌훌 털어버리고 저승으로 간다고 말입니다.”

“그렇지. 그래서 사십구재를 지내고, 천도재를 갖는 것이 아니겠느냐.”

“어머니는 당신의 혼령이 아직 이승에 남아 중유中有를 떠돌고 있는 동안 스님을 찾으면 그분과 반드시 동침을 하라고 간곡히 당부하셨습니다. 만약 그렇지 못하면 자신은 영원히 이승을 떠나지 못하고 머물 곳 없는 귀신이 될 것이라고요.”

지족의 두 눈은 터질 듯이 휘둥그레졌다. 벌어진 입은 진이가 한 말의 진의를 확인하느라 닫힐 줄 몰랐다.

“지금 뭐라 했느냐? 동침이라고 말했느냐?”

“예. 동침을 하라고 하셨습니다.”

“아니, 누구하고? 네 죽은 어미의 혼령과 내가 동침을 하라는 말이더냐?”

그 무슨 해괴한 일이냐는 표정이 얼굴을 가득 덮었다.

“어찌 죽은 이와 동침을 하겠습니까? 어머니는 그렇게 일렀습니다. 제가 당신의 유일한 혈육이니, 나와 동침을 하는 것이 곧 당신과 동침을 하는 일이라고요. 그래야 당신은 이승의 한을 다 떨쳐버리고 편안하게 저승으로 돌아갈 것이라고요.”

지족의 눈은 말 그대로 화등잔 만하게 떠졌다.

“그게 어디 될 법이나 한 소리더냐? 너는 어찌 보면 내 딸이 될 수도 있었던 인연이고, 더구나 나는 수행자니라. 아무리 땡추나 다름없는 몰골이라지만, 있을 수 없는 일이야! 어찌 그런 터무니없는 요구를 한단 말이냐. 네 어미가 죽을 때가 되어 잠시 정신이 혼미했던 것 아니겠느냐?”

“아니었습니다. 어머니는 생생한 정신으로 간곡하게 부탁하셨습니다. 당신의 진정을 잘 설득시켜달란 말까지 하셨지요. 그러니 그게 어찌 혼미한 정신에서 나온 소리겠습니까.”

지족은 산짐승을 만나 혼비백산한 산골 나그네처럼 엉금엉금 뒤로 물러났다.

“그러면, 그러면 너는 지금 그 어미의 뜻을 따르겠다는 말이냐?”

“저는 이미 그러겠다고 어머니와 약속했습니다.”

진이는 사뭇 단호하게 뜻을 밝혔다. 너무나 어이가 없어 지족은 웃지도 울지도 못했다.

“어머니의 혼백이 영영 이승을 떠나지 못하고, 보금자리도 없이 떠돌 것을 생각해주십시오. 스님의 결심이면 한 혼령이 편안하게 삶을 마감할 수 있습니다. 수행자로서 이보다 큰 보시가 어디 있겠습니까.”

지족은 더 참지 못하고 벽력같이 소리를 질렀다.

“그게 어디 보시의 참 정신이더냐! 그건 한풀이에 불과한 짓이야. 내 평생 들은 말 가운데 가장 해괴한 요설이구나.”

“뭐라고 말씀하시든 그것은 스님의 생각이겠지요. 어쨌거나 제 어머니의 뜻은 분명히 전달했습니다. 스님께서도 모르겠다고 하시지는 못할 것입니다.”

진이는 자리에서 일어서려고 했다. 지족도 엉겁결에 함께 일어났지

146

만, 뭘 어떻게 해야 할지 갈피를 잡지 못했다. 그녀를 붙잡으려는 손을 뿌리치기라도 하듯 진이는 손을 내저었다.

"이런 말씀을 드리는 저도 몹시 괴롭습니다. 스님께 차마 못할 짓을 부탁드리는 것도 잘 압니다. 그러나 제 어머니의 뜻은 음란한 마음에서 나온 것이 아닙니다. 어쩌면 스님께서 유일하게 들어주시는 제 어머니의 마지막 소원일 것입니다. 사십구재까지는 이제 사흘 남았습니다. 저는 이 말을 전하기 위해 오늘까지 절에 머물렀습니다. 내일 새벽이 되면 저는 다시 제 집으로 돌아가겠습니다. 그리고 스님을 기다리겠습니다. 아무리 망자를 위하는 일이라지만, 불당에서 어찌 패륜의 짓거리를 하겠습니까. 부디 제 어머니의 간절한 마음을 저버리지 말아주십시오. 스님께서 뿌린 씨앗이니 스님께서 거두어들여야 합니다. 불쌍하게 살다 가신 어머님만 생각하십시오."

향불이 허공을 가르고 사라지듯이 그렇게 진이는 문을 열더니 스르륵 나가버렸다. 대신 들어앉은 달빛이 마치 처음부터 사람이 없었던 것처럼 말간 얼굴로 지족을 비추었다. 실성한 사람처럼 망연자실 주저앉아 있는 지족의 모습은 참담했다. 달빛 때문인지 사실이 차츰 시간이 지남에 따라 명백하게 다가온 때문인지 얼굴은 하얗게 창백해져갔다. 그는 지금 완전히 갈 길을 잃어버린 것이다.

그런 가운데 달도 기울었고, 새벽이 오자 진이는 작별인사도 없이 식솔들과 함께 문길사를 떠났다. 마치 처음부터 그 자리에 없었던 사람들처럼.

"정말 놀라운 일입니다. 어떻게 일이 그렇게 될 수 있을까요?"

나 역시 벌어진 입을 다물지 못하고 노승의 얼굴만 바라보았다. 노승의 채근에 떠밀려 나는 다시 승방을 나왔다.

"지금쯤이면 새벽안개가 장관일 거요. 태고사에 왔다가 이 광경을 보고 가지 않으면 헛걸음한 게지. 글쎄 이 높은 곳에 뭘 감출 게 있다고 새벽마다 안개가 그리 극성인지 원."

노승의 말대로 안개는 자욱했지만, 기대했던 것처럼 세상을 온통 감싼 것은 아니었다. 하계下界는 하얀 베일을 덮은 듯 전혀 보이지 않았지만, 상계上界는 아랑곳없다는 듯이 칠흑 같은 어둠이 지배하고 있었다. 아래는 하얗고 위는 까맸다. 그 선명한 대조가 내게는 섬뜩하게 다가왔다.

노승은 벼랑 끝에 서서 갖가지 이상한 무늬와 형상을 그리면서 제 육신을 뒤틀고 있는 안개의 의중을 파악하고 있었다.

"뭐가 그리 의아하고 경탄스럽다는 게요?"

노승은 별일 아니라는 듯 무심한 말투로 나를 힐끗 쳐다보았다. 그의 눈동자 속에 안개가 깔렸는지 어둠이 덮였는지 나는 짐작도 할 수 없었다. 나는 더듬거리며 대꾸했다.

"글쎄요. 단 한 차례 만남 때문에 그렇게 평생 그리움을 안고 살아갈 수 있을까요? 자신이 가진 모든 것을 다 잃어버린 채 말입니다. 마치 횃불을 향해 뛰어드는 부나방처럼 말입니다."

"누가 그리움에 대해 사랑에 대해 똑 부러진 해답을 내놓을 수 있겠소. 억겁의 세월을 궁리해도 그 해답은 찾아내지 못할 게요. 동아줄보다 단단하고 질긴 힘이 두 사람 사이를 묶어놓았던 게지. 월하노인月下老人의 마음이야 저승사자도 모른다는 것을."

나는 잠시 알 듯 모를 듯한 그 기이한 힘에 대한 생각에 잠겼다. 그녀의 지족을 향한 사랑도 그저 한 아낙의 일방적인 관심과 무모한 애정에 지나지 않는 것이었을까? 지족 역시 육욕에 흔들리는 자신의 번민 때문에 고향을 등진 것이었다. 그가 진정으로 여자를 사랑하고 배려했다면 그렇게 비겁한 도피를 택하진 않았을 것이다. 상처는 양자가 모두 입었지만, 서로 보듬을 여유조차 없었던 것이다. 어쩌면 두 사람 모두 타인보다는 자신의 문제에 집착한 것인지도 몰랐다.

나는 안개의 젖은 손길을 받으면서 축축하게 물기를 머금은 부도비로 눈길을 떨구었다. 지족은 다시 이곳으로 돌아와 죽은 것일까? 그녀의 마지막 부탁대로 유골을 저 아래 언덕에 뿌리고 뒤따라 이승을 떠난 것일까? 밀려드는 궁금증에 나는 돌에 입이라도 달아주고 싶었다.

아니 비록 정답은 알고 있다고 해도 이보다 더 큰 궁금증이 이는 것을 나는 견딜 수 없었다.

"그래서 지족은 황진이의 집을 찾았습니까? 사십구재 전에?"

너무나 속 보이는 질문이라 얼굴이 갑자기 달아올랐다. 결국 통속만큼 정직한 감정도 없는 것이다. 노승의 대답은 시원했다.

"그렇다오. 다음날 절간을 내려와 동침했다지 아마."

은근히 좀 더 의미심장한 대답을 기대했던 나는 허탈해졌다.

"그래도 되는 것입니까? 그렇게 쉽게?"

내가 들어도 우스운 말이었다.

"안 될 이유라도 있소? 역사를 보면 그랬거나 그러려고 한 고승대덕을 찾기란 그리 어려운 일도 아니라오. 원효도 있고, 진묵震黙도 있지. 그러니 지족이라고 해서 안 될 일이겠소."

노승은 여전히 무심하게 대답했다.

"계를 어긴 것이 아닙니까? 결국 황진이가 지족 선사를 파계시켰다는 소문이 사실로 드러난 셈이군요."

나는 내 반박이 별 설득력이 없다는 점을 인정했지만 달리 할 말이 없었다. 갑자기 담배를 피우고 싶다는 욕구가 불길처럼 달아올랐다.

"말하기 좋아하는 사람들의 입방아야 무슨 괘념할 거리나 되겠나. 이봐요 젊은 양반, 이 후미진 절간에 있으면 남아도는 게 시간이고, 나무 숫자를 세지 않는다면 할 일도 거의 없구려. 그래 줄곧 하는 일이란 게 생각하는 일이지. 나도 한때는 지족이 왜 그랬을지 곰곰이 생각해봤다오. 이놈의 생각을 버리려고 여기까지 기어 올라와서 또 하는 짓이 생각이라니, 참!"

나는 주머니를 뒤지던 손을 멈추고 노승의 입술을 주목했다.

"그러셨더니요?"

노승은 입술을 실룩거렸다.

"결국 자기 문제였어. 그래 아무리 사람이 맹랑하다고는 해도 제 딸에게 마음의 연인과 동침을 하라는 주문을 할 어미가 어디 있겠소? 그것이 아무리 진실하고 간곡한 염원에서 우러나온 것이라고 해도 말이요. 하긴 그렇게 숭고한 의도였던 것 같지도 않지만."

"마지막 요구는 황진이 자신이 만든 상황이었단 뜻인가요?"

"그럴 수도 있겠지."

"아니 무엇 때문에요?"

"그걸 왜 나한테 물어보나, 언제 송도 갈 일이 있으면 선연동嬋娟洞에 들려 직접 물어보시구려."

나는 또 할 말을 잃고 말았다. 얼이 빠진 내 얼굴을 보더니 노승은 희죽 웃었다.

"내 말 너무 마음에 담지 마소. 지족은 아마 숙세의 질긴 인연을 그만 끊고 싶었을 게요. 사실 안 가도 그만이야. 미끼야 황진이가 던졌지만 무는 것은 제 몫이었으니까. 아무도 탓할 사람은 없었어요. 그런데 간 거요. 그러나 가지 않는다면 망령은 이승을 떠돌다가 또 어떻게 얽히고설켜 지족과의 독한 인연을 잇겠지. 그러면 그 역시 윤회의 사슬에서 풀려나올 수 없게 되지. 불망不忘의 인因이 있으니 불귀不歸의 과果가 있을 것은 당연하지 않소?"

"그것이 그렇게 두려운 일이었을까요? 파계보다도?"

"육신이란 껍데기에 지나지 않소. 육신의 굴레 때문에 윤회의 고해

에 그대로 머물다니. 현명한 처신은 아니지. 죽은 영혼을 편안하게 해
주는 일이 아니라 자신의 해탈이 걸린 문제라면 어찌 머뭇거리겠소. 아
니면 지족 역시 사람이고 사내인지라 연정을 품었던 가련한 여인의 마
지막 청을 뿌리치지 못했을 수도 있었겠지만.”

“스님도 같은 처지였다면 그러셨을까요?”

그 말에 노승은 코웃음을 쳤다.

“그런 가정은 아무 짝에도 쓸 데 없는 넋두리야. 나라면 어땠을까?
아주 이기적인 질문이요. 왜? 내 문제가 아니니까. 같은 물에 두 번 빠
질 수는 없는 법이라오. 그냥 결과를 받아들이면 되는 게지.”

그 말은 내 의구심을 푸는 데 전혀 도움이 되지 않았다.

“지족의 행동 역시 이기적인 게 아닙니까?”

“우리는 지족이 그때 얼마나 깊은 번뇌 속을 헤맸는지 짐작도 할 수
없다오. 처사님은 지족이 오직 육욕이 이끄는 대로 황진이의 집으로 향
했다고 보는 게요?”

“그렇진 않겠지요. 하지만 간 사실은 부정할 수 없지 않습니까?”

노승은 잠시 내 얼굴을 노려보더니 다시 안개 속으로 시선을 거둬들
였다. 그리고는 결론이라는 듯이 한마디를 내던졌다.

“오히려 가지 않았다면 실망했을 게요.”

요령부득의 대답에 가벼운 어지럼증이 일어났다. 사실 합리적인 까
닭이나 속 시원한 해명이 필요한 일은 아니었다. 옛 고승들의 기이한
행적은 나도 기록을 통해 한두 편을 본 게 아니지 않은가? 논리로 설명
되지 않는 일이 세상에는 너무나 많지 않은가. 나는 내 궁금증을 그 정
도에서 접기로 했다.

"그리고는 어떻게 되었습니까? 파장이 적지 않았을 텐데요?"

그 일이 비밀로 감춰지지는 않았을 것이다. 노승이 이렇게 내게 경위를 들려주는 것이 그 증거가 아닌가. 내 질문에 노승은 피식 웃었다.

"남녀간 춘사야 호수 위로 배 지나간 자국과 같지. 누가 보든 말든 금세 사라져버리거든. 그런데 지족은 그 부분에서는 좀 재수가 없었어요. 그 일을 훔쳐본 작자가 있었거든."

"아니, 누가?"

아무리 배짱이 좋은 지족이라고 해도 그날 행동은 극히 조심했을 터였다.

"제자 놈. 도천이 뒤를 밟았던 게요. 밤을 새우며 황진이와 지족이 밀담을 나누자 호기심을 이기지 못했나 보지. 더구나 다음날 황진이는 말도 없이 귀가해버렸지, 자신만 빼놓고 무슨 밀약이 있지는 않나 짐작한 것도 무리는 아니겠지. 제 딴엔 따돌림을 당했다고 여겼을 테고. 다음날부터 스승의 거동을 엿보던 도천은 그만 두 사람이 동침하는 과정을 모조리 목도하지 않았겠소. 두 눈 시퍼렇게 뜨고."

내 입에서는 나도 모르게 탄식이 흘러나왔다.

"저런! 일이 아주 이상하게 꼬였군요."

"일이 꼬인 것도 큰일이지만, 도천이 받았을 충격과 혼란은 어땠겠소."

여체를 독사처럼 두려워하고 피하라고 호통치며 윽박지르던 스승이 제 발로 기생의 집을 찾아가 동침을 했으니, 도천이 느낀 배신감이 상상을 넘어선 것이었음은 명약관화했다. 그것도 황진이와. 더구나 모친의 사십구재를 앞두고 저질러진 패륜이었다. 세상에서 가장 흠모하던

154

여인과 존경하고 의지했던 스승 사이에 저질러진 부정은 견디기 어려운 치욕이었고 모멸이었을 것이다. 세상을 다 살라버리고도 남을 분노가 치밀어 오르지 않았다면 그게 이상한 일이었다.

"보통 고통이 아니었겠군요."

"전후 사정을 알지 못했던 그로서는 당연한 일이지. 아니 알았다 한들 상황이 별로 나아지지는 않았겠지만."

"바로 문길사를 떠났겠군요."

나는 당연하다는 듯이 말했다.

"그냥 떠난 정도가 아니었지. 그는 지족의 만행에 치를 떨었소. 아예 승복도 벗어 내팽개치고 송도 장안을 돌아다니며 그 사실을 동네방네 퍼뜨리고 다녔으니까. 사실에다 살을 붙이고 옷까지 입혀서 말이야."

어떻게 설명하든 지족의 행동이 엄청난 재앙을 몰고 온 셈이었다. 세상 사람들의 신뢰와 아끼던 제자까지 동시에 잃고 말았다. 그로서는 최선이었을지 모르겠지만 결국은 최악의 선택이 되고 말았다. 그러니 도천의 배신감만큼이나 지족의 상실감도 크지 않았을까? 문득 이런 엉뚱한 생각이 떠올랐다.

"게다가 그 일은 사대부들에게 좋은 먹잇감을 안겨준 셈이었지. 생불이라던 중놈과 장안의 요녀였던 기생 년이 붙어먹었으니 이 어찌 하늘이 준 호기가 아니었겠소. 평소 불교를 사갈시하던 그들은 소문을 더욱 부풀리고 자극적으로 변개시켜 성토의 횃불을 높이 든 게요."

"엎친 데 덮친 격입니다."

"송도의 유림들은 즉시 연판장을 돌려 이 망종에게 철퇴를 가할 준비를 했고, 비분강개가 절절하게 어린 상소문을 써서 멸륜의 무리들을 발본색원하라고 규탄했다오. 그렇게까지 치를 떨 일도 아닌데, 뭐랄까 선비들이 가진 기이한 부화뇌동이지. 한 사람이 외치면 개미떼처럼 한 소리로 장단을 맞추는 꼴 말이오. 그자들이 보낸 무뢰배에 의해 문길사가 쑥밭이 된 것은 당연한 수순이었지.”

“지족은 그때 뭘 하고 있었습니까?”

“아무런 해명도 항변도 하지 않았소. 그게 어쩌면 일을 더 악화시켰는지도 몰라. 머리를 조아리며 죽여 달라고 빌어도 시원찮을 판인데, 중놈이 빳빳하게 고개를 쳐들고 나오자 열불에 눈이 뒤집힌 유림들은 반송장이 되도록 두들겨 팬 다음 문길사 폐허에 던져두고 돌아갔다더군.”

“그래서 결국 세상을 떠나고 말았군요.”

노승이 다시 눈을 돌려 나를 물끄러미 바라보았다.

“세상을 떠났지. 허나 그때 죽은 것은 아니라오. 지족은 그해 겨울을 넘기고 이듬해 봄에 죽었으니까.”

“그나마 누가 돌봐준 모양이군요.”

나는 머릿속에 황진이를 떠올리며 안도의 한숨을 내쉬었다. 어미와 이루지 못한 사랑을 그 딸과 이루었으니, 황진이로서도 무심하게 외면하진 못했을 것이다. 어쨌거나 살을 함께 섞은 사이가 아닌가. 모녀간에 대를 이은 사랑이라니, 참으로 기이한 인연의 사슬이었다.

“웬걸. 황진이는 그 난리 속에서도 코빼기도 보이지 않았지. 해가 뜨면 안개가 걷히듯이 완전히 자취를 감추어버렸다오. 하긴 아무리 겁 없는 기생이라지만 후환이 두려워 어디 문밖출입을 할 수 있었겠소만. 아예 송도를 떠나버렸다는 말도 있구려.”

“아니 어떻게 그럴 수가 있습니까? 자신이 도발한 일이고, 사정을 생각해서라도 그러면 안 되죠.”

“지족이 그러라고 일러두었을 것이란 짐작이 드오. 도천이 길길이 날뛰며 뛰쳐나가자 앞으로 닥쳐올 일이야 불 보듯 뻔하지 않았겠나. 옷고름을 수습하며 모종의 결심을 했겠지. 이미 엎질러진 물이니 담을 수는 없지만, 그 물이 개천으로 흘러가게 할 물꼬는 틀 수 있는 것 아니겠소?”

“마치 스님께서 당하신 것처럼 말씀하십니다.”

나도 모르게 헛웃음이 나왔다.

“예나 지금이나 중의 마음은 다 같은 것이고, 인심도 다를 게 뭐 있겠소.”

노승은 마뜩찮게 입술을 퉁기며 말했다.

“그럼 지족은 겨울까지 혼자 끙끙 앓다가 결국 추위와 굶주림을 이기지 못하고 죽은 것입니까?”

왠지 거창한 전설의 결말이 너무 싱겁다는 생각을 하면서 나는 물었다.

“아니, 지족은 그렇게 의미 없는 죽음의 길을 택하진 않았소. 황진이와 정을 통하겠다고 결심했을 때 지족은 이미 백척간두에 올라선 셈이지. 그런데 마지막 한 발자국을 그렇게 허망하게 내디뎠겠소? 자, 나머지 이야기는 방에 들어가서 마저 합시다. 새벽 공기가 제법 찬 걸. 이러다 감기 걸리겠소.”

미명이 걷히고 어느새 하늘이 밝게 트이기 시작했다. 하지만 미진한 이야기의 끝 때문인지 내 머릿속은 부연 안개에 휩싸인 느낌이었다. 스님을 따라 걷는 내 발걸음이 휘적휘적 공기를 헛되이 가르고 있었다.

며칠 뒤 절간을 완전히 거덜 내기 위해 패거리를 끌고 문길사에 올라온 유림들은 목적은 이루었지만, 끝내 지족의 행적을 찾아내지는 못했다. 그 며칠 사이에 지족은 돌개바람에 일어난 먼지처럼 흔적도 없이 자취를 감추어버렸다. 이 망나니를 잡아 물고를 내고 싶었던 유림들이 사람을 풀어 산과 들판을 이 잡듯 뒤졌지만 지족은 고사하고 머리 깎은 중 하나도 찾지 못했다. 그렇게 지족은 송도에서 증발해버렸다. 그가 일군 문길사 역시 불길 속에 적멸의 세계로 떠나가 버렸다.

그렇게 사라진 지족이 겨울이 시작될 무렵 살얼음이 질 때 홀연 모습을 드러냈다. 지족의 정신적 고향. 천 리 남쪽 대둔산에 자리한 태고사였다. 태고사는 동안거冬安居 결제結制 준비로 분주했다. 몇몇 뜻 맞는 승려들이 모여 탁발도 하고 땔감이며 돌 축대도 손보면서 길고 지루한 겨울을 대비하고 있었다. 음력으로 시월 보름이 가까운 때였다. 늦가을이라지만, 찬바람이 제법 매섭게 계곡을 훑고 지나가고 있었다. 지대가 높았던 만큼 칼바람의 횡포가 예사롭지 않았다. 그 칼바람을 온몸으로 받으면서 앙상한 나뭇가지만큼이나 파리해진 몸뚱이를 끌고 지족은 태고사의 석문을 지나갔다. 그는 기다시피 산문을 지났다. 마치 상처 입은 짐승처럼 그는 홍홍거렸다. 근 석 달 만이었다. 황해도 송도에서 이곳 금산 땅까지 오는 데 걸린 시간이었다.

곳곳이 찢기고 피딱지와 땀에 찌들어 넝마가 된 승복을 걸친 그를 알아보는 사람은 아무도 없었다. 까치집처럼 엉킨 머리카락에 움푹하게 패인 볼, 터진 입술로는 고름이 흘러내렸다. 크고 작은 상처로 몸은 만신창이였다. 그는 이미 사람이 아니라 굶주리고 상처 난 짐승이었다. 옆구리에 끼고 있는 네모난 나무통만이 그도 한때 세속의 인간이었음을 알려주고 있었다.

해우소를 다녀오려다 이 짐승을 발견한 행자승은 까무러칠 듯 놀라 짚신 한 짝이 벗겨진 줄도 모르고 달아났다. 허기진 곰 한 마리가 나타난 줄로 여겼던 것이다. 두서없이 지껄이는 소리를 반신반의하면서 몽둥이를 손에 들고 내려온 일행이 겨우 사람인 것을 알아보고 들쳐 업고 승사로 올라갔다.

꼬박 사흘을 지족은 죽은 사람처럼 잠을 잤다. 대충 옷을 벗기고 몸을 닦아내긴 했어도 장독杖毒과 혹독한 여정에 망가질 대로 망가진 그의 몸은 옛날처럼 빛이 나지 않았다. 몸에는 신분을 알려주는 물품이 아무 것도 없었다. 봉두난발이긴 했지만 입성을 보고 사문沙門이 아닐까 짐작할 뿐이었다. 나무통의 뚜껑을 열어본 그들은 눅눅하게 변색된 하얀 가루가 사람의 유골인 것을 알아채고 또 한 번 놀랐다.

"깨어날 때까지 기다려보자. 뭔가 사연이 있겠지."

법랍을 30년 넘긴 한 승려가 지족이 누워있는 승방의 문을 닫으면서 김칫독을 땅에 묻듯이 단안하여 다른 승려들의 부질없는 입방아를 막아버렸다.

사흘 만에 눈을 뜬 지족을 처음 대면한 사람 역시 30년 법랍의 승려였다. 절밥을 좀 먹어본 사람끼리 통하는 이심전심이 있었을까. 그는 쓸 데 없는 질문은 삼갔다. 세간의 온갖 번뇌가 일렁이는 눈빛을 보고도 그는 지족이 고승임을 간파했다.

"이 험한 산문까지 어찌 오셨습니까? 대처에도 절간이 없지는 않을 텐데요?"

묵묵히 묵주를 돌리던 지족은 한참만에야 무겁게 입을 열었다.

"아주 옛날 어떤 여인이 그렇게 올라온 길이었소. 내 수행의 마지막 마감을 할 수 있는 장소가 이곳이라 여겨 왔소이다. 석 달만 거둬주시구려."

뚫어져라 지족을 응시하던 그는 두말없이 승낙했다.

"그러십시오. 원하시는 일이라면 뭐든 하셔도 좋습니다. 어차피 안거 기간이니까요."

그날 지족은 뜨거운 물로 온몸에 비늘처럼 돋아난 먼지를 씻어냈다. 떡갈나무 잎처럼 메마르게 자란 머리카락도 삭도削刀로 깨끗이 밀었고, 절에서 내준 정갈하게 마무리된 승복으로 갈아입었다. 다시 30년 법랍의 승려와 면대한 지족이 말했다.

"나는 전생부터 죄업을 많이 짓고 태어난 몸입니다. 그 숙세의 업장을 다 이겨내지 못해 이생에서도 온갖 부끄러운 짓만 하고 살았습니다.

이제 이렇게 훌쩍 떠나버리면 또 윤회의 고통 속에서 환생하는 고통을 겪게 되겠지요. 나만의 업장으로도 몸과 마음이 이미 무거운데 한 여인의 원한까지 짊어지고 있으니, 다리가 지탱하지 못하고 후들거립니다. 세속의 눈으로 보면 타락했다 하겠지만, 내 양심은 티끌만한 흠결도 없이 떳떳합니다. 육신의 단맛을 잊지 못해 진흙탕 길을 가면서도 온몸을 더럽히는 줄 모르는 제자 한 놈에게 육신의 쾌락이 얼마나 추하고 공허한 것인지 알려주려다 뜻도 이루지 못하고 내 몸만 나락에 떨어지고 말았습니다. 모두 업장을 제대로 씻어내지 못한 탓입니다. 내 오늘부터 1백 일 기약을 두고 석가모니 부처님께 간구하여 묵고 묵은 이 숙세의 업을 다 씻어내려 합니다. 나를 돕지도 마시고 말리지도 마시오. 그저 법당 한 구석을 허락하시면 조용히 제 수행을 마치겠습니다."

무슨 소리를 지껄이는지 잘 이해는 하지 못했지만, 30년 법랍의 승려는 묵묵히 고개를 끄덕였다. 응진전이 그가 원하던 법당의 한 구석이 되었다. 석가여래좌상과 16나한이 도반이 되어 그의 최후의 수행을 지켜보았다.

다음날은 시월 보름, 동안거가 시작되는 날이었다. 새벽. 아직 미명微明도 오지 않은 때였다. 지족은 촛불 하나를 켜고 불단 위에 나무통을 얹었다. 그리고는 가부좌를 한 채 잠시 묵상을 하더니 곧 몸을 일으켜 오체투지의 큰절을 올리기 시작했다. 한 번 또 한 번. 그의 몸놀림은 느리지만 완강하게 이어졌다. 한 번 감긴 눈은 이미 무명無明의 어둠 속에 빨려들어 간 듯 떠질 줄 몰랐다. 아무도 그의 시작을 보진 못했다. 마치 실 끝으로 조종되는 꼭두각시처럼 그는 같은 행동을 질기게 반복했다.

저녁 무렵이 되어서야 그는 사람 눈에 띄었다. 도무지 인기척이 없어 응진전 문을 빠끔히 열어본 행자승이 합장한 손을 가지런히 모으고 온몸이 땀에 절어 예불에 몰두하고 있는 그를 발견했다. 행자승의 성화에 쫓겨 응진전으로 올라온 법랍 30년의 승려는 잠시 지족의 구도를 지켜보다가 행자승을 들여앉히고는 지족이 원하는 일이 있으면 시중을 들라고 당부했다. 그리고는 지족을 향해 한 차례 합장을 하더니 뒤도 돌아보지 않고 자기 방으로 가버렸다. 애꿎게 궂은일을 떠맡게 된 행자승은 툴툴거리며 두 주먹을 불끈 쥐고 있는 라호라 존자상 아래 엉덩이를 붙였다.

새벽에 시작된 의식은 그날 밤을 넘기고 다시 새벽이 올 때까지 계속 이어졌다. 곧 끝나려니 안이하게 여겼던 행자승은 일이 생각하고 다르다는 사실을 그제야 깨달았다. 다시 법랍 30년의 승려에게 달려간 그가 하소연을 늘어놓았다.

"하루를 꼬박 오체투지로 일관하고 있습니다. 끼니는 고사하고 물도 마시지 않습니다. 제가 어쩌면 좋습니까?"

방정맞게 헤살거리는 행자승의 넋두리를 귓전으로 흘린 채 그는 방 안으로 들어가 푸른 녹으로 뒤덮인 주전자를 들고 나왔다.

"여기에 약수를 긷고 소금을 한 주먹 섞어라. 네가 헤아려 천 팔십 배가 끝나거든 스님 옆에 갖다놓고. 마시거든 다시 가져오고 마시지 않아도 다시 가져오너라. 다 떨어지면 다시 채우거라. 그것이 네가 올 동안거에 참구해야 할 화두니라."

문은 꽝하고 닫혀버렸다. 서슬에 주눅이 들고 까닭 모를 명령에 얼이 빠진 행자승은 한동안 말도 못하고 머뭇거리다가 하릴없이 주전자를 들고 약수터로 향했다. 아무리 닦아도 녹은 지워지지 않았다.

하루 24시간 동안 지족은 새벽과 한낮에 두 번 1시간씩 가부좌한 채 묵상을 하고는 나머지 시간은 온통 절만 했다. 행자승은 그가 하루에 꼬박 100번의 108배를 한다는 사실을 알게 되었다. 맙소사! 1만 8백 배를 하는 셈이었다. 살인적인 수행이었다. 그 고행은 하루 이틀, 열흘 기약도 없이 이어졌다. 그 사이 지족의 육신은 땀으로 범벅이 되었다. 이마에서도 목에서도 어깨에서도 가슴에서도 손이며 다리에서도 땀이 흘러내렸다. 서역에 하루에 천리를 달린다는 말이 있는데, 그 말은 땀이 아니라 피를 흘린다고 했다. 한혈마汗血馬. 지족은 점점 한혈마가 되어갔다. 그는 마치 호수 속에 빠진 사람처럼 움직였다. 허공에 서서 절을 하는 것이 아니라 물속에서 헤엄을 치듯 물살을 가르고 있었다. 행자승은 알 수 없는 위엄과 기운에 부르르 떨었다. 하여 그의 몸에서는 땀도 흐르지 않게 되었다.

한 달이 지나자 그의 기행은 산사 안뿐만 아니라 저 아래 속세 마을에까지도 전해졌다. 사생결단하고 절에 몰두하는 광승狂僧이 나타났다는 소문을 듣고 때 아닌 신도들의 행렬이 이어졌다. 그러나 굳게 걸어 잠긴 웅진전의 문을 열고 참관하는 일은 불가능했다. 법랍 30년의 승려가 아예 출입문에 자물쇠를 채웠던 것이다. 눈이 한 길이나 쌓이는 데다 소문의 실체를 보지 못하자 이내 그들은 사라졌고, 오직 지족의 혈투만 남게 되었다.

당연히 지족의 육신은 나날이 여위어갔다. 하루 한 사발의 소금물만 마시면서 1만 8백 배를 올리는 일은 죽음을 각오하거나 미친 사람이 아니면 견딜 수 없는 잔혹한 고행이었다. 그러나 지족의 자세는 끝까지 흐트러지지 않았다. 흘린 땀이 강물이 되고 바다가 될 때 그 물결을 타고 숙세의 업장이 흘러가 다시 돌아오지 않게 하려는 사람처럼, 맹목적인 행위에 그는 혼신의 힘을 쏟았다.

겨우내 눈은 지족의 오체투지가 쌓이는 만큼 내리고 쌓였다. 이따금 길 잃은 멧돼지가 멋모르고 앞마당을 기웃거리다 몇 번 뒷발길질을 해 보고 돌아갔을 뿐 산사의 정적을 깨는 일은 아무 것도 일어나지 않았다. 눈의 무게를 이기지 못하고 낙락장송이 짜개져 쓰러지거나, 거센 곡풍이 석등을 쓰러뜨릴 듯이 산사를 할퀴고 지나가도 걱정스레 창문을 열고 내다보는 사람 하나 없었다. 그러나 다들 지족의 용맹정진에 무관심한 것처럼 보였지만, 사람들의 귀와 눈은 모두 그곳을 향해 쏠리고 있었다. 그들은 언제 고목이 쓰러질지 기다리는 나무꾼처럼 파국의 날을 기다렸다.

눈이 내리고 녹았다가 하기를 몇 차례 했는지 잊혀져갈 무렵 마침내 해제解制의 날이 왔다. 정월 보름은 기나긴 동안거가 해제되는 날이다. 산사도 아연 활기를 띄기 시작했다. 외롭고 적막한 수행의 기간이 끝나는 해방감이 산사를 감쌌다. 수행자들은 저마다의 거처에서 애벌레처럼 나와 응진전 앞을 기웃거렸다. 결제하는 날 오체투지를 시작했으니, 해제와 함께 끝나리라고 여겼다. 자신들보다 수백 배 아니 수만 배의 고행을 이겨낸 지족의 얼굴을 보고자 하였다.

그렇지만 지족의 수행은 끝나지 않았다. 결제의 날을 아는지 모르는지 이미 피골만 앙상하게 남은 지족은 그 지루하고 피 말리는 몸짓을 멈추지 않았다. 그는 여전히 묵묵히 자신만의 일에 몰입해 있었다. 삼매의 무아지경을 빠져나올 줄 몰랐다. 중들은 경이와 당혹의 양극을 오가면서 수군거리다가 한두 명씩 산사를 내려갔다. 절에는 이제 법랍 30

넌의 승려와 행자승만 남았다. 승방은 바람의 차지가 되었다.

그 사이에 한 사람의 식구가 늘었다. 어느 날 해가 뉘엿뉘엿 저물 무렵 젊은 승려 한 사람이 넋 나간 사람처럼 석문을 타고 올라왔다. 사방이 온통 눈밭인 계곡을 혈혈단신으로 올라온 것이었다. 도천이었다.

응진전에 든 도천은 아무 말도 않고 꿇어앉은 채 오체투지에 몰입한 스승의 모습을 현혹이라도 당한 사람처럼 우러러보았다. 그의 두 눈에서는 하염없이 눈물이 흘렀다. 지족의 땀과 도천의 눈물은 그렇게 한줄기가 되었다. 도천은 스승의 옆 자리에서 그 의식에 동참했다.

시간이 지나 마침내 100일째가 되었다. 혼자 속으로 그 어마어마한 숫자를 다 세고 있었던 것일까? 딱 1백 8만 회의 오체투지가 끝나자 지족은 약속이라도 한 듯 거동을 멈추었다. 그리고 눈을 떴다. 하지만 도천과 행자승이 본 지족의 눈은 사람의 눈이 아니었다. 텅 비어 있었다. 해골에 살 껍질을 씌워놓은 형상에 눈은 거대한 어둠의 암혈로 뻥 뚫려 있었다. 피부마저 시꺼멓게 변해 있었다. 행자승은 눈을 감았고, 도천은 어찌해야 할지 몰라 허둥거렸다. 지족의 눈에는 이미 이승의 사물들이 들어오지 않았다. 그는 모든 감각을 다 잃어버린 사람처럼 응진전의 문을 열고 밖으로 나섰다.

사방은 온통 흰 빛깔이었다. 눈만이 존재하는 세상이었다. 지족은 마음으로 그것을 느꼈다. 쪽빛으로 파란 하늘과 무無의 세계로 돌아간 지상. 그는 눈 위를 떠다녔다. 그때 저 멀리 하늘에서 한 여인이 금강석 계단을 밟으며 지족을 향해 내려왔다. 손에 든 바구니에서 그녀는 섬섬옥수로 칠보 가루를 모아 지족의 머리 위로 뿌렸다. 칠보 가루는 알알이 연꽃이 되어 지족의 주변을 아롱아롱 혼곤하게 적셨다.

"당신이구려."

지족은 오래 전부터 알고 지내던 친구를 만난 것처럼 두 손을 들어 빙그레 웃으며 다정하게 불렀다. 그녀 역시 환하게 미소 지었다.

지족은 비틀거리며 여인의 손길을 따라 발걸음을 옮겼다. 형해만 남아 있는 그였지만, 얼굴에는 티끌 하나 없는 맑은 미소가 번졌다. 그가 그렇게 발걸음을 옮긴 곳의 끝에는 아득한 낭떠러지가 있었다.

"스승님!"

상황을 깨달은 도천이 외마디 비명을 질렀다.

그 외침이 지족의 귓가에 걸린 것일까? 아니면 마침내 윤회 없는 세상으로 떠나는 지족의 깨달음이 걸음을 멈추게 한 것일까? 지족이 몸을 돌렸다. 마치 오늘 처음 만난 것처럼 지족은 도천을 보더니 벙긋 미소를 지었다.

"이제 나는 무진극락의 세계로 돌아간다. 몸뚱이는 우주자연의 것이니 이곳에 남겨두겠으나, 그냥 버리면 무엇 하겠느냐? 겨우내 굶주린 산짐승의 배를 채우리라."

다시 발걸음을 옮긴 지족의 몸은 곧 허공으로 솟아올랐다. 잠시 두 팔을 벌려 도천을 향하던 지족의 몸은 한없이 넓고 따뜻한 웃음을 남기고 사라졌다. 천 길 아래 눈밖에는 보이지 않는 벼랑 아래로 지족은 내려갔다. 곧 한 점이 되어버린 지족의 몸은 백색의 화선지 속으로 빨려들어 갔다. 잠시 후 산짐승의 짧은 포효 소리가 계곡을 물들였다. 그것은 천상의 음악 소리였다.

지족의 시신은 겨울이 끝나고 눈이 다 녹은 늦봄에서야 발견되었다.

겨우내, 아무도 그 험한 계곡에 발을 들일 엄두를 내지 못했다. 그저 새 봄이 와서 묵은 눈을 녹이고 파란 새순이 돋을 때를 기다릴 뿐이었다. 그새 지족의 몸은 살이란 살은 한 점 남김없이 사라졌고, 하얀 백골만 남아 있었다. 그 높은 곳에서 떨어졌는데도, 백골은 금간 곳 하나 없었다.

사람들은 지족의 이름을 외우며 형해를 거두어 고이 화장했다. 모두들 부처님의 화신이니 크고 웅장한 부도탑을 세우자고 했지만, 법랍 30년의 승려는 작고 볼품없는 돌을 다듬어 사리를 모셨다.

"이것도 사치라 여길 것이니라."

소리가 우렁차면 메아리는 크지만 대신 빨리 흩어져버린다. 지족을 기억할 거대한 석물이 드러나지 않자 소문처럼 실상은 눈 녹듯 지워졌다. 법랍 30년의 승려가 법랍 60을 채우고 태고사에서 입적하자 지족에 관한 모든 기억도 함께 영겁 속으로 돌아갔다. 그 사이 도천도 자취를 감추었다. 떠도는 말에 황진이를 찾아갔다는 말도 있었다.

이제 지족의 이끼 낀 하찮은 부도탑은 숲 속의 돌덩어리가 되었다. 그게 더 지족의 뜻과 어울렸을 것이다. 이따금 골짜기를 타고 도는 바람이 부도탑을 지나갈 때 그 소리는 지족의 웃음처럼 태고사를 감싸 돌다가 하늘을 향해 올라가서 다시는 내려오지 않았다. 억겁의 시간이 지나도 그는 다시 이승에 모습을 드러내지 않을 것이다.

해도 떴고 아침 공양도 마쳤다.

나는 카메라며 배낭을 주섬주섬 챙겼다.

나를 기다리고 있는 속세로 나는 다시 내려가야 하는 것이다. 내려가면 먼저 아내에게 전화부터 걸어볼 참이었다.

지갑을 찾아준 그녀에게 인사라도 할까 찾아보았지만 보이지 않았다.

노승의 방문을 두드렸다.

노승은 향기가 좋은 차를 음미하고 있었다. 오늘 새벽에 기른 물로 빚은 차리라.

"그만 내려가겠습니다."

"잘 가시구려. 또 만날 일이 있겠지요."

"건강하십시오."

"건강은! 욕되구려. 살만큼 살았다오."

나는 쓴웃음을 지었다.

방문을 닫으려고 하다가 문득 궁금한 점이 있어 고개를 돌렸다.

"저, 한 가지만 여쭙겠습니다."

"또 궁금증이 남았소?"

"제가 아직 스님의 법명도 모르는군요."

"그깟 이름이 뭐 중요하다고. 그냥 중이면 그만이지."

"그래도 속세 사람들은 제 이야기의 출처를 따질 겁니다. 그렇지 않으면 지어낸 얘기라고 여길 테고요."

"이 얘길 누구에게 하시려고?"

"예."

"그러시구려. 이젠 내 곁을 떠난 얘기니."

"고맙습니다."

"궁금하다니 알려드리지. 나는 지족知足이라오."

내가 금산 태고사에 가서 하룻밤 동안에 들은 이야기는 이와 같았다. 나는 내 경험에서 기억의 오류가 아닌 이상 토씨 하나도 틀리지 않게 기록하려고 노력했다. 지족 스님의 의도나 육성이 그대로 전해졌으리라 자신한다.

다만 글을 옮겨놓고도 아쉬운 것은 명기 황진이의 역할이다. 우리가 알고 있는 설화 속의 지족 파계담은 황진이가 이야기의 주인공이었다. 그런데 지족의 회고 속에 등장하는 황진이는, 비중이 낮은 배역은 아니지만 기대를 흡족하게 충족시키는 못한다. 나로서도 이 점에 대해 지족 스님에게 좀 따져 묻고 싶었지만, 힐문할 성질의 일도 아니고, 설화의 변이형이라고 간주해도 그만인 부분이라 포기했다.

또 하나 미흡한 점이라면 두 사람의 동침이 폭로되고 지족이 곤경에 처했을 때 보인 황진이의 태도다. 자세한 정황은 그려지지 않았지만 그녀는 나 몰라라 등을 돌린 것이 분명하다. 어머니의 원을 풀었으니 그 것으로 만족한 것일까? 더는 소동에 말려들고 싶지 않았던 것일까? 이 도 저도 아니면 계산 끝났으니 다음에나 보자는 해어화解語花의 기질을 어쩔 수 없었기 때문일까? 전반적으로 지족의 이야기 속에 등장하는 황진이는 진솔하고 담백하긴 하지만, 우리가 아는 도도하고 교태 넘치 는 여걸女傑 이미지와는 거리가 멀다. 사실 어쩌면 우리는 그동안 그녀 에 대해 너무 과대한 포장을 해왔는지도 모른다. 시중에 나온 몇 종류 의 황진이를 소재로 한 소설을 들척여 보았는데, 인간적인 접근에 충실 하긴 하지만 기존의 틀에서 크게 벗어나지는 못한 것 같은 인상을 받았 다. 500년 넘게 그녀를 둘러싸고 세워진 상상의 탑은 그처럼 견고했다.

그래서 이런 생각을 해보았다. 어쩌면 두 사람은 문제의 그날 동침 하는 흉내만 낸 것은 아닐까 하고 말이다. 황진이의 어머니가 죽으면서 남긴 유언의 골자는 '동침'이라는 형식에 초점이 맞추어져 있었지 내용 은 아니란 느낌이 들기 때문이다. 저승의 영역이란 게 심령의 영역이 아닌가. 그러니 꼭 육체적인 행위가 첨부되어야만 어머니의 원을 푸는 것은 아니다. 무당의 씻김굿처럼 그러한 형식의 행동만으로도 해원解怨 의 절차는 완성되는 것이다.

화근은 지족을 따라온 도천이 그 사실을 까맣게 몰랐고, 둘이 합방을 하고 촛불이 꺼지자 지레 사태를 짐작하고서는 난리를 떤 데 있었다. 이 때문에 등잔에 붙은 불이 온 들판을 다 태워버리는 결과를 가져왔다 는 추리도 가능하지 않을까. 아니 백 번 양보해서 두 사람 모두 동침할 마음을 품었다고 해도 도천의 소란이 뒤이어져 뜻을 이루지 못한 게 아 닐까? 고래고래 소리를 지르며 골목을 달려가는데 무슨 경황에 운우지

정雲雨之情을 나누겠는가. 이미 당사자들은 모두 이승 사람이 아니니 이제 그 의문점을 문의할 방법도 없다. 그것이 차라리 다행이란 생각도 든다.

그러다 나는 우연찮게 지족과 황진이, 도천과 관련된 좀 다른 이야기를 듣게 되었다.

태고사를 다녀온 얼마 뒤 금산 땅을 지나게 되었다. 호남으로 빠지는 길목을 그쪽으로 잡게 된 것이다. 그 일대의 사찰 사진은 이미 다 찍었기 때문에, 문득 태고사의 지족 스님이 궁금하지 않았던 것은 아니지만 다시 찾지는 않았다. 더구나 그때는 아직 내 글이 게재되기 전이라 빈손으로 찾아가기에는 핑계가 마땅치 않았다. 나는 멀리 태고사를 항해 눈인사를 보내고는 핸들을 돌렸다.

대둔산 골짜기를 타고 이어지는 국도를 달리다 목이 컬컬해진 나는 조그만 구멍가게 앞에 차를 세웠다. 가게는 말 그대로 콧구멍만 했다. 손님도 거의 없는지 과자봉지에는 먼지가 쌓인 게 보일 정도였다. 그런 가게를 얼굴이 온통 주름살로 가득한 할머니 한 분이 지키고 있었다. 나는 혹시나 가는귀라도 먹었을까 목청을 높여 생수를 달라고 외쳤다.

할머니는 물끄러미 나를 바라보다가 냉장고 문을 열더니 생수병을 내밀었다.

"사진 찍으러 다니시는겨?"

계산을 하러 지갑을 꺼내려는데 할머니가 물었다. 아마 어깨에 걸린 디지털 카메라를 본 모양이었다.

"예. 절 사진 찍으러 다닙니다."

나는 으레 받는 질문이라 무심히 대답했다.

"우리 동네에도 절은 많은디? 화암사도 있고, 쌍계사도 있고, 산꼭디기에는 태고사도 있는디?"

할머니는 그걸 아느냐는 눈치로 내게 말했다. 어쨌거나 친절이 고마워서 나는 벙긋 웃으며 대답했다.

"예. 전에 와서 다 찍었습니다."

"아, 그러셨구랴?"

할머니는 조금 실망한 듯한 표정으로 말꼬리를 감추었다. 목이 말랐던 나는 그 자리에서 병을 따 몇 모금 벌컥벌컥 들이켰다. 냉동고에서 차갑게 언 생수는 등줄기에 찌릿한 소름을 남기면서 위장을 타고 뱃속으로 들어갔다.

"잘 마셨습니다."

나는 이마의 땀을 훔치면서 창문을 열었다. 그때 할머니의 입도 같이 열렸다.

"태고사에 갔다면, 낭떠러지에 있는 부도탑도 찍으셨겠지?"

나는 가던 걸음을 멈추었다. 지족 스님은 부도탑의 존재를 아는 사람이 그리 많지 않다고 했다. 그런데 이 할머니가 다짜고짜 그 얘기를 꺼낸 것이다. 연세로 볼 때 태고사의 오랜 신도일 수도 있겠다는 생각이 들었지만, 그래도 의외였다.

"예. 찍었습니다. 할머님도 그 부도탑을 아세요?"

할머니는 그것 보라는 듯이 허리를 펴며 뻐기듯이 기침을 했다.

"그거 아는 사람 많지 않어. 그 절을 서른 해 동안 다닌 사람도 잘 모른다니께."

나는 고개를 숙였다.

"저도 거기 계신 스님께서 일러주셔서 알았습니다. 재미난 이야기가 전해지더군요."

할머니는 콧김을 힝 불면서 말했다.

"그 주책바가지 돌중한테 뭔갈 들은 모양이구려. 지가 이생에 환생한 지족이라며 법명도 지족이라 붙였다니, 어디 가당찮나 말이야."

지족 스님의 권위가 졸지에 주책바가지 돌중으로 격하되자 나는 잠시 민망한 표정을 정리해야 했다. 어떻든 그를 위해 변명을 할 계제였다.

"대덕의 뜻을 잇겠다는데 그렇게 나쁠 거야 있겠습니까."

"잘 알지도 못하면서 세 치 혓바닥을 나불거리니 하는 말 아니유."

"그럼 지족 선사가 백만 배를 하고 돌아가신 뒤에 다른 일이 또 있었습니까?"

할머니의 말만으로 두서를 잡을 수는 없었지만, 뭔가 지족 스님이 모르는 뒷이야기가 더 있는 게 분명했다.

"지족이 죽고 난 뒤 황진이가 태고사에 나타났지 뭐유."

지족이 세상을 버리고 난 뒤 도천은 그대로 태고사에 머물렀다. 그리고 얼마 뒤 한 아낙이 태고사를 찾았다. 송도의 가솔과 재산을 다 정리하고 고향으로 돌아온 황진이었다. 도천은 아무 말 없이 그녀를 맞았다.

산 아래 전답을 마련한 두 사람은 약속이나 한 듯 살림을 차렸다. 그렇게 도천은 환속을 한 것이다. 몇 해 뒤 사내아이 하나를 낳은 황진이는 얼마를 더 살다가 안개가 스러지듯 훌쩍 세상을 버렸다. 도천은 그녀의 시신을 거둬 뒷산에 묻었다.

사내아이가 어느 정도 장성하자 도천은 간다온다 말도 남기지 않고 자취를 감추어버렸다. 가사를 입은 채 안개를 비집고 새벽 언덕을 넘어가던 그를 봤다는 사람도 있었지만, 이후 그의 종적은 묘연했다. 조선 팔도를 떠돌다가 어느 이름 모를 산골짜기에서 마지막 숨을 거뒀을 것이다. 그 역시 스승처럼 몸뚱이는 굶주린 산짐승에게 공양했다. 그는 유골도 부도탑도 남기지 않았다. 그는 구름이 되었다.

절간의 이야기가 아니니 절 소식으로 전할 리는 없었고, 산 아래 마을에서만 돌멩이처럼 떠도는 이야기가 되어버렸다. 지금도 태고사로 오르는 산허리쯤을 지나다보면 잡초 우거진 골 사이로 황진이의 무덤이 흘낏 보인다고 한다.

구멍가게를 나온 나는 시동을 걸면서 멀리 태고사를 향해 시선을 주었다. 아직 녹음이 푸르렀다. 저 언덕 어디쯤에 정말로 황진이의 무덤이 있을지도 몰랐다. 하나 남긴 자식이 효자였다면 대대로는 아니더라도 어머니의 제사를 모셨을 것이다.

한번 찾아볼까 하는 생각이 간절하게 일었다. 그러나 500년을 방해받지 않고 쉬고 있는 그녀를 다시 깨우고 싶지 않았다. 바람소리에 춤을 추고, 풀잎의 장단에 노래하도록 두는 것이 후인의 도리가 아닐까 생각하면서 나는 가속 페달에 발을 올렸다.

그러면서 문득 이런 궁금증이 일었다.

황진이가 남긴 유일한 혈육인 그 사내아이. 그녀의 후손은 어떻게 되었을까?

2부

황진이와 지족은 지금도

"스님께서 돌아가셨어요."

그녀의 전화를 받은 것은 내가 태고사를 다녀오고도 석 달이 지나가던 무렵이었다. 머리를 지치게 만들던 폭염도 어느 새 사라졌고, 제법 선선한 바람이 골목을 가르며 지나갔다. 그 사이 나는 노승에게서 들은 이야기를 주제로 몇 군데 글을 발표했다. 근거가 확실한 내용이 아니어서 논문으로 마무리하지는 못했지만, 경솔한 억측이란 혐의를 피하게 위해 수필보다는 좀 더 진지하게 접근해야 했다.

글이 발표되자 흥미를 가지고 문의해오는 사람이 없지는 않았지만 기대했던 것만큼 반향이 크지는 않았다. 그렇다고 실망하지는 않았다. 그랬다. 벌써 450년이나 전에 있었던 심상尋常한 사건이었다. 황진이나 지족에게는 파천황의 경험이었고 영원히 잊을 수 없는 사연이었겠지만, 21세기를 사는 우리들에게 그런 에피소드는 한물간 여배우의 스캔

들 정도의 흥밋거리도 되지 못할 수도 있었다. 그런 까닭이 아니라면 평소 접했던 황진이의 이미지와 현격한 차이가 나 신뢰도가 떨어진 탓도 있을 것이다. 원래 설화 그대로의 황진이가 대중들에게는 더 매력이 있을 것이었다. 나는 내 멋대로 희망을 과장한 것을 자책했다.

글이 실린 잡지를 태고사의 지족 스님에게도 한 부 보낼까 하다가 그만두었다. 괜히 공명심에 사로잡힌 호들갑이란 생각도 들었고, 언젠가 기회가 있으면 다시 한 번 들려 직접 전하는 것이 예의라는 애매한 핑계도 있었다.

그러면서 문득 그녀가 떠오르지 않은 것은 아니었다. 지갑을 건네주고 나간 이후 나는 다시는 그녀를 보지 못했다. 어두운 형광등 조명 아래 야무지면서도 부드러운 곡선이 살아 있었던 손목과 손가락. 앙증맞은 파란색 에메랄드가 다소곳이 박힌 반지를 끼고 있었다. 옥색과 에메랄드 빛, 그녀는 다소 차가운 계통의 색을 좋아하는 모양이었다. 그렇게 스치듯 두 번 만났을 뿐인데도 이상하게 뇌리에서 그녀의 영상은 점점 구체적으로 각인되었다.

골바람에 하느작거리던 치마와 은은하게 풍기던 향수. 가냘프지도 않고 비대하지도 않은 알맞게 다져진 몸매는 옷자락을 통해서도 느껴졌다. 왠지 모르게 그녀의 발은 몹시 작을 거라는 야릇한 상상이 가슴 속에서 속삭였다. 얼굴은 조금 검은 편이었지만, 옷깃 사이로 드러난 속살은 하얗게 빛을 발하고 있었다. 기묘하게도 당시에는 느끼지 못했던 그녀의 외모가 시간이 갈수록 점점 더 선명하게 각인되어갔다.

태고사로 알아보면 연락처나 주소를 확인할 수 있겠지만, 자칫 치한으로 오해를 사지나 않을까 찜찜했다. 짬이 나면 한번 알아봐야겠다면

서 차일피일 미루었고, 그러다 차츰 기억에서 정리되어가고 있던 중이
었다.

10월 중순의 어느 날. 금요일이었다. 오전 중에 강의는 끝났고, 구내
식당에서 간단히 점심을 해결했다. 디지털 카메라의 렌즈를 닦으면서
이번 주말에는 어느 절에 갈지 궁리하는 중이었다. 여름 무렵부터 시작
했던 작업은 가을이 영글어가는 지금까지도 끝나지 않았다. 세상에 절
은 많았고, 내게 주어진 시간은 한계가 있었다. 채워지지 않는 내 욕심
도 한 몫 거들었다. 마치 탄산수가 갈증을 더욱 부추기는 것처럼 나는
사찰에 대해 과욕을 부리고 있었다.

아내와 갑작스럽게 별거를 시작한 것도 더욱 주말을 한가롭게 만들
었다. 삐거덕거리는 사다리를 맞추려고 하다가 오히려 더 골격을 망치
는 엇갈림 때문에 골은 깊어만 갔다. 서로에게 자신을 돌이켜볼 시간이
필요한 때였다. 그간 아내에게 있었던 탁구공이 이제 내게로 넘어온 것
일 수도 있었다. 매사에 수동적이기만 하던 나로서는 꽤나 용기 있는
결단이었다. 옷가지며 책을 챙겨 나오는 내게 아내는 싸늘한 등만 보여
주었다. 나도 연락을 하지 않았고, 아내 역시 냉랭했다. 이렇게 우리는
암묵적인 별거를 시작했다.

영동 고속도로를 타고 원주에 들러 인근의 몇몇 사찰과 절터를 들르
는 것으로 일정을 시작할 요량이었다. 거기서 오대산으로 빠져 월정사
와 상원사, 적멸보궁을 다시 한 번 훑을 심산도 세웠다. 그곳은 전에 찍
었지만, 사진 상태가 너무 나빴다. 수전증 환자가 찍은 사진처럼 초점
이 어긋난 필름은 나를 짜증나게 만들었다.

그런 뒤 국도를 따라 북진해서 수타사를 거치고, 몇 군데 흩어진 석

탑이며 석불상 사진을 찍고는 속초에 도착해서 건봉사를 들린 뒤 진부령을 달려 미시령과 만나면 다시 동진해서 화암사를 찍고, 백담사와 춘천의 청평사까지 달려오면 얼추 2박 3일의 여정이 마무리될 듯싶었다. 한여름의 녹음과 가을날의 단풍 속에서 사찰은 어떤 변신을 했을지 궁금했다. 낙산사도 머리에 떠올랐지만, 화재로 황량하게 변한 을씨년스런 모습을 다시 보고 싶진 않았다. 그런 궁리를 하던 차에 그녀의 전화를 받은 것이다.

처음 나는 그녀의 목소리를 알아듣지 못했다. 전화음이라 생소한 탓도 있겠지만 내가 기억하고 있던 그 음성이 아니었다. 아주 차분하게 가라앉은 음색에 가을 이슬을 머금은 듯한 촉촉한 슬픔이 묻어나왔다. 그러니 발신자를 되물어보는 것도 당연했다.

"지난 여름 태고사에서 만난 적이 있는데, 기억하지 못하시는가 봐요?"

그제야 기억을 되살린 나는 무척이나 들뜬 목소리로 안부를 물었다. 형식적인 인사치레가 끝나자 지족 스님의 죽음을 알리는 그녀의 목소리가 차갑게 수화기에 울렸다.

전언의 의미를 깨닫자마자 내 마음속에서는 뜻밖의 상황부터 연상되었다.

"혹시…?"

혹시나 낭떠러지로 몸을 던진 것이 아닐까? 터무니없었지만 왠지 그런 일이 일어났어도 나는 놀라지 않았을 것이다. 어쩌면 그것이 지족 스님의 이승의 행보에 대미를 장식하는 사건으로 어울릴 지도 몰랐다.

내가 미처 발설하지 못한 내용을 그녀는 짐작하고 있었다.

"아니에요. 그냥 방 안에서 편안하게 돌아가셨어요. 염려하시는 일은 없었습니다."

안도의 한숨이 절로 나왔다.

"아! 그렇군요. 그럼 장례는 어떻게 치르는지….”

사찰에서 고승이 입적했을 때 꽤 장엄하게 다비식이 거행된다는 정도의 상식은 나도 가지고 있었다. 불교계에서 지족 스님의 위상이 어떤지는 잘 몰랐지만—이상하게 나는 그 이후에도 그런 점에 대해서는 확인하지 않았다—, 적어도 그 옛날 지족처럼 단출한 부도탑으로 끝나지는 않을 것이란 짐작은 들었다.

그러나 그녀는 내 기대를 깨뜨렸다.

"간소하게 치렀어요, 벌써 화장도 끝내고 산골散骨하는 일만 남았답니다."

남의 소식을 전하는 사람처럼 그 목소리는 담담했다. 그래서 더 진지하게 들렸다.

"그럼 돌아가신 지 좀 된 모양이군요."

나는 어이가 없어 되물었다. 지난 인연도 있으니 다비식에 참석해달라는 부탁 때문에 전화를 한 것도 아니었다. 산골이란 말도 내게는 어색하게 들렸다. 고개를 갸우뚱거리는 내 모습을 그녀는 보지 못했을 것이다.

"가까운 지인들끼리 유품을 정리했어요. 평소 스님이 요란을 떠는 걸 싫어하시기도 했고, 특별히 문중 출신도 아니라서….”

버릇인지 모르겠지만, 그녀는 말끝을 자꾸 흐렸다. 자신감이 없어서인지 서먹해서인지 알 순 없지만, 내가 따져 물을 일은 아니었다. 유품이란 말을 듣자 나는 그때 그녀가 가져다준 가사가 떠올랐다. 스님은 그 옷을 입었을까?

잠시 무슨 말을 할지 기다렸는데 말은 계속 끊겨 이어지지 않았다. 중간에 전화가 끊긴 게 아닌가 여겨질 정도로 그녀 쪽에서는 말이 없었다. 무슨 안건이 있어 한 전화일 텐데, 결국 나는 내 궁금증을 물었다.

"그럼 무슨 일로 제게 전화를 하셨는지?"

그 시점에서 내가 할 일이, 할 수 있는 일이 무엇인지 의아했다. 그녀라면 다르겠지만, 나는 어떤 면으로 보더라도 문상 외에 더 할 수 있는 일이 떠오르지 않았다. 단지 그 소식만 전하려 했던 것일까? 그럼 너무 늦지 않았나? 그러자 문득 이런 의문이 떠올랐다.

'내 연락처는 어떻게 알았을까?'

내 기억에 그때 대학에 몸을 담고 있다는 말은 했지만, 대학 이름이나 소속은 정확하게 밝히지 않았다. 마음먹고 찾는다면 어려운 일은 아니겠지만, 그 수고를 하면서 나를 찾을 이유는 아무리 생각해도 손에 잡히지 않았다.

역시 꽤 긴 간극을 둔 뒤, 그녀의 목소리가 귓가에서 울렸다.

"죄송하지만, 뵙고 말씀을 드리고 싶은데요. 전화상으로는 이야기가 길어서…"

나는 다시 한 번 뜨악해졌다. 지족 스님의 안부도 궁금했지만, 실상 그녀의 근황이 더 궁금하긴 했다. 그래도 느닷없이 만나자는 제안에는 반가운 만큼 주저하는 마음도 일었다. 그렇지만 마음과는 달리 말은 거꾸로 튀어나왔다.

"그리시죠. 저도 막 강의가 끝났으니까 시간은 괜찮습니다. 지금 어디십니까?”

그녀는 강남 어딘가에 있다고 했다. 그쪽은 내가 지리적으로 서툰 곳이었다. 여러 곳이 나왔지만, 서로 잘 알만한 장소는 아니었다. 서로 알 수 있는 장소를 물색하다 문득 기억에 떠오르는 곳이 있었다.

“봉은사에서 만나죠. 판전이라면 저나 그쪽이나 다 알 테니까.”

“그래요. 그럼 그곳에서 기다릴게요.”

나는 차를 몰고 학교 정문을 빠져나와 봉은사로 향하는 도로로 올라섰다. 무심하게 구름이 떠가는 하늘은 도심 속에서도 제법 푸르렀다.

　사찰은 두 개의 얼굴을 가지고 있다. 대개 대웅전 주변은 사람들로 북적거린다. 불공을 드리거나 주존불을 구경하거나 사람들은 우선 대웅전 앞마당으로 모이게 마련이다. 하지만 한 발짝만 뒷길로 들어가도 정적이 더 잘 어울린다. 대웅전 앞마당이 이승의 시장 거리라면 뒤편은 저승이자 한적한 오솔길이라고나 할까. 봉은사 역시 도심 한가운데 있고 규모가 제법 크다고 해도 큰 틀은 여느 절간과 다를 바 없었다.

　멀리 대웅전을 바라보며 범종루와 미륵전 왼편 길을 끼고 올라가면 뒤편 길이 나온다. 오른쪽으로 질러가면 대불상이 나오고 왼편 조금 경사진 길 끝에는 선원이 야트막하게 고개를 숙이고 있다. 그 중간에 정면 다섯 칸 측면 세 칸의 판전이 중심을 잡듯이 서 있다. 무슨 이유에서인지 박공 사이로 그물이 조금은 흉물스럽게 시야를 어지럽혔다. 그녀가 어린 아이가 쓴 글씨 같다고 했던 현판은 고졸한 필체를 눕혀놓은 채 쉬고 있었다.

단걸음에 판전까지 올랐더니 제법 숨이 가빴다. 끈적거리며 흐르는 이마의 땀을 손등으로 훔치면서 나는 좌우를 살폈다. 솔직히 그녀의 얼굴을 정확하게 기억하지는 못했다. 시간도 꽤 지났지만, 한복 차림과 행자복 차림이라는 엇갈린 복장의 잔상이 착시처럼 시야를 흐렸다. 이런 기억으로 만든 그녀의 영상이 과연 실물과 일치할지 확신이 서질 않았다. 그래서 그녀가 먼저 나를 알아보고 다가오기를 내심 기대했다. 하지만 주변에서는 그녀를 느낄 수 있는 어떤 흔적도 향기도 전해지지 않았다.

혹시 판전 안에 들었나 싶어 돌계단을 밟고 올라가 내부를 기웃거렸다. 여닫이문이 몇 개 열려 있었지만, 어두워서 내부가 선명하게 보이지 않았다. 스님 한 분이 서서 합장을 한 채 경문을 외고 있었고, 곁에 있는 노파는 연신 큰절을 올리며 예불에 열중하고 있었다. 벽을 따라 책꽂이처럼 가설된 목재 구조물이 빙 둘러쳐졌는데, 검게 옻칠이 된 목판들이 등을 보이며 사이좋게 손을 잡고 있는 모습이 보였다. 습기를 방지하기 위해 구들장을 올린 탓인지 내부는 더욱 서늘하게 느껴졌다. 모두 3,175장의 『화엄경』 경판 목판이 보관되어 있는 판전. 모든 중생을 제도하기 위해 열반의 시간까지 미루었다는 부처의 육성은 이제 목재의 나이테 사이에서 켜켜이 숨 쉬고 있는 것이다. 나는 문득 그 나이테가 음향을 담은 레코드판의 골처럼 느껴졌다.

고개를 밖으로 돌린 나는 멀리 보우전까지 시선을 보냈다. 옹기종기 모인 주차장의 자동차와 이런저런 사람들로 웅성거렸지만, 그녀인 듯한 낌새를 주는 이는 눈에 띄지 않았다. 고개를 거두던 나는 선원으로 올라가는 길목 바로 앞 담장과 소나무 숲 사이에서 나를 은근히 바라보고 있는 시선을 발견했다. 아주 낮은 시선이었다. 다시 살펴보니 그것은 개였다. 제법 덩치가 있었고, 온통 하얀 색이었다. 놈은 두 발은 앞으로 개키고 턱을 얹은 채 무심한 표정으로 나를 응시하고 있었다. 아마 내가 판전에 올라와 여기저기 기웃거리던 모습을 하나도 놓치지 않고 봤던 게 분명했다.

어릴 때 동네 개에게 제대로 물려 봄철 내내 고생을 했던 나는 개에 대해 떨칠 수 없는 공포감을 가지고 살았다. 아직 어린 강아지라면 그렇게 주눅이 들지는 않는데, 덩치가 좀 나가는 중개 이상을 보면 등짝에 소름부터 돋아 올랐다. 식구들이 모두 동물을 좋아해 우리 집에는 항상 애완견들이 둥지를 틀고 살았다. 대개 잡종견들이었다. 새끼를 가져와 기르곤 했는데, 두 손으로 잡아 가슴에 품으면 앙증맞게 안길 때는 좋다가도 그놈이 조금씩 자라 내가 어찌할 수 없을 정도가 되면 자라는 만큼 거부감도 함께 커졌다. 개는 눈치가 빨랐다. 자신을 두려워하는 낌새를 알아차리면 이상하게도 자세가 도전적으로 변했다. 내가 학교에서 귀가할 때면 항상 꼬리치며 반기던 녀석이 어느 날부턴가 눈빛에 적의를 띠기 시작했다. 그러면 개는 더 이상 친근한 놈이 아니었다. 나는 슬슬 꼬리를 내리며 놈을 피해 다니게 되었다.

서울로 올라와서 전셋집을 전전하던 시절에는 개를 키울 엄두도 못 냈다. 냄새가 난다느니 아무 데고 똥을 싸대서 더럽다느니 하는 주인집의 불만을 감당하기 어려운 탓도 있었다. 더구나 개 값도 시골과는 천양지차였다. 똥개는 금방 자랐고, 자라면서 그만큼 볼품은 반감되었다. 풀어놓을 수도 없으니, 꼴이 점점 더 흉측하게 바뀌어갔다. 어느 날 문득 행방이 묘연해지기도 했다. 이래저래 개는 꽤 오랫동안 그저 TV에서 보거나 값비싼 애완견을 먼발치에서 눈요기하는 대상으로 머무르게 되었다.

그러다가 가까이서 개를 보게 된 계기도 사찰 순례에서 비롯되었다. 절에 가면 개를 쉽게 만날 수 있었다. 속세와 동떨어진 산속에 절이 있으니 인적이 드물 수밖에 없었다. 산사의 밤은 고즈넉한 운치도 있지만, 이름 모를 짐승과 산새들의 울음소리에 때로 마음을 착잡하게 만들기도 한다. 사세는 크지 않아도 문화재가 있는 사찰이면 더욱 밤이 위태로워질 수 있었다.

이런 비속한 이유 때문이 아니라 원래 사람과 개는 친근한 관계니, 산사라고 해서 별반 다를 것은 없을 것이다. 고양이를 키우는 절도 보긴 했지만, 사찰 여기저기를 어슬렁거리는 개를 보기란 그리 어렵진 않았다. 다만 그놈들이 산만한 덩치를 가지고 있다는 게 내게는 큰 부담이었다. 심방객이 많은 휴일이나 주말보다는 사진 찍기에 정당한 평일을 선호했던 나로서는 가끔 이런 덩치들과 정면에서 맞닥뜨리는 썩 유쾌하지 않은 경험을 해야 했다.

낯선 사람이 많이 오는 사찰이라 개들도 유순하고 불청객의 출현에 대해서도 익숙했다. 노란 햇볕을 받으며 졸고 있는 놈의 옆으로 지나가면 녀석은 한 번 쓱 눈길로 나를 훑고는 이내 오수의 즐거움 속으로 빠져 들어갔다. 몇 번 별탈이 없자 나도 그러려니 했는데, 한 번은 된통 혼난 적이 있었다.

집안 인심이 더러우면 장맛부터 다르다고 했다. 원래 절간이야 인심이 넉넉한 편이지만, 거기도 사람 사는 동네라서인지 야박하고 고약한 곳도 더러 있다. 절 인심은 약수터 물맛으로 안다고 하지만, 나는 다르게 생각한다. 절 인심은 개 인심만 보면 알 수 있다. 일주문 언저리부터 성질 고약한 개를 만나는 절이면 대개 푸대접을 당했다. 특히나 절은 큰데 상주하는 스님이 적은 사찰이면 찾아오는 사람을 반기기보다는 치한이나 흑심을 품은 사람으로 오해를 당하기 일쑤였다. 그런 절의 개는 애완견이 아니고 도사견의 성격이 짙다. 반기는 개가 아니라 지키는 개인 것이다.

또 성격이 괴팍한 스님이라도 있을라치면 대웅전 마당에서 사진기만 들어도 두 손을 홰치며 막고 나섰다. 그 거절의 손짓이 무슨 수신호라도 되는지, 개란 놈들도 덩달아 혀를 날름거리며 으름장을 놓았다. 어쩌겠는가, 그대로 줄행랑을 치는데, 그러면 더욱 신이 난 개는 엉덩이라도 물어뜯을 기세로 맹렬하게 달려왔다. 한 번은 모두 외출을 했는지 텅 빈 절간을 오가다가 떼 지어 달려오는 개들에게 쫓겨 영락없이 개밥이 되는 줄 알았다. 묘하게도 절 밖으로 벗어나면 개는 추격의 고삐를 거둬들였다. 개 앞에서 위축되면 아직 맹수의 기질이 털끝에라도 남아 있는 개는 야수로 변한다. 그러나 싸움이라도 할 기세로 당당하게 오가면 개도 알아 모신다. 그럴 만한 배짱이 없는 나는 지레 겁부터 집어먹고 좌우를 살피게 되고, 그러면 꼼짝없이 개에게 얕잡혀 봉변을 당하게 된다. 주변 야산이며 골짜기를 자유롭게 돌아다니면서 자란 산사의 개는 반은 맹수의 속성을 내포하고 있는 것이다. 개에게도 불성佛性은 있다고 하지만, 성질을 부리는 개의 얼굴에서 부처님의 자비로운 웃음을 발견하기란 쉽지 않다. 누군가 놈을 잘 어를 사람이 나오지 않는 한 절은 난공불락의 요새였다.

"벌써 와 계셨군요."

이런 생각으로 방심하고 있던 내게는 작은 소리도 벼락처럼 들렸다. 개에 대한 어설픈 명상에 잠겨 있던 나는 화들짝 놀라며 뒷걸음질을 쳤다. 그녀의 등 뒤로 해가 지고 있어 눈이 부셨기에 그녀는 실루엣으로만 보였다. 그러나 한눈에도 그녀의 차림새가 한복도 아니고, 행자복은 더욱 아니라는 사실을 알 수 있었다. 나는 손으로 눈을 가리면서 그녀를 파악하기 위해 두 눈을 모았다.

그녀를 제대로 볼 수 있게 된 것은 그녀가 등 뒤에서 작열하는 태양에서 빠져나와 발걸음을 옮기고 나서였다. 느닷없는 출현에 놀란 나는 이번에는 그녀의 차림새를 보고 놀라야 했다.

그녀는 뜻밖에도 양장 차림이었다. 짙은 코발트 빛 원피스를 입고 있었다. 카리브 해의 그 깊고 푸른 바다빛깔이라고 하는 코발트 빛. 생전에 그 바다에 가본 적이 없는 나로서는 양자를 대비할 처지는 못 되었지만, 그녀가 입고 있는 원피스의 푸른빛은 강렬한 정도를 지나 뇌쇄적이기까지 했다. 게다가 왼쪽 어깨에서부터 오른쪽 허리를 감돌면서 연꽃 세 송이가 온몸을 감싸듯 수 놓여 있었다. 노란색과 분홍색, 그리고 빨간색 연꽃이었다. 햇볕 속에서, 코발트 빛 바다 속에서, 연꽃이 뱀의 혓바닥처럼 날름거렸다.

이런 원색의 극단적인 대조 속에서 허리를 두르고 있는 폭이 넓은 흰색 벨트가 그녀의 몸에 균형을 잡아주고 있었다. 적당하게 솟아오른 가슴과 알맞게 조여든 허리. 원피스 아래로 드러난 날렵하게 빠진 종아리. 꽉 차서 곧 터질 듯하면서도 내분이라곤 전혀 없는 평정이 그녀의 온몸을 지배하고 있었다.

허리를 조인 벨트 때문인지 차가운 색조 때문인지 그녀의 몸매는 다소 가냘프게 보였다. 나는 흰색 골덴 바지에 고작 검은색 점퍼 차림인데, 너무나 어울리지 않는 조우였다.

"설마 저를 기억 못하시는 건 아니겠죠?"

그녀는 두 눈을 동그랗게 뜨며 나를 응시했다. 그러나 입가에는 예의 그 그림자인 듯한 미소가 흐르고 있었다. 입술 끝이 살짝 감겨 올라가는 미소를 보고서야 긴가민가하던 나는 그녀가 바로 태고사에서 만난 사람임을 확신할 수 있었다.

"그럼요. 외모가 좀 달라져서 금방 알아보지 못했습니다."

나는 어색하게 고개를 숙이며 인사를 대신했다. 답례를 하듯이 그녀도 고개를 까닥거렸는데, 단발보다는 조금은 긴 머리카락이 찰랑거렸다. 살짝 파마를 한 것처럼 보였다. 석양빛에 물든 머리가 호수의 잔물결이 햇볕에 반사되듯 반짝거렸다. 지난번에는 머리를 틀어 올렸으니 이렇게 짧지는 않았을 것이다.

"아! 제 차림이 좀 어색한가요? 이게 원래 제 모습인 걸요. 절에 가면서 이런 차림을 할 순 없잖아요?"

동의를 구하는 것처럼 물었지만, 대답에는 관심이 없는지 왼손을 내밀었다. 그 모습이 마치 나에게 뭘 달라는 듯이 여겨졌다. 나는 엉뚱하게도 이 여자에게 줄 물건을 빠뜨리고 온 것은 아닌가 하는 생각에 당혹감을 느꼈다. 내가 당황하여 행동을 정하지 못하자, 그녀는 의아한 눈길로 나를 바라보았다. 그 눈길에서 나는 그녀가 내게 악수를 청하는 것임을 알았다.

"그렇군요. 그래 잘 지내셨지요?"

그녀의 손은 따뜻했고, 윤기로 촉촉했다. 갓 목욕을 한 아이의 손을 잡은 것처럼 그녀의 체온은 상대에게 안도감과 함께 친근감을 느끼도록 만들었다. 편안한 자세와 다소곳한 눈길 속에 입가를 감도는 미소. 그리고 아직은 눈부신 저녁 햇살과 과감하고 육감적인 옷차림. 나는 솔직히 전혀 다른 사람을 만난 듯한 혼란을 떨치기 어려웠다.

그녀는 분위기를 바꿀 심산인지 경내를 휘 둘러보며 화제를 돌렸다.

"자주 오던 곳인데, 이번엔 참 오랜만이에요. 마음이 편하지 못하면 가끔 이 뒷길을 아무 생각 없이 오가곤 했죠. 대불상이 없었을 때가 더 좋았다는 생각이 들긴 하지만, 하루 종일 불상을 보며 정성을 다하는 아주머니나 할머니를 보면 필요하다는 생각도 들어요. 도대체 무슨 염원이 있어 그렇게 치성을 올리는지 궁금하기도 하고요. 저는 신심이 부족한 탓인지, 그렇게 몰두하는 일은 잘 안 되거든요. 하긴 명필도 못 알아보니 말 다한 거죠."

그녀는 피식 웃으며 내게로 시선을 돌렸다.

"그런 걱정이라면 접어두시지요. 저도 잘 쓴 글씨라는 생각은 들지 않았으니까."

우리는 잠시 추사의 판액을 쳐다보다가 약속이라도 한 듯 발길을 돌렸다. 범종루 앞길을 지나니 법왕루가 나왔다. 계단을 내려와 대리석 기둥을 빠져나오니 멀리 진여문이 나타났다. 그 문을 나서면 사바세계였다. 나는 차를 세워둔 주차장 쪽을 슬쩍 곁눈질로 쳐다보았다. 나가서 차 한 잔 마시고 들어와도 늦진 않을 것이다.

"한때 스님도 이곳에 잠시 계셨어요. 절간에 사는 데도 소음이 심해 수행에 도움이 되지 않는다며 투덜거리시더니, 결국 태고사로 보따리를 싸 떠나시고 말았죠."

이 어색한 만남의 의미에 대해 어떻게 정의해야 할지 갈피를 못 잡던 나는 그제야 용건이 떠올랐다. 우리는 얼마 전에 돌아가신 지족스님 때문에 만나기로 했던 것이다.

"글쎄, 그 뒤로 한번 찾아뵐까 궁리만 하다가 결국 이렇게 되고 말았습니다. 좋은 말씀도 많이 들었는데, 제대로 보답을 못해 스님께 죄송하군요."

"스님도 돌아가시기 전에 선생님 안부를 궁금해 하셨어요. 먹구름을 등에 지고 사는 사람이라더군요."

"먹구름이라니요?"

나는 뜬금없는 말에 몹시 당황했다.

"나쁜 뜻은 아니었으니까 그런 표정은 짓지 마시고요."

먹구름이라는 말에 나는 등골이 오싹해졌다. 지금 내 처지는 먹구름 정도가 아니라 지독한 태풍 속에서 폭우를 뒤집어쓰고 있는 것이나 다름없었다. 아내와 별거에 들어서고 난 뒤 아내는 오히려 거추장스런 짐을 벗어던져 홀가분해진 사람처럼 전화 한 통 주지 않았다. 대신 장모의 등쌀이 견디기 어려웠다. 처음부터 그리 달가웠던 사위도 아니어서 속으로 은근히 기뻐할 줄 알았는데, 하루가 멀다 하고 장모는 전화를 했다. 먼저 사과를 하고 화해를 하라는 얘기가 주를 이루었는데, 그 태도가 종잡기 어려웠다. 어떤 때는 저자세로 간곡하게 부탁하는 듯하다가도 갑자기 마구 화를 내면서 나를 몰아세웠다. 대개 나는 침묵으로 대답을 대신했지만, 그것이 더욱 장모의 분노를 돋우었던 모양이다. 시키고 싶지 않았던 결혼 딸년 때문에 눈 딱 감고 허락했더니, 이런 배은

망덕이 어디 있느냐? 내 딸 인생 망치고도 몸 성하게 잘 살 줄 아느냐?
악담은 걷잡을 수 없는 방향으로 치달았다. 장모의 말도 틀린 것은 아
니었다. 아내나 나나 너무 다급하게 결혼을 서둘렀다. 눈에 뭐가 씌었
는지 지금이 아니면 다시는 기회가 오지 않을 사람처럼 우리는 매일 싸
우면서도 결혼이라는 막다른 종점을 향해 내달렸다.

"스님께서 사람은 잘 보셨군요. 언제나 그 구름이 걷힐지 말씀하시
지는 않으셨나요?"

나는 객쩍은 대답으로 마음속 무안을 갈무리했다. 경내로 들어오던
사람들이 그녀를 흘깃흘깃 쳐다보며 지나갔다. 그녀는 그런 다소 음흉
한 눈길을 대수롭지 않다는 듯이 받아넘겼다. 아니 어딘가 즐기는 듯한
태도를 숨기지 않았다.

"아뇨. 그런 말씀은 없으셨지만, 뭔가 말씀은 있으셨어요. 그것 때문
에 오늘 선생님께 만나자고 한 것이고요."

나는 그녀의 얼굴을 정면으로 바라보았다. 내내 궁금했던 용건이 이
제 나오려는 것이다. 그녀의 정수리가 내 코를 칠 듯 가깝게 다가왔다.

"무슨 말씀이셨는지…."

나는 긴장으로 어깨가 움츠러들었다.

"어머! 그렇게 겁먹지 마세요. 함께 극락 구경 가잔 말씀은 아니었으
니까."

그녀는 뜬금없이 깔깔거리면서 웃었다. 그 서슬에 여자의 얼굴이 발
갛게 달아올랐다.

"갈 수만 있다면야 극락도 나쁘진 않겠는데요."

솔직한 내 심정이었다.

“농담하지 마시고요. 스님께서 말씀은 하셨지만, 제게 한 말씀이에요. 그런데 스님의 말씀을 실행에 옮기려니 아무래도 누군가의 도움이 필요하더라고요. 그래서 선생님께 연락을 한 거고요.”

“무슨 일인데 제가 필요합니까? 혹시 부도탑이라도 세워야 하는 일이라면 저도 얼마간 보시를 하겠습니다.”

아무래도 말을 꺼내기 불편한 것이라면 금전 문제리라 짐작한 나는 불편을 가셔주기 위해 내 마음부터 먼저 밝혔다.

“아니, 그런 것은 아니에요. 설마 제가 돌 값 부탁드리려고 아까운 시간을 빼앗았을까봐요.”

그녀는 휘파람을 불듯 입술을 모으더니 가볍게 숨을 내쉬었다. 그리고는 다시 말을 이었다.

“돈은 지갑에 잘 넣어두시고, 대신 시간을 좀 내주세요.”

그 말이 문득 지난번 내가 경황 중에 잃어버린 지갑을 떠올리게 만들었다. 돈이든 시간이든 많은 것은 아니었지만, 내라면 못 낼 정도는 아니었다. 주말 산사 여행 계획을 잡아놓은 것이 떠올랐지만, 그것도 지금은 도피성에 가까운 행선지였다. 우울한 마음으로 사진을 찍으며 절간의 정적을 깨느니 스님의 유언을 따르는 것이 차라리 정직한 행동일 것이다. 나는 표정을 밝게 바꾸면서 대답했다.

“좋습니다. 어떻게 시간을 내드려야 하는지 말씀해주시죠. 며칠 정도라면 상관없습니다.”

내 말에 그녀는 안도의 표정을 지었다. 그게 그렇게 대단한 부탁이라고 여겼던 것일까?

“정말 잘됐네요. 며칠까지도 필요 없어요. 하루면 되거든요. 오늘 떠나면 내일이면 돌아오실 수 있을 거예요.”

적어도 서울에서 치러야 할 일은 아닌 모양이었다. 태고사엘 다시 가자는 것일까? 유품 정리가 덜 끝난 것일지도 모르겠다. 아니면 스님이 남긴 유묵遺墨 따위를 건사하는 일인지도 모르겠군.

이런 내 속내를 그녀는 한마디로 주저앉혔다.

“동해 바다에 함께 가주세요. 혼자 가려니 너무 적적해요.”

공사장에서 떨어진 벽돌에 맞은 사람처럼 나는 몸을 멈추었다. 충격이 전해지기 전까지는 통증을 못 느끼는 사람처럼 나는 그녀가 한 말의 진의가 무엇인지 가늠이 되지 않았다. 사진 때문에 삼척이며 강릉, 속초 등지를 다녀본 적도 있고, 대학 시절 여름이면 해수욕장을 친구들과 가보기도 했다. 그럴 때는 모두 구체적인 목적이 있었던 동해안 행이었다. 바다라니 해수욕장이 연상되었지만, 지금은 해수욕 시즌도 아니었다. 동해안 쪽에 스님과 연고가 있는 사찰이라도 있는 것일까? 갑자기 건봉사 풍경이 떠올랐다. 절을 들어가기 전에 야트막한 산비탈에 부도밭이 있었다. 큰절이면 으레 부도밭이 있기 마련이었지만, 건봉사 부도밭은 그중에서도 가장 넓고 컸다. 거길 다녀오려면 1박 2일은 족히 필요할 여정이었다. 더욱이 내가 주말 일정으로 잡았던 곳도 같은 방향이 아닌가. 아직 속기를 버리지 못한 나는 내심 잘됐다 싶었다.

“어디 산사에라도 가시려는 겁니까?”

그녀의 눈은 멀리 동해를 향하고 있었다. 빌딩에 가려져 그곳이 보일 리 없겠지만, 나는 그녀의 마음속에서 출렁거리는 파도 소리며 사각거리는 낙엽 소리를 들을 수 있었다.

“산사긴 하지만, 절보다는 바다에 더 가깝다고 해야겠죠.”

198

그녀는 허밍을 부르듯이 가벼운 율동을 주며 말했다.

"절에도 가고 바다에도 가는 거군요? 하루 일정으론 빠듯하겠는데요?"

그녀는 잠시 물끄러미 나를 바라보았다.

"어쨌거나 내일 이맘때면 다 끝날 거예요."

괜한 조바심이 나를 가만 놔두지 않았다.

"꼭 스무 고개 놀이라도 하는 것 같군요. 대체 제가 해야 할 일이 뭐죠?"

그제야 그녀는 결심한 듯이 입을 꼭 깨물었다.

"스님께서 입적하시기 전에 제가 여쭤봤어요. 돌아가신 뒤의 일에 대해서였죠. 스님 말씀은 담박했어요. 옷가지며 책가질랑은 버릴 것은 버리고 나머지는 다 태워버리라고요. 남에게 줄 만한 값어치도 없다면서요."

평소 스님은 얽매이는 것을 좋아하지 않았으니 그럴 만하다고 여겨졌다.

"그리고 거추장스런 다비도 그만두고 화장을 하라고 하셨어요. 생전에 수행은 고사하고 죄만 많이 진 놈이니 태워봐야 사리 한 조각 나오지도 않으실 거랬죠. 그러니 쓸데없이 부도 만들 생각은 말고……."

그녀가 갑자기 말문을 닫았다. 말을 잇기 거북한 사연이라도 있는 걸까? 나는 침묵만큼이나 귀를 쫑긋 세웠다. 그녀의 얼굴에는 뭔지 주저하는 눈빛이 역력했다. 하지만 오래가지는 않았다. 단호하면서도 겸연쩍은 표정으로 그녀가 말했다.

"유골을 동해에 뿌려달라 하시더군요. 매일 해 뜨는 모습을 볼 수 있다면 극락왕생은 못해도 위안은 되겠다면서요."

나는 고개를 주억거렸다. 화장은 끝났고, 산골하는 일만 남았다는 통화 내용이 떠올랐다.

옛날 신라의 문무왕은 나라를 지키는 호국용이 되겠다면서 동해에 장사를 지내달라고 했다. 지금이 그런 군웅할거하는 난세는 아니니 뜨겁게 떠오르는 일출과 짭짤한 바닷바람, 싱그러운 솔내음 속에 내생을 준비한다면 그도 괜찮은 묘자리겠다는 생각이 들었다.

"스님다운시군요."

나는 앞뒤 다 빼먹은 말로 대답을 대신했다.

"그럼 유골은 어디에?"

나는 그녀의 빈손을 보며 물었다. 처음부터 그녀의 손에는 아무 것도 들려 있지 않았다. 그녀 역시 차를 몰고 온 것일까? 그때도 그녀는 차를 몰고 왔다. 따로 차 두 대로 동해까지 갈 필요야 있을까?

"아무리 절간이라지만 유골함을 들고 들어오긴 그렇잖아요. 요 앞 가게에 맡겨뒀어요. 잠시만 기다리세요."

그녀는 총총히 진여문을 벗어났다. 문 앞에는 도로와 마주하면서 불교 용품을 파는 가게가 있었다. 잠시 후 문을 나서는 그녀의 품에는 분홍색 보자기로 싼 유골함이 들려 있었다.

"선생님 차는 저기 주차장에 있겠죠?"

갑자기 거리낌이 없어진 그녀는 나는 닭 몰듯이 나를 앞장서게 했다.

"국도로 가세요."

조수석에 그녀를 앉힌 나는 영동고속도로를 타고 동해로 갈 계획이었다. 봉은사를 나와 남쪽으로 쭉 내달려 양재 나들목에서 경부고속도

로를 타고 가다가 신갈 분기점에서 영동고속도로를 탈 심산이었다. 조
금 길을 돌긴 하지만, 낯선 강남 길을 헤매다 시간을 허비하는 것보다
는 나았다. 하지만 그녀의 심중에는 다른 여정이 마련되어 있었던 모양
이다.
　그녀의 한마디에는 나는 올림픽 도로로 접어들어 팔당대교를 건너
인제로 향하는 44번 국도를 타게 되었다.

"이 음악 저도 알아요."

금요일 오후의 올림픽 도로는 벌써 조금씩 차로 밀리기 시작했다. 가을이 무르익는 10월도 중순에 접어들고 있었다. 강원도 일대, 더구나 설악산의 단풍을 구경하려고 한여름 내내 별렀던 행락객들이 이 시기를 놓칠 리 없었다. 춘천으로 돌아가는 46번 국도 외에는 설악산으로 가는 도로라면 44번이 유일하다고 해도 과언이 아니다. 그러니 브레이크 한 번 밟지 않고 태백산맥을 가로지르리라고는 기대하지도 않았다. 그래도 여기서부터라니. 어디 사고라도 났나? 미사리 쪽이 병목 현상이 심하다고 생각하며 체념해 봐도, 더디게 가는 차는 견디기 어려웠다.

몇 달 만에 두 번째 만난 그녀와 자연스럽게 대화를 이끌어나가는 일도 쉽진 않았다. 유골함을 신주단지처럼 가슴에 품고 있는 그녀에게 잡담은 어울려 보이지 않았다. 자리에 앉은 이후 그녀 역시 정면 유리창만 응시할 뿐 입을 다물어버렸다. 주로 혼자 운전을 하던 습관이 몸에 밴 나는 누가 동석을 하면 이상하게도 불편했다. 음악도 듣고 담배도 피우며 거리낌 없이 행동할 수 있는 나만의 공간에 불편한 틈입자라도 끼어든 느낌이었다. 원피스 옷깃 사이로 드러나 보이는 속살하며 치마 아래로 가지런히 뻗은 두 다리가 그녀에게 시선을 두는 것을 방해했다. 코발트 빛깔이 살색과 만나니 더욱 자극적인 색상이 되었다. 나 역시 속물인지라 그런 것들이 눈에 안 뜨일 수 없었다. 오른편 백미러를 보는 것조차 부자연스러워졌다. 경직된 상태에서 운전을 하려니 피곤이 금세 몰려왔다.

뭔가 딱딱한 분위기를 풀려는 궁리 끝에 나는 카 오디오 단추를 눌렀다. 음악 CD를 차에 많이 가지고 다니지만, 뒷좌석으로 밀어둔 그것들을 다시 꺼내 찾기가 불편했다. 선곡의 고민 없이 음악을 즐기기에 FM 클래식 채널만한 것이 없다. 때로 지나치게 자세하게 설명을 부연하는 진행자의 친절이 귀에 거슬릴 때도 있지만, 이 시간 나오는 프로그램이면 그런 염려는 접어도 될 만했다.

꽤 오래 전 일이다. 결혼 전까지 초라한 셋집을 동가숙서가식하며 떠돌던 나에게 명절은 견디기 어려운 시간이었다. 뿔뿔이 흩어져 사는 가족을 새삼 명절이라 해서 찾기도 생뚱맞았고, 평소 왕래도 없던 고향 친척을 찾는 것은 더욱 우스웠다. 그래서 주로 택하는 명절 나기가 무작정 차를 몰고 지방을 떠도는 것이었다. 추석 때는 서해안을 따라 충청도와 전라도를 지나 목포까지 가서는 서울로 올라왔다. 길이 막히면 아무 도로나 뚫린 곳으로 방향을 틀면 되었다. 어차피 정처 없는 길이었으니까.

설날이면 강원도로 들어가 동해안을 따라 쭉 내려가다가 부산을 지나 마산이나 거제까지 간 다음 서울로 회향했다. 이런 식으로 사나흘 돌아다니다보면 지겨운 명절도 끝나 있었다. 그때는 하루의 반을 차를 몰면서 보냈다. 영화에서 가끔 보았던 히치하이킹은 사실 할리우드에서나 일어날 일이었다. 무료하니 자연스럽게 음악을 듣게 되었고, 좋은 곡으로 골라듣는 일도 시간이 지나니 짜증나는 일이 되었다. 그러면 FM에 귀를 맡기고 달렸다.

그런데 라디오는 명절 때면 어김없이 진행하던 행사가 해설을 생략하고 음악만 줄곧 내보내는 특별편성이었다. 귀향길에 막히는 도로에서 몇 시간씩 거북이걸음을 하다보면 세상사가 모두 지겹고 귀찮아진다. 원래 세상사가 그런 법인데, 사람들은 잘 깨닫지 못한다. 아내의 집요한 방향 코치며 아이들의 수다도 귀에 거슬리는데, 짐짓 목소리를 깐 방송 진행자의 소리는 오죽하겠는가. 아무 생각 없이 음악만 듣노라면 마치 시간의 물결 속에 내가 둥둥 떠다니는 듯한 유영감을 느끼게 된다.

어쨌거나 오디오 단추를 누르니 부드럽고 감미로운 피아노 음악이 흘러나왔다. 귀에 아주 익은 곡이었지만, 운전에 신경을 쓰느라고 곡명을 되새김질할 겨를은 없었다. 때로는 아주 쉬운 곡인데도 작곡가며 제목이 전혀 떠오르지 않는 경우도 있었다. 그럴 때면 그냥 묻어두는 게 좋다. 언젠가 저절로 연상될 테고, 아니더라도 그것 때문에 피해를 입는 경우는 없으니까.

아무 생각 없이 음악을 들으며 운전대를 움직이던 나는 그녀가 던진 말에 의식을 다시 차 안으로 되돌렸다.

"아, 그런가요?"

나는 새삼스럽게 오디오 게이지를 응시했다. 물론 거기에 제목이 쓰여 있을 리 없다.

아름다운 음악이었다. 피곤하거나 괴로울 때 들으면 분명 큰 위안이 될 멜로디가 보이지는 않지만, 어느 피아니스트의 손끝에서 촉촉하게 뿌려지고 있었다. 한 번도 사람의 발길이 닿지 않은, 온통 초록의 빛깔들만 융단처럼 깔린 그런 숲 속의 녹음을 뚫고 쏟아지는 햇살 같은 음악이었다. 따뜻했고 포근했다.

"전 프랑스 작곡가의 작품은 썩 좋아하지 않는 편인데, 이 곡만은 예외죠. 「아마빛 머리의 소녀」란 곡도 그래요. 그 곡을 들으면 정말 아주 귀여운 계집아이의 머리카락 사이로 상큼한 바람이 스며들어 흘러가는 느낌이 들거든요. 처음 이 곡의 악상이 작곡가의 머리에서 떠올랐을 때 얼마나 짜릿했을지 생각하면… 정말 아찔하죠?"

나는 공연히 기분이 들떠 내가 아는 지식이며 느낌을 주섬주섬 늘어놓았다. 그녀는 그런 내 입을 보며 미소를 지었다. 그러고 보니 나는 아직 그녀의 이름을 모른다. 이번엔 꼭 물어봐야지.

그녀는 미소를 거두고 창밖을 보면서 말했다.

"어머니가 즐겨 연주하셨던 곡이에요."

뜻밖이라는 내 표정을 그녀는 보지 못했을 것이다.

"그래요? 어머님이 피아니스트셨나요?"

그녀는 가볍게 머리를 흔들었다. 그녀의 머리카락이 물결처럼 찰랑거렸다.

"그렇게 거창한 이름을 가질 정도는 아니었어요. 어쩌면 그럴 뻔하기는 했지만, 일찍 꿈을 접으셨죠. 그래서 평생 아이들이나 가르치다가 말았어요."

그녀의 목소리에서 가벼운 균열이 일었다. 그렇다고 어머니의 직업이 부끄럽다는 떨림은 아니었다. 그녀는 어머니에 대해 생각하고 있는 듯이 보였다.

"아이를 가르치는 일은 좋은 거죠. 그것도 음악이면 더욱 근사하고요."

나는 일부러 과장된 목소리를 지었다. 그녀가 던진 마지막 말이 목에 걸렸다. 즐거워서 하는 일과 할 수밖에 없어서 하는 일 사이에 얼마나 큰 차이가 있는지는 나도 잘 알고 있다. 학교에 있다 보면 때로 하기 싫은 강의도 해야 한다. 하기 편하고 생색이 나는 강의는 서로 하려고 한다. 종합선물세트에서 맛좋은 과자들이 다 빠져나가면 힘없고 소심한 아이는 마지막에 남은 맛없는 과자밖에는 차지하지 못한다. 그런 맛없는 강의는 으레 내 몫으로 떨어졌다. 전공필수라서 수강자가 넘치거나 배정된 시간이 황금시간대에 놓인 강의는 하나뿐인 원로 교수가 어김없이 집어갔다. 자칫 폐강이 될 수도 있는 강의, 아침 일찍 혹은 오후 늦게 한 구석에 박혀 있는 강의, 아니면 강의하기 까다로운 과목이라면 신참인 내가 울며 겨자 먹기로 맡아야 했다. 내가 무슨 강의를 받을지는 나도 몰랐다. 아무도, 심지어 조교조차도 내게 알려주지 않았다. 하긴 그것도 못하는 사람에게는 배부른 소리겠지만, 하기 싫은 강의를 하는 것은 남이 먹다 남긴 음식을 먹는 것만큼이나 비위에 거슬렸다.

"엄마는 한 번도 자신을 위해 음악을 연주해본 적이 없어요. 코 묻은 돈이나 벌려고 밤낮 바이엘이니 체르니만 뚱땅거렸죠. 아니면 바에 나가 듣기 좋은 재즈 음악이나 팝송 따위를 연주하든가요. 다 남을 위해서였어요. 그 남엔 저도 포함되고요.”

나는 왠지 그녀의 슬픈 기억을 건드린 것 같아 미안한 마음이 들었다. 아무리 좋은 음악이라고 해도 즐거운 추억만 담는 것은 아니었다. 나는 그녀의 울적한 기분을 돌릴 화제를 찾아 나섰다.

“저 음악이 나오는 영화가 있는데, 아세요? 그러고 보니 여배우가 당신을 좀 닮았네요?”

그제야 그녀도 자신이 너무 감상에 젖어 있다는 걸 깨달은 모양이었다. 그녀는 다시 한 번 머리카락을 하느작거리면서 나를 바라보았다. 눈가에 물기가 완전히 가시지 않았지만 미소는 머물러 있었다.

“에이, 제가 어딜 봐서 미셸 파이퍼를 닮았겠어요. 그 여자가 섭섭해 할 소릴랑 마세요.”

그녀는 애써 유쾌한 표정을 지었다. 나도 그녀의 기분을 흐리고 싶지는 않았다.

“프랭키는 서른을 훌쩍 넘은 웨이트리스고, 마흔을 넘긴 자니는 요리사였죠. 남자는 수표에 사인 한 번 잘못해서 16개월간 옥살이를 하다가 출옥했고, 슬픈 과거에 묻혀 사는 여자는 항상 불안해하면서도 그 불안에 저항할 꿈도 꾸지 못하는 신세였지요.”

그녀의 눈동자에는 동심으로 돌아가듯 또 다른 촉촉한 안개가 감돌기 시작했다.

“참 재미있게 본 영화예요. 삼사십 년 넘게 서로 다른 인생을 살아오다가 그렇게 레스토랑에서 운명적으로 만날 수 있다니, 놀랍기도 하고 부럽기도 했어요. 이 음악이 바로 두 사람의 인연의 끝을 매듭지어준 끈이잖아요?”

나는 그녀가 이 영화를 어디서 보았을까 따져보면서 입을 크게 벌렸다. 비디오 가게에서 빌려봤을 것이다. 나도 그랬으니까.

"혹시 영화에서 이 음악을 다시 틀어준 사람 이름이 뭔지 기억나시나요?"

나의 뜬금없는 질문에 그녀는 눈동자를 콧잔등에 모으면서 나를 쳐다보았다.

"그것까지는 기억 못하겠는데요? 뚱뚱한 사람이었다는 것은 생각나는데…."

나는 두 손으로 운전대를 가볍게 탁 때렸다.

"숨은그림찾기! 푸근한 이웃집 아저씨 같은 사람이었죠. 속상한 일이든 신나는 일이든 뭐든 얘기해도 말없이 웃으며 들어줄 것 같은 사람 말입니다. 뭐 영화 속 설정이니 호들갑을 떨 건 없지만. 그는 영원한 사랑을 믿는다고 말하죠. 그렇지 않다면 이 야밤에 왜 이런 짓을 하겠냐면서."

나는 그 영화를 열 번은 봤을 것이다. 그리고 앞으로 백 번도 더 볼지 모를 일이다. 어쨌거나 난 해피 엔딩이 좋다.

"그 사람이 꽤 맘에 들었나 봐요? 그렇게 중요한 배역은 아니었던 것 같은데?"

"영화를 보다보면 잠깐 등장해도 이상하게 끌리는 사람이 있습니다. 바로 말론 같은 사람이죠."

"맞아요. 이제 생각나네. 말론이었죠. 이름을 들으면서 말론 브란도가 떠올랐던 게 기억나요. 그렇게 카리스마 넘치는 얼굴은 아니었지만, 외모는 닮았잖아요."

나는 문득 말론이 음악을 틀고 시가를 무는 장면이 떠올랐다.

"두 사람이 무언의 화해를 하고 창가에 앉아 함께 이빨을 닦는 모습, 저게 바로 진정으로 사랑하는 사람들의 모습이구나, 무릎을 딱 칠 장면이었죠. 감독의 능력은 그런데서 판가름 나는 것 같더군요."

"그래요. 아침 햇볕이 창문에 가득 차고, 한 줄기 바람이 여주인공 프랭키의 머리카락을 살짝 흩날리게 만들죠. 갑자기 다시 보고 싶네요."

그녀는 소녀처럼 손뼉을 쳤다.

"그렇게 다시 만나야 할 사람이라면 반드시 만나게 되고, 영원히 함께 살아가야 할 사람이라면 결국 결실을 맺고 마는 게 인연이죠. 두 사람이 비록 전과자에 애를 갖지 못하는 서글픈 처지라 해도, 함께 있으면 얼마나 행복하겠습니까? 언제나 봐도 가슴이 따뜻해지는 영화죠. 저는 현실도 마찬가지일 거라고 믿습니다."

그 말에 그녀의 표정이 다시 어두워졌다.

"글쎄요. 현실도 영화와 같을까요? 서로 사랑하면서 마냥 행복하게 살아가는 현실이 있을까요? 현실 속의 만남은 훨씬 가혹하고 희생을 요구할 수도 있다고 생각해요. 서로에게 짐이 되거나 아니면 일방적으로 끌려 다니면서도 인연이기 때문에 헤어지지 못한다면 그게 사랑일까요?"

다시 그녀는 자신의 어두운 마음속으로 숨어들려고 했다. 그러나 나는 그녀를 잡을 수 없었다. 내 마음 역시 조금씩 어두워져가고 있었기 때문이다.

아내는 혼자 가기 불편한 약속이나 회합이 있으면 나를 데리고 갔다. 아쉬운 소리를 한다거나 위치 때문에 한 푼어치도 안 되는 잡담이나 무용담을 들어주고 장단을 맞춰줄 일이라면 그 궂은일은 모두 내 몫이었다. 아내는 도도하고 고상하게 품위를 지키는 역할에 충실했고, 나는 돌쇠였다. 심각하지도 않은 일이라도 나는 진지한 표정으로 경청해야 했고, 조크를 날렸으면 너무 표시 안 나게 배꼽을 잡고 웃어줘야 했다. 어쨌든 나는 문학박사였으니 약간의 표현력과 순발력은 갖추고 있었다. 그렇게 서너 시간 맞장구를 치다 보면 나는 파김치가 되었다. 집으로 돌아올 때 운전도 나의 몫이었다. 자기는 훌쩍 올라가고 나는 지하 주차장까지 차를 끌고 가 주차한 뒤 짐을 끌고 올라가야 했다. 그렇게 포터와 대변인 노릇을 묵묵히 하던 어느 날 나는 비로소 나의 결혼에 회의가 들었다. 내가 근육질에 하루에도 댓 번씩 발기가 되는 변강쇠는 아니니 성적인 면에서 아내를 행복하게 해주는 것은 아니었다. 더구나 쥐꼬리만큼 받아오는 월급이 그녀를 만족시킬 리 만무했다. 다정다감하지도 않고 넉살이 좋아 기분을 유쾌하게 해주지도 못했다. 기가막힌 미남과도 거리가 멀었다. 왜 아내는 나와 결혼했고, 나와 살아가는 것일까?

어느 날 밤 오랜만에 섹스를 한 뒤 물어보았다.

"당신을 사랑하니까."

정답이지만 전혀 수긍이 안 가는 답변을 들었다. 그 후로 다시는 그런 한심한 질문은 입에 올리지 않았다. 그녀가 당신은 왜 결혼을 했느냐고 물어봐주지 않은 것이 고마울 뿐이었다.

그냥 그런 정도라면 심각할 것은 없었다. 더 견디기 어려운 것은 아내의 변덕이었다. 집밖에서 만날 약속이라도 하면 장소가 몇 차례나 바뀌었다. 거기는 이래서 안 좋고, 저기는 저래서 싫었다. 결국 뱅뱅 돌다보면 처음 약속한 장소로 되돌아왔다. 그러나 아내는 그 쳇바퀴에서 마지막 종점을 기억 못했다. 엉뚱한 곳에서 기다리다가 실랑이 끝에 만나게 되면 외식이고 영화 감상이고 다 집어치우고 서로 감정의 앙금만 잔뜩 품은 채 집으로 돌아왔다. 디자인의 영감이 안 떠오르면 닦달은 더욱 심해졌다. 내가 디자인에 대해 알면 얼마나 알겠는가? 그저 웅웅거리며 말꼬리를 따라가는데, 아내는 성의가 없다면서 발끈 화를 냈다. 내 기분은 별로 중요한 문제가 아니었다. 가려운 곳을 긁어주지 못하는 원죄 때문에 애꿎게 나는 아내의 바가지를 몽땅 뒤집어써야 했다. 내가 우울한 심정에 빠져 있는 사이 아내는 자기의 컨디션을 회복했고, 그 고조된 감정에 내 감정은 동화되어야 했다. 가끔 있는 어리광이면 귀엽다고 넘어가겠지만, 그것이 일상이 되면 지옥보다 더한 고역이다. 웃음이 꽃피는 가정이 되기엔 아내와 나의 감정의 간극이 너무나 깊었다. 별거하고 있는 지금 아내는 누구를 희생양으로 삼아 그 부족한 골을 채워나가고 있을까?

차는 겨우 미사리로 접어들었다. 쓸쓸한 기분에 담배에 절로 손이 가다가 도로를 따라 펼쳐진 라이브 카페를 바라보고 있는 그녀의 옆얼굴을 보고는 얼른 손길을 거둬들였다.

미사리 카페촌은 골동품 거리였다. 이제는 한물간 가수들의 이름이 노란색 헝겊에 걸려 춤을 추고 있었다. 이름을 처음 들어본 사람도 눈에 띄었다.

"잠깐 쉬었다 갈까요?"

하도 골똘하게 그 깃발들을 보고 있기에 슬쩍 물어보았다.

"아니에요. 옛날에 스님이 이곳에 한 번 가자고 했던 게 떠올랐을 뿐

212

이에요. 노망이라고 나무랐는데, 여긴 여전히 노래가 살아 있는데, 스님은 이제 이곳에 없네요. 라디오에서 옛날 노래가 흘러나오년 꽤 구성지게 따라 부르셨는데, 그래서 이곳에 오고 싶었던가 봐요. 모시고 오지 못한 게 문득 죄스럽게 느껴져요.”

어느 장소를 가던 사람마다 사연이 있기 마련이었다. 빈말이 아니라 진짜 잠깐 내려 카페에 들어가 보고 싶었지만, 유골함을 들고 들어가면 십중팔구 내쫓기거나 시비가 붙을 게 뻔했다. 산 자도 성가시지만 망자에게도 피곤한 일이었다.

“연세가 있으셨으니 이런 풍의 카페가 어울리셨을 수도 있겠군요.”

그녀가 흘낏 나를 돌아보았다.

“스님은 그렇게 노령은 아니었어요. 젊어 고생을 많이 하셔서 많이 늙어 보이셨죠. 올해가 고희셨죠. 전에 받은 수술 때문에 기력은 많이 떨어지셨지만, 보기보단 뚝심이 있으셨더랬어요.”

나로서는 뜻밖이었다. 승복 차림이 원래 나이 분간이 어렵긴 했지만, 그렇게 밖에 안 될 줄은 몰랐다. 나는 스님이 적어도 팔순은 되었을 것이라 여겼다. 내게는 왜 그렇게 늙어보였을까? 좀 굽은 허리 탓이었을까? 아니면 황진이와 지족이라는 아득한 과거의 인물들 이야기를 들었기 때문일까? 형광등 불빛이 사람을 더 늙어보이게 만든 것인지도 몰랐다. 수술 얘기도 귀에 거슬렸다. 노년에 수술이란 아무래도 조짐이 좋지 않다. 수술하면 떠오르는 질병은 암이 아닌가? 그 후유증 때문에 돌아가신 걸까? 그러나 그 부분은 물어보기가 쉽지 않았다.

“저런 그 정도인 줄은 몰랐습니다. 아직 한창 일하실 나이였군요.”

어폐가 있는 말인 줄 알면서도 나는 달리 표현할 말을 찾지 못했다.

“그럼요. 작년에는 신도들끼리 추렴해 앙코르와트 관광을 시켜드렸
죠. 올해 보내드린다고 해봤자 거절하실 게 뻔했으니까요. 굳이 안 가
시겠다는 걸 억지로 떠밀다시피 해서 보내드렸는데, 다녀오시더니 언
제 한 번 같이 가자고 오히려 성화셨죠. 꽤 맘에 드셨던가 봐요.”

“유쾌한 분이셨으니 응당 그러셨겠죠.”

피식 웃음이 흘러나왔다.

“이젠 다 지난 일이죠. 바다에 유골을 뿌리면 흘러 흘러 미얀마 해변
까지 떠 가실지도 모르겠지만요.”

“즐거운 여행길이 되실 겁니다.”

딴생각에 잠깐 한눈을 팔다 앞 차가 정지하는 것을 놓쳤다. 급정거
하자 그녀와 나의 몸이 앞으로 덜컹거렸다.

“이런! 괜찮나요? 차가 어지간히도 막히는군요.”

그녀도 염려를 가득 담은 얼굴로 나를 보았다.

“이렇게 체증이 심할 줄은 몰랐는데, 죄송해서 어쩌죠? 공연한 부탁
을 드렸나 봐요.”

표정 관리를 못하는 나지만, 동행을 후회하는 마음은 전혀 없었다.

“무슨 말씀을요. 여긴 항상 이렇습니다. 달리 돌아갈 길이 있는 것도
아니니까 그러려니 하면서 가는 게 정신 건강에 좋죠.”

“저도 운전은 할 줄 아니까 바꿔가며 가기로 해요.”

나는 흐름이 정지한 틈을 타 뒷좌석에 흩어져 있는 CD 가운데 하나
를 꺼내 오디오 데크에 삽입했다. 프로가 바뀌어 진행자의 멘트가 길어
졌기 때문이다. 피아노 음악을 좋아한다고 했으니 피아노 협주곡 정도
면 무난할 듯싶었다.

“차도 주인을 알아보니까 신경 쓰지 않으셔도 됩니다. 대신 좀 신나는 음악을 듣죠.”

오케스트라에 의해 길고 장중하면서도 리듬이 경쾌한 서주가 시작되었다. 차가 막히거나 밀릴 때면 볼륨을 최대한으로 올려놓고 관현악곡을 들으면 스트레스가 어느 정도 가셨다.

“그래요. 이제 한강을 건너는군요. 이 다리는 처음 지나가 봐요. 전에 지나갈 땐 이 다리가 없었거든요. 참, 다시 찾는 게 몇 년 만인지도 모르겠어요. 전 강원도가 싫었어요. 피서 철에도 다들 동해안으로 가자는 걸 제가 우겨 서해안이나 남해안으로 가곤 했죠.”

음악의 마력이 현실에 미쳤던 것인지 팔당대교로 올라서자 기나긴 차량의 꼬리가 끊겼다. 우회전하니 한강을 따라 펼쳐진 도로에는 차보다도 아스팔트가 더 많이 보였다. 일시적인 현상일지도 몰랐지만, 정막히면 지방 도로를 찾아 달릴 수도 있게 되었다. 설사 늦더라도 밤에는 닿을 것이다. 새벽에 일어나 산골을 하면 문제는 없을 것이다. 나는 짐짓 흥거운 목소리로 안전벨트 끈을 당기면서 크녀의 어깨를 툭 쳤다.

“이제부터는 좀 달려보겠습니다. 벨트 꽉 조이세요. 밀려 강으로 떨어질지도 모르니까.”

그녀도 지지 않았다.

“혼자 떨어지진 않을 거예요.”

　한강 줄기를 따라 양수리까지 이어지는 길은 구도로와 신도로가 서로 각지를 끼듯 얽혀있었다. 6차선으로 시원하게 뻗은 신도로는 빠르기는 했지만 멋은 떨어졌다. 그렇다고 운치를 즐기려고 구도로를 찾는 것도 만만한 일은 아니다. 신도로의 진행에 묻혀버려 방향이 엇갈릴 여지가 다분했다. 허리가 듬성듬성 끊어진 지렁이처럼 연결된 팔당 터널을 몇 개 지나자 양수리 어귀가 나왔다. 나는 북한강과 남한강, 그리고 지류인 경안천이 한데 모이는, 호수처럼 넓은 한강의 수면을 가리키며 말했다.

　"전에는 팔당댐 위로 차량이 지나다닐 수 있었죠. 그런데 언제부터인지 통행을 막았더군요. 진에 길을 잘못 들어 저쪽 너머 도로를 달린 적이 있었는데, 팔당댐에서 북상할 수 있으니까 걱정도 안 했습니다. 그런데 막상 댐에 가보니 떡 통행금지 팻말만 반기더군요. 돌아가기도 뭐해 그냥 계속 달렸다가 완전히 엉뚱한 길로 접어들고 말았죠.”

미사리에서 밀린 것을 보상이라도 하려는 듯 도로는 한적했다. 군데군데 하얀 뭉게구름이 솜사탕처럼 떠다니는 하늘은 맑고 푸르렀다.

“저런! 길이란 게 다 이어져 있는 것 같지만, 아주 오랫동안 멀어져 가기만 하는 때도 있죠. 만나더라도 너무 멀리서 만나 차라리 그런 기대나마 주지 않는 게 나을 때도 있고요.”

그녀는 마치 자기가 당한 일인 것처럼 호들갑스럽게 두 손을 잡았다.

“이상하다 싶으면 돌아가는 게 상책이죠. 무작정 덤볐다가 나중엔 이러지도 못하고 저러지도 못하는 낭패를 겪을 수도 있거든요.”

말을 하면서도 내 자신에게 하는 소리 같아 낯이 붉어졌다. 잘 가다가 아니다 싶을 때 돌아 나올 수 있는 사람이 과연 몇이나 될까? 재앙은 항상 조짐을 보이지만, 조짐만 보고 물러설 줄 아는 사람은 그리 많지 않다.

“이 길을 빠져 내려가면 다산 정약용의 무덤이 있습니다. 그곳에서 태어나 그곳에 묻혔죠. 요람에서 무덤까지라고나 할까요. 다산의 일생은 아귀가 잘 맞는다는 생각이 드네요.”

사진기를 들고 왔으니 내려가 몇 장 찍고 싶다는 생각이 들었다. 하지만 여행의 성격이 떠오르자 너무 타산적인 속셈을 드러내기 어려웠다. 넌지시 그녀가 발심하기를 기대하며 말을 꺼냈는데, 별다른 감흥이 일어나지 않는 듯했다.

“다산 선생은 불교에도 박식했다고 해요. 저 너머 수종사도 여러 번 찾아갔고, 초의 스님과도 친분이 각별했다고 하더군요. 그런 분이 조정의 요직을 맡지 못한 게 참 안타까워요. 그리고 보니 강진에 있는 다산

초당을 다녀온 적이 있어요. 천일각에 올라갔더니 멀리 바다가 보이더군요. 그땐 썰물 때였는지 갯벌이 파랗게 펼쳐져 있었어요. 한강이 코앞에 있는 곳에서 태어나 바다를 바라보면서 살다가 다시 한강에 와 묻혀 지금까지 한강지기로 변함이 없으니, 그분은 물하고 인연이 많았나 봐요."

다산 집안의 가학家學이 해양학이었으니, 일리가 있는 말이었다. 사람에게 팔자란 것이 진짜 존재한다면 다산은 물과는 떨어져 살 수 없는 팔자였던 모양이다. 어쨌거나 귀동냥으로 모았다고 해도 그녀의 지식 수준은 옅지 않았다.

"공부를 꽤 하신 모양입니다. 그 먼 남쪽 끝에 있는 다산초당까지 다녀오시고."

"놀리지 마세요. 어릴 때 어머니는 짬이 날 때마다 절에 가서 불공을 드렸죠. 그때 들은 얘기를 아직 잊지 않았을 뿐인 걸요. 새벽 기도를 가겠다고 깨웠을 땐 짜증도 많이 냈는데, 이럴 땐 도움이 되네요. 선생님께 칭찬도 다 듣고, 호호호!"

손으로 입술을 가리고 웃는 모습에서 교태가 묻어났다. 귀밑머리가 살짝 귓불을 가렸다.

"형제는 없으신가요? 전에 언니가 있다고 말씀하신 것 같은데."

내 물음에 잠시 나를 응시하던 그녀는 고개를 살래살래 저었다.

"그걸 기억하고 계셨네요. 그분은 친언니는 아니고, 살면서 알게 된 언니예요. 제가 힘들 때 많이 도와주셨죠. 전 외동딸이에요. 귀여움도 많이 받았으려니 여기시겠지만, 사실은 외로웠어요. 놀아도 항상 혼자 놀아야 했으니까. 학교 수업이 끝나면 다들 언니 동생들 손을 잡고 돌아갔는데, 나만 혼자 터덜터덜 귀가해야 했어요. 형제 많은 집 애가 그렇게 부러울 수가 없었어요.”

“그래도 부모님께서 애지중지 귀여워하셨겠죠? 무남독녀, 금지옥엽, 뭐 이런 말들이 떠오르는군요.”

즐거운 추억을 떠올리려고 애썼지만, 그녀의 얼굴에 드리워진 어두운 그림자는 좀체 걷힐 기미를 보이지 않았다.

“아버지는 그렇게 자주 보지 못했어요. 워낙 밖에 나가계신 적이 많았거든요. 엄만 그게 역마살이 끼어서 그렇다고 하셨죠.”

역마살. 가장이 없는 집안은 밥 없이 반찬만 먹는 저녁 식사와 같다. 이것저것 집어먹으며 맛도 즐길 수 있지만, 결국 배도 부르지 않고 속이 메스꺼워 물만 들이키게 된다. 역마살 타령은 아내도 내게 즐겨 하던 푸념 가운데 하나였다. 나는 원체 체질적으로 돌아다니기를 좋아하지 않았다. 오히려 움직이는 것을 싫어하는 편이었다. 아내의 논리로는 나의 역마살은 몸에 낀 것이 아니라 마음에 낀 역마살이라는 것이었다. 자기가 하는 말을 한 귀로 흘려들으면서 정신을 어디다 팔고 다니느냐고 따졌다. 그런 적 없다고 부인하면 어쩌면 제 아내에게 그렇게 무관심하냐며 트집을 잡았다. 사실 무관심으로 따진다면 나보다는 아내였다. 패션 쇼 때문에 지방에 내려가면 며칠 동안 연락 한 번 주지 않는 것이 다반사였다. 그리고는 귀가해서는 와이프가 죽었는지 살았는지 궁금하지도 않냐며 서운해 했다. 전화를 해도 바쁘다며 툭툭 끊어버리던 일을 그녀는 기억하지 못했다.

“일에 바쁘다 보면 그럴 수도 있죠.”

그녀는 한숨을 길게 내쉬었다.

“얼굴을 잊을 만하면 나타났다가 어느 날 깨어보면 벌써 떠난 뒤였어요. 엄마한테 동생을 빨리 만들어달라고 성화를 부리면, 엄만 쓸쓸하게 웃으시기만 했죠. 다음에 아빠가 오시면 네가 직접 부탁하라고 하면서요. 엄마도 애가 하나 더 있었으면 하고 바란 눈치셨어요. 아마 나보다는 아버지 때문이겠죠. 애 둘이랑 놀다 보면 좀 더 오래 집에 머물러 있을 거라고 여겼나 봐요. 정말 지겨운 때였는데, 그래도 가끔 그때가 그리워져요. 이젠 저도 늙었나 봐요. 추억을 먹고 사니. 피아노 소리도 한땐 그렇게 끔찍했는데, 이젠 일부러 찾게 되요.”

“인간은 나쁜 일은 빨리 잊고 좋은 일만 오래 기억한다고 하더군요. 나쁜 일을 낱낱이 기억하다가는 용량이 넘쳐 터져버릴 거라나요. 좋은 일만 기억하면 언제나 넉넉하답니다. 고해苦海라는 말이 딱 맞는 말이죠.”

“재미있는 말이네요. 선생님은 형제가 어떻게 되세요?”

너무 수다스럽게 제 말만 해서 무안했는지 그녀는 질문의 화살을 내게로 돌렸다.

“장남입니다. 밑으로 동생이 둘 있습니다.”

“여동생도 있나요?”

“아뇨. 셋 다 남잡니다. 그래서인지 아기자기한 구석이 없어요. 세상사에도 서툴고. 조화나 이해보다는 먼저 의심하고 소유하려고 들죠.”

“그것하고 무슨 관계겠어요. 삼형제면 정말 신났겠어요.”

“외롭다는 생각은 해본 적도 없습니다. 외려 한 놈쯤 없어졌으면 좋겠다고 바랄 정도였죠. 제가 제대로 형 구실을 못하니까 동생들이 저를 좀 업신여겼거든요.”

“말도 안 돼. 좋은 맏형이었을 것 같은데.”

그녀는 위로라도 하듯 운전대를 잡은 내 오른팔을 툭 치며 말했다.

“『삼국유사』에 보면 이런 이야기가 나옵니다.”

갑자기 무슨 소리냐는 듯 그녀가 귀를 쫑긋 세웠다. 여자의 표정은 고양이와 같다고 했다. 하도 자주 바뀌고, 또 감쪽같다고 해서. 능란한 마술사의 눈속임처럼 분명 관객을 속이지만 아무도 알아채지 못한다. 눈물바다를 이루다가도 목적을 이루었거나 분위기가 바뀌면 바로 깔깔거릴 수 있는 것이 여자였다. 동생이 없다고, 아버지를 자주 보지 못했다면서 우울해하던 그녀의 표정이 금방 호기심에 가득 찬 여학생의 표정으로 바뀌었다. 나는 그녀의 호기심을 채워주기 위해 설명을 부연했다.

“표훈대덕表訓大德이란 분이 있었습니다. 이분은 신통력이 대단해서 하늘을 제 집 드나들듯 오르내렸죠. 그때 임금이 신라 경덕왕이었는데, 자식이 없었답니다. 그래서 표훈대덕에게 천제께 가서 아들을 하나 점지해 주십사 말씀해달라고 청했죠. 천제를 만나고 돌아온 표훈대덕은 ‘딸이라면 어찌 되겠지만, 아들은 곤란하다.’고 전했습니다. 그러자 경덕왕이 어떻게 하든 아들이 안 되겠냐고 또 부탁합니다. 다시 다녀온 대덕이 그러면 나라가 위험해질 것이라며 만류하죠. 그래도 경덕왕은 고집을 꺾지 않고 나라가 위태로워져도 좋으니 아들로 부탁한다는 것이었습니다.”

그녀의 눈꼬리가 더욱 올라갔다.

“어머나, 천제께서 재간이 보통이 아니신가 보네요. 나도 진작 천제께 빌 걸 그랬나!”

나는 실소를 참으면서 말을 이었다.

"말이 그린 것이지 실제로 가능한 일이겠습니까? 그렇남 애 없는 부부가 세상에 어디 있겠습니까?"

"알았으니 어서 말씀해보세요."

비법을 전수받으려는 제자처럼 그녀는 몸까지 내게 기울이며 채근했다. 세 송이 연꽃이 내 어깨에 걸릴 듯 다가왔다.

"그래서 아들을 얻었는데, 그가 바로 혜공왕이었죠. 8살 때 아버지가 죽자 왕위에 올랐습니다. 늦둥이였으니 아버지의 귀여움을 그리 오래 받지는 못했던 거죠."

내가 입을 다물자 그녀는 혼자 곰곰이 생각하는 눈치였다. 내 이야기에서 이 여자는 무슨 교훈을 얻으려는 것일까?

"선생님도 늦둥이였던가 보죠? 그래도 동생이 둘이나 더 있다니, 아버님도 대단한 분이셨나 봐요."

완전히 엉뚱한 해석이 입에서 흘러나왔다. 나는 참고 있던 웃음을 기어이 터뜨렸다.

"하하하! 저를 그렇게 이른 나이에 나은 건 아니지만, 그래도 늦둥이 소리를 들을 정도는 아닙니다. 이상한 방향으로 생각하신 모양이군요."

내가 노골적으로 웃자 그녀는 약간 뾰로통해진 표정을 지었다.

"절 놀리시는 거예요? 『삼국유사』도 안 읽었다고?"

"그럴 리가 있겠습니까. 생각해보니 그렇게 생각하셨을 만도 하네요. 여하간 원래 여자였던 왕인지라 하는 짓이 모두 계집아이와 같았다는 거예요. 부녀자들과 놀기를 좋아했고, 비단 주머니를 옆구리에 차고 다니는 등, 신비한 도술을 믿는 등. 임금이 이러니 나라가 어지러워지는 것도 당연했죠. 결국 신하에게 피살당하고 말았습니다.”

뭔가 다른 얘기가 있으려니 기대하며 그녀는 내 얼굴에서 시선을 떼지 않았다. 한참 만에 내가 더 할 얘기가 없다는 것을 눈치 챘는지 눈살을 찌푸리면서 물었다.

“재미있는 얘기군요. 근데 얘기의 골자가 뭔지 모르겠어요.”

“제가 장남이긴 하지만, 사실은 장남이 아니라는 말이죠.”

당장 반응이 오진 않았다. 신중하게 말의 의미를 정리하는 듯했다.

“참 엉뚱한 말이군요. 앗! 조심하세요.”

도로에 장애물이 있었는지 차가 덜컹거렸다. 국도는 고속도로보다 더 주위를 신경 쓰며 운전해야 한다. 전에 부산서 서울까지 고속도로를 타고 올라온 적이 있었다. 대구에서 대전 구간은 공사중인 곳이 많아 사정은 국도와 별반 다를 것이 없었다. 그러나 대전부터는 달랐다. 특별히 사고가 있지 않으면 한 차선만 따라 달리면 서울에 도착한다. 그때 난 다른 생각을 하느라고 정신을 놓은 채 운전을 했다. 정신을 차려보니 서울 톨게이트였다. 마치 유체 이탈이라도 한 것처럼 그 사이에 나는 내가 어떻게 운전을 했는지 전혀 기억이 나지 않았다. 물경 1시간 30분 동안이나 나는 정면을 응시하고 있었지만, 눈 뜬 장님이었다. 그런데도 사고는 없었다. 위험한 짓이니 권장할 일은 아니지만, 고속도로는 그만큼 안전하다는 말이다. 국도 특히 2차선이 대부분인 지방도로에서 이렇게 하면 위험천만한 곡예 운전이 될 것이다. 십중팔구 사고가 나기 마련이다. 이런 저런 다채로운 풍경을 즐길 수 있는 덤은 있지만, 덤을 얻으려면 제 값은 치러야 하는 법이다.

"형이 어릴 때 죽었나요?"

당연히 떠오를 만한 해답이었다. 나는 고개를 조심스럽게 저었다.

"죽긴 했지만, 태어나기도 전에 죽었죠. 어머니가 유산을 했거든요."

"그런데 뭐가 문젠가요? 안 된 일이지만, 선생님이 어쩔 수 있는 일은 아니었잖아요?"

나는 잠시 말을 멈추었다. 그 일은 늘 내게 어떤 딜레마를 안겨주었다. 본 적도 태어난 적도 없는 형은, 누구도 부과하지 않았지만, 내게 책임감과 부채감을 안겨 주었다.

"어머니는 형을 유산하고 다섯 달 뒤에 저를 가졌죠. 형은 임신 삼 개월 때 유산되었습니다. 그러니까 형이 정상적으로 태어났더라면 나는 태어나지 못했을 겁니다. 아니면 더 뒤에 태어났겠죠. 그래서 좀 복잡해요. 호적상 나는 장남이지만, 부모님께서는 또 하나의 장남을 마음에 품고 계셨던 거죠. 그렇다고 무슨 내색을 하셨던 것은 아니에요. 그 사실을 알게 된 것도 중학교에 올라와서의 일이었습니다. 무슨 연속극을 보는데 쌍둥이 형제끼리 여자 하나를 두고 삼각관계에 빠진, 뻔한 얘기였죠. 그때 어머니가 무심결에 형 얘기를 했습니다. 형과 내가 쌍둥이는 아니었지만, 아마 그렇게 연상이 된 모양이에요. 네 형이 태어났더라면 우애 있게 자랐을 거라고요. 어머니로서는 처음 가진 아이였다가 갑자기 잃어버렸으니 상실감이 무의식속에서 오래토록 지워지지 않았던가 봅니다. 어머니야 그 말을 기억도 못하시겠지만 제 뇌리에는 깊게 박혔죠. 내게도 형이 있었다는 사실이 기쁘기도 했지만, 왠지 덤으로 태어난 자식이라는 열패감이 지워지지 않았습니다. 꼭 엉뚱한 노선의 버스를 타고 한없이 달리는 것 같은 느낌이었죠. 도중에 내릴 수도 갈아탈 수도 없는.”

나는 침을 한 번 꿀꺽 삼켰다. 그녀 역시 착잡한 표정이 되었다.

“삶이란 것이 자기가 원하는 대로만 선택할 수 없잖아요. 때로는 추월당하기도 하고, 꽁무니를 받히기도 하죠. 엉뚱하게 일이 꼬였다고 해서 거기에만 매달린다면 발전이란 없을 거예요. 그저 지워지지 않는 흉터처럼 안고 살아가야죠.”

“뭐 형 때문에 살면서 손해를 봤다는 말은 아닙니다. 하지만 때로 형이 떠오를 때가 있습니다. 장남이란 자리는 언제나 피곤하고 성가신 일이 많거든요. 어떨 땐 무의미한 결정을 내려야 하고 책임을 도맡아 져야 할 때도 있어요. 식구들이 내 입만 바라봅니다. 알게 모르게 가족의 시선이 어깨를 짓누르죠. 그것이 버겁고 피하고 싶어지면 공연히 형을 원망하게 되죠. 사실 형이 죽은 덕에 생명을 얻었으니, 고맙게 여겨야 하는데 말이죠. 그래도 이런 무겁고 거추장스럽기만 한 짐을 내게 던져 놓고 홀가분하게 죽은 형에게 화가 많이 날 때도 있었습니다. 그냥 동생이었으면 좋았겠다는, 또 그럴 수도 있을 뻔했는데 억울하게 덤터기를 썼다고 생각하면 무척이나 억울하고 무력하게 느껴져요.”

“그래도 돌아가신 형보다는 행복한 거예요. 그분은 아무 것도 갖질 못하셨잖아요. 아무리 세상이 괴로움의 바다라지만 저승보다야 낫잖아요? 살아보서서 알겠지만.”

짐짓 밝은 목소리를 가장하고 있어서 나는 마지못해 고개를 끄덕였다. 내 복잡한 심경을 다 이해시킬 수는 없는 노릇이다. 어떻게 손을 담귀 보지도 않고 물의 온도를 알겠는가.

“진짜 문제는 장남 자체가 아니라, 태어나지 않았거나 동생이 되었

어야 할 사람이 장남이 됐다는 겁니다. 그 장남 구실이 영 어설펐거든
요. 딸로 태어날 사람이 아들로 태어나 남자도 아니고 여자도 아닌 봄
으로 살다간 혜공왕처럼요. 형도 아니고 동생도 아닌 어정쩡한 자리가
꼭 청룡열차를 타다가 정점에서 떨어지기 직전, 하늘로 비상하지도 못
하고 땅으로 꺼지지도 않는 경계지점에 있을 때와 비슷해요. 무중력 상
태에서 공포만 지배하죠. 형은 죽지 않았고 내 곁을 떠돌면서 나를 비
웃고 저주하고 있다는 생각이 들면 기분이 영 이상합니다. 거머리 한
마리가 달라붙어 악착같이 피를 빨아먹는 것 같단 말입니다. 물릴 수만
있다면 되돌리고 싶죠. 나만 완전히 밑지는 장사니까."

그러면서 나는 룸미러로 뒷좌석을 살폈다. 가끔 밤에 혼자 차를 몰
고 어두운 길을 달릴 때면 문득 뒤에서 누군가 나를 지켜보고 있다는
섬뜩한 생각이 들곤 했다. 차가운 손으로 곧 내 뒤통수를 쓰다듬을 것
같은 강박증은 시간이 지날수록 더 강해졌다. 결국 나는 갓길에 차를
세우고 뒷좌석에서부터 트렁크까지 샅샅이 뒤지고 나서야 마음을 가라
앉힐 수 있었다. 그것도 임시변통밖에 되지는 않았지만. 그 때문에 한
동안 나는 차를 버리고 버스를 타고 외출을 해야 했다.

나를 물끄러미 바라보던 그녀는 어깨를 들척이더니 맥없이 두 손을
무릎 위로 떨어뜨렸다.

"별로 위로가 되는 말은 아니겠지만, 조물주의 섭리가 그렇게 작용
한 것이니 감수해야죠. 투덜댄다고 반품 처리할 수 있는 물건이 아니잖
아요."

"전 그때 그놈의 섭리가 조금 어긋난 게 아닌가 생각합니다. 원래 형
이 있었고, 동생을 두는 것이 조물주의 뜻이었는데, 큐대가 공을 빗맞

힌 거죠. 터울을 둬야 한다는 계산을 빠뜨리고 아이를 줄줄이 내려 보내다 보니 앞차가 뒤차에 받혀 탈선한 꼴이 된 겁니다. 살면서 일이 안 풀릴 때면 응분의 대가를 받고 있다는 자책감이 온몸으로 조여듭니다. 남의 자리를 대신한 대가 말이죠."

담배 한 대가 정말 그리웠다. 기분을 가라앉히기 위해서라도 잠시 차를 정차시켜야 했다. 좌우를 두리번거리는 나를 보더니 그녀는 제지하려는 듯한 몸짓을 했다.

"그렇게 말하면 세상의 모든 사람이 남의 자리에 대신 앉아 있는 건지도 모르잖아요. 인생이란 맞춤복이 아니라 기성복이에요. 나만 입으라고 가봉에서 재단까지 다한 옷이라면 편하겠죠. 하지만 누구라도 대충 체격이 비슷하면 입으라고 만들었으니, 어디 한두 군데는 불편하고 갑갑하지 않을까요? 그래도 조금 입다 보면 편안해지듯이 주어진 현실을 너무 비관적으로만 볼 필요는 없을 듯해요. 그게 조물주의 섭리고 인간의 숙명 아니겠어요?"

"잠시 차 좀 세울까요? 담배 한 대가 몹시 그립군요."

그녀는 흘러내린 머리카락을 두 손으로 모아 넘기며 흔쾌히 대답했다.

"그래요. 좀 쉬어요. 우리 엄마 얘기를 들려드리고 싶네요. 엄마는 운명에 불평하기보다는 순순히 받아들이며 사신 분이었죠."

　“엄마는 항상 저한테 그러셨어요. 인생이란 구름 낀 날과 같다고. 올려다보면 온통 어둡고 캄캄하지만, 구름 너머에는 태양이 빛나고 있다면서요. 구름이 걷힐 때까지 기다리지 못하면 현명하게 인생을 사는 것이 아니라고요.”

　우리는 국도 변에 있는 작은 간이 휴게소에 정차했다. 미처 점심을 먹지 못했던 나는 간단하게 메밀국수를 주문했다. 입은 따뜻한 국물을 원했지만 마음은 차가운 음식으로 눈이 갔다. 그녀는 생과일주스를 주문해 마셨다.

　“낙천적인 성격이셨나 보군요.”

　나는 메밀국수를 양념에 찍어 먹으면서 대꾸했다.

　“낙천적이라기보다는 체념에 익숙하다고 해야 적당한 표현일 거예요. 그 말을 들을 때마다 전 대들었죠. 인생은 구름 낀 날이 아니라 커튼이 처진 무대라고. 남이 커튼을 올릴 때까지 기다리지 말고 궁금하면 무대로 올라가 스스로 걷어 올려야 한다고요. 언제까지 구름이 걷힐 때까지 남에게 의존해 살 거냐고요. 그러면 엄마는 빙그레 웃으셨어요. 그래, 나는 그렇게 못 살았지만, 너는 꼭 그렇게 살라고요. 빈정거리는 말은 아니었어요. 그게 진짜 엄마의 바람인 것을 저도 알았거든요.”

“어머님의 피아노 연주는 따뜻했을 거란 생각이 드는군요. 자기 연주를 따라오라고 강요하는 피아니스트도 있거든요. 힘은 느껴지지만 지치죠. 오래 듣다보면 신경이 날카로워져요. 하지만 어머니라면 자장가 같은 소리를 들려줬을 것 같군요. 솜이불을 머리까지 뒤집어쓰고 기분 좋은 멜로드라마를 보는 것처럼 말입니다.”

그녀는 싱긋 웃었다.

“칭찬이라고 들어두죠. 어머니는 사람들 앞에서 연주를 한 적은 거의 없었어요. 가끔 행사가 있으면 주지 스님의 간곡한 요청 때문에 대웅전에서 신도들을 모아두고 연주를 한 적은 있지만, 그것도 찬불가 정도였죠. 아쉽게도 찬불가에 명곡은 없잖아요? 그래도 박수는 꽤 많이 받았죠.”

나는 문득 궁금증이 일어 물었다.

“어머님은 건강하신가요?”

그녀의 나이로 얼추 짐작할 때 지금도 여전히 피아노 건반을 벗 삼아 지내리라 여겨졌다. 비 오는 날 밤에 연주를 들어봐도 좋을 것이다.

“아뇨. 돌아가셨어요. 벌써 꽤 오래 전이죠.”

나는 적지 않게 놀랐다. 그녀가 어머니를 회상할 때마다 찌푸린 표정이 된 것을 그제야 이해할 수 있었다.

“저런. 안됐군요. 아까운 분이 일찍 세상을 뜨셨군요.”

그녀는 쓸쓸한 미소를 지었다.

“엄만 원래 건강한 편이 아니었어요. 약골까지는 아니었지만, 하루도 쉬지 않고 애들 레슨이다 집안일이다 하면서 뒤치다꺼리에 쫓기면서 사셨죠. 더욱이 아버지가 집을 자주 비우고 어머니를 멀리 한 것이 치명적이었어요. 돌아가시기 얼마 전의 엄마를 보면 꼭 죽기 위해 사는 사람처럼 보였어요. 맹목적으로 일에만 매달리셨으니까요. 그나마 그렇게 번 돈도 다 남 좋은 일에 썼으니, 지금도 전 엄마를 이해할 수 없어요. 일이 실타래처럼 얽혀 있는데, 엄만 그저 지켜만 보고 있었죠. 풀어보든가 버리든가 뭔가 조치를 취해야 옳은데, 엄마는 방치했어요. 마치 요술쟁이라도 와서 한달음에 풀어주기를 바라는 사람처럼요.”

그녀는 주스 잔을 두 손으로 뱅뱅 돌리면서 눈길을 내리간 채 말을 이어나갔다. 문득 그 모습이 낯설지 않다는 생각이 들었다. 누군가 저렇게 비슷한 행동을 한 적이 있었던 것 같은데, 안개 속으로 숨은 사람처럼 윤곽 이외에는 아무 것도 느낄 수 없었다.

초등학교 때였을 것이다. 아침에 학교를 가기 위해 집을 나섰는데, 안개가 짙게 끼여 있었다. 문을 열었더니 바로 안개였다. 앞집 대문도 보이지 않았다. 엄마 손을 잡고 목욕탕에 가서 탕으로 들어가는 문을 열었을 때보다 더 앞이 보이지 않았다. 목욕탕에서는 하얀 타일을 간 사이로 벌거벗은 사람들의 모습이 흐리게나마 들어왔다. 나는 그런 탕에서도 수돗가로 가려다가 발을 헛디뎌 넘어지곤 했다. 맨몸으로 시멘트 바닥에 부딪히면 고통이 맨땅에 넘어진 것보다 훨씬 심했다. 무릎은 당연히 까졌고, 뜨거운 물에 섞인 붉은 피가 흘러내렸다. 창피해 울지도 못했다. 엄마는 늘 나를 여탕으로 데리고 들어갔다.

그 짙은 안개의 벽을 마주하니 학교에 갈 엄두가 나지 않았다. 골목을 꼬불꼬불 몇 바퀴 돌아야 학교로 뻗은 큰길이 나왔다. 그 사이에는 벽돌공장이 있어서 갓 찍어낸 벽돌이 성곽처럼 사방을 두르고 있는 미로를 지나야 했다. 게다가 개천까지 가로질러야 했다. 그 모든 난코스를 다 통과해서 학교에 무사히 도착할 자신이 나지 않았다. 그렇다고 다시 집으로 들어가 학교엘 도저히 못 가겠다는 말을 하고 싶지는 않았다. 동생이 내 뒤를 걸으면서 내가 하는 어수룩한 행동을 아니꼽게 째려보고 있었기 때문이다. 과연 형답게 저 백색의 장막을 뚫고 자신을 학교까지 인도할지, 그냥 포기할지 동생은 기대감에 찬 눈으로 나를 쳐다보았다.

나는 과감하게 동생의 손을 잡고 발을 대디뎠다. 첫걸음부터 휘청거렸다. 골목길로 내려가는 대문턱이 의외로 높았다. 나는 캄캄한 밤에 형광등 스위치를 찾듯이 더듬거리며 한 발 한 발 내디뎠다. 혹시 맨홀 뚜껑이 열려 있지는 않을까. 거기 빠지면 다신 집으로 돌아가지 못 할 거야. 허기와 두려움에 지쳐 나는 결국 죽고 말겠지. 들고양이며 쥐들이 반쯤 뜯어먹은 끔찍한 시체로… 나는 그런 말도 안 되는 상상 때문에 기가 질려 거의 기다시피 발로 땅을 더듬었다. 견디다 못한 동생이 파르르 화를 내더니 안개 속을 향해 뛰어갔다.

"바보. 학교에 도착하면 수업 다 끝났겠다."

무정하게도 동생은 나를 혼자 버려두고 사라졌다. 동생에게는 그 흰색의 어둠 속에서도 방향을 잃지 않는 더듬이가 있었던 게 분명했다. 나는 울고 싶었다. 동생의 이름을 목청껏 불렀지만 메아리조차 돌아오지 않았다.

　기억과 육감을 수호신처럼 움켜쥐고시 벽돌공장까지 겨우 닿았다. 그러나 안개는 더욱 짙어져만 갔다. 집에서 나올 때는 발등은 볼 수 있었는데, 이제는 내 손도 보이지 않았다. 방향감각을 잃어버린 것도 오래 전이었고, 시간도 얼마나 지났는지 어림할 수 없었다. 사면초가였다. 앞으로 발을 내디디자니 오금이 저려 옴짝달싹할 수 없었다. 집으로 돌아가 엄마 품에 매달리고 싶었지만, 어디로 가야 집이 나오는지 알 수 없었다. 나는 완전히 눈 뜬 장님이 되었다. 이렇게 안개가 걷히지 않으면 나는 결국 미아가 되어버리겠구나. 다시는 동생들도 엄마 아빠도 만나지 못하겠지. 그런 생각은 공포를 넘어 기가 질리게 만들었다. 진짜 울고 싶어 입을 벌렸지만 소리가 되어 나오지 않았다. 나는 안개를 손으로 더듬거리면서 어떻게 해서라도 이 곤경에서 빠져나오려고 버둥거렸다.

　그때였다. 누군가 옆을 스쳐 지나갔다. 짐승은 아니었다. 사람이었다. 그것도 어른이었다. 안개가 그 사람의 흔적을 따라 말려 돌아갔다. 돌연 서광이 비친 것이다. 나는 말려들어가는 안개를 놓치지 않기 위해 필사의 노력을 하면서 재게 발을 놀렸다. 그가 걷는다면 나도 걸을 수 있는 길이 놓여 있는 것이다. 어떻게 집에까지 도착했는지는 지금도 기억이 나지 않는다. 그 사람은 우리 집 대문까지 나를 인도했다. 내가 대문을 확인할 때쯤 안개의 말림도 사라졌다. 그리고 그도 사라졌다. 과연 나는 그때 무엇을 본 것일까? 정말 안개는 지척도 분간할 수 없을 만큼 짙게 끼었던 것일까? 뒷날 그때 일을 생각할 때마다 앞뒤가 맞지 않는 동화를 읽는 것처럼 혼란스러웠고, 정리가 되지 않았다. 그 뒤부터 지금까지 그렇게 어둠 속에서 안개 속에서 방황할 때 나를 집으로 이끌어주는 사람은 나타나지 않았다. 항상 나 혼자였고, 나는 혼자 헤매다가 지쳐 포기하거나 아무 방향으로나 몸을 맡겨버렸다.

지금 문득 안개 속에 숨어 있던 그 사람의 체취가 맡아지고 있었다. 약간 등이 굽은 채 땅바닥을 응시하고 있었던 그 잔상이 오늘 갑자기 구체적인 영상으로 살아오는 것이다. 나는 가벼운 현기증을 느끼면서 마지막 메밀국수의 면발을 양념과 함께 입으로 쏟아 부었다.

그녀의 회상은 계속 이어졌다.

G는 유복한 가정 출신은 아니었다. 그렇다고 찢어지게 가난한 살림도 아니었다. 평범한 가정주부인 엄마와 공무원으로 있는 아빠, 그리고 오빠가 있었다.

오빠는 공부를 잘했고, G는 피아노에 소질이 있었다. 유치원에 가서 처음 땡땡이 장난감 피아노를 만났을 때 G는 몇 번 건반을 눌러보고는 멜로디를 만들어냈다. 물론 작곡은 아니고 귀에 익은 곡을 흉내 낸 것이었지만 박자와 음정만은 정확했다. 이른바 절대음감이라는 것을 G는 가지고 있었던 것이다. G보다는 가족들이 조금 흥분했다.

하지만 G에게 좋은 음악 교육을 시키기에는 집안 사정이 뒤따라주지 못했다. 동네 음악학원을 꼬박꼬박 보내고 그저 그런 스탠드 피아노 한 대를 사주는 것이 부모가 할 수 있는 전부였다. G도 불만은 없었다. 특별히 무엇이 되겠다는 계획도 없었고, 피아노를 미래의 직업으로 삼겠다는 생각은 더더구나 하지 않았다. 아직 그럴 나이가 아니었다. 매일 새로운 테크닉을 익히고 그것을 응용하면서 악보를 소리로 옮기는 즐거움이 그녀를 사로잡았다.

집안 형편 때문에 레코드를 산다거나 전축을 갖출 수는 없었나. 음악학원 라운지에 장식처럼 들여놓은 구식 전축을 틀어 듣는다거나, 제법 괜찮은 오디오를 갖추고 있던 친구 집에 놀러가 소리에 대한 허기를 메워야 했다. 하지만 그것 역시 불만거리일 수는 없었다.

초등학교에 들어가서도 달라질 것은 없었다. 공립 초등학교에는 피아노 대신 풍금이 있었다. 음악 시간이면 G는 신나게 풍금을 치면서 급우들의 합창 반주를 했다. 제법 어른 티를 내며 연주를 했지만, 어른이 될 때까지 그녀의 손가락이 건반 위에 머물지는 미지수였다.

그녀의 재능을 제대로 파악한 사람은 중학교 음악 교사였다. 마르고 머리가 시원하게 벗겨진데다 굵은 뿔테 안경을 썼던 음악 선생은 망가진 피아니스트였다. 그 사람 이야기는 언젠가 따로 하겠다. 슈만처럼 너무 연습에 몰두하다가 손가락에 이상이 생긴 것은 아니었지만, 재능을 부여받고도 여건 때문에 좌절하는 현실에 누구보다 분개하던 사람이었다. 방과 후 음악 선생은 그녀를 따로 남게 해 레슨을 시켰다. 음악 선생은 G에게 흑심을 품고 있다는 주변의 혐의를 고스란히 뒤집어쓰면서도 꾸준히 그녀를 지도했다.

이때쯤 G도 음악이 반드시 즐거운 일만은 아니란 사실을 어렴풋하게나마 깨달았다. 월경이 시작되던 나이에 그녀는 팬티를 피로 적시면서도 건반에서 손을 뗄 수 없었다. 음악 선생이 그녀를 놔주지 않았던 것이다. 처음에는 좋은 재능을 타고난 학생에 대한 선의와 이에 부응하지 못하는 환경에 대한 분개에서 시작된 일이 이상한 방향으로 확산되었다. 대리 충족은 좋은 동기 부여는 제공했지만, 도를 넘어서고 지속

적이 되면 부작용을 낳게 마련이었다. G는 중년의 노총각인 음악 교사를 부담스럽게 여기면서도 좋아하게 되었다. 만약 그녀가 졸업을 하고 고등학교로 진학하는 당연한 과정이 없었다면 G의 일생도 상당히 달라졌을 것이다. 그러나 다행인지 불행인지 그런 일은 일어나지 않았다. (그녀의 딸은 그런 일이 일어나지 않은 사실을 몹시 안타까워했다. 최소한 더 나쁜 결과는 가져오지 않았을 것이라는 이유에서였다.)

중학교 3학년 때 G는 처음으로 콩쿨에 나갔다. 남들은 초등학생만 되어도 부모의 등쌀에 여기저기 대회장을 기웃거렸지만 그녀에게 있어서는 예외였다. 자신도 몰랐고 부모도 몰랐다. 음악 선생은? 당연히 알았지만, 그는 한사코 출전을 말렸다.

"아직 실력이 부족해."

이게 이유였지만 사실은 '돈이 부족해'였다. 사람들은 재능은 백짓장 차이라고 말한다. 그 미세한 차이 때문에 기껏 내가 가르친 아이를 떨어뜨릴 수는 없지 않은가? 더구나 걔네들은 내 주머니를 채워주고 있는데. 대개 아이들은 심사위원으로 나올 선배며 스승, 대학교수를 부지런히 찾아다니면 적지 않은 레슨비를 주면서 빡짝 레슨을 받았다.

"세상에 그저 되는 게 어딨니?"

음악 선생은 G가 그럴 형편이 못 된다는 것을 잘 알았다. 더구나 피아노였다. 옛날에는 악기만 가지고 있어도 진학이 허용되던 시절이 있었다. 그러나 그 즈음의 피아노는 손가락 열 개만 있으면 너나없이 건반을 두드려댔다. 돈 없이도 꽃피는 재능은 19세기의 유물이었다. 구청 말단 공무원인 G의 아버지에게 그 사실을 아무리 설명해봤자 소용없는 일이었다. 그저 눈만 껌뻑이다가 담배를 피워 물 뿐.

어린 나이에 공연히 콩쿨에 나가 마음의 상처만 입느니 실력을 키우며 때를 기다리는 게 낫다고 음악 선생은 판단했다. 잘못된 판단은 아니었다.

중학교 3학년이 되어서야 콩쿨의 문을 두드리게 된 것도 운이 따라준 덕택이었다. 음악 선생이 심사위원으로 위촉된 것이다. 지방의 음악 협회가 주최하는 시시껄렁한 신설 콩쿨이었고, 유명세가 떨어지는 덕분에 심사위원도 출전자도 명성과 금력이 모두 평균 이하였다. 예선을 거뜬히 통과한 G는 본선에서도 훌륭한 연주를 보여주었다. 쇼팽의 스케르초 4번 E장조를 G는 가볍게 소화해냈다. 예선에만 심사위원으로 참여했던 음악 선생도 이번에는 충분히 승산이 있다고 보았다.

그러나 어찌된 영문인지 G는 2등에 그쳤다. 지방이라고 해서 커넥션이 없을 리 없었다. 아니 어쩌면 더했다. 마이너라고 해서 경쟁이 없는 것은 아니니까. 세상사를 좀 안다고 자부했던 음악 선생도 혀를 내둘렀고, 혼자 밤새도록 술을 퍼마셨다.

하지만 2등도 상이니 나쁠 것이 없었고, 가외의 소득도 있었다. 그녀의 연주 실력을 눈여겨본 사람이 있었다. 그는 어느 유명 예고의 예술 감독이었다. 그는 G와 부모, 그리고 음악 선생에게 예고 입학을 권했다.

"재능이 보입니다. 전문적인 교육만 받는다면 기대할 만한 수준이군요."

일반 중학교 학생이 예고에 입학하기란 쉽지 않은 일이었다. 그런데도 G는 합격했다. 그 이후 그녀는 음악 선생을 다시는 만나지 못했다. 함께 예고로 갈 수는 없었으니까. 졸업식 날 G와 음악 선생은 부둥켜안고 울었다. 어린 제자를 어떻게 해볼 생각을 낼 만큼 음악 선생은 모질지도 교활하지도 않았다. 아주 많은 시간이 지난 뒤 중학교 동창으로부터 그가 간암으로 죽었다는 소식을 들었다. 그는 평생 독신으로 살다가 유일한 제자 G를 남기고 죽었다. G가 나이든 남자에게 여느 여자에게서는 보기 드문 호감을 느끼게 된 까닭도 중학교 음악 선생의 영향이 컸을 것이다.

예고에 들어가자 G의 학비를 대기 위한 씀씀이는 더욱 커졌다. 기본적인 레슨비는 공납금에 포함되었지만, 그것이 다가 아니었다. 극히 일부일 뿐이었다. 명문대 진학이라는 과제가 던져졌고, 경쟁은 더욱 치열해졌다. 세상에 훌륭한 교사는 많지 않다. 실리와 명분을 교묘하게 공존시키면서 등골을 빼먹는 지능범들이 도처에 지뢰밭처럼 깔려 있다.

엄마는 귀족들이나 감당할 수 있는 금액의 언저리라도 가기 위해 필사의 내핍 생활을 견뎠지만, 남편의 월급으로는 턱없이 부족했고 곧 대학에 입학할 큰아들의 학비도 마련해야 했다. 다행이 머리가 좋았던 오빠는 4년 전액 장학금을 받으며 일류대에 무난히 합격했다. 오빠는 입학하자마자 과외를 시작했고, 동생의 피아노 레슨비는 사실 오빠의 호주머니에서 나온 것이나 마찬가지였다. 오빠는 동생의 성공을 위해 원하던 학과도 포기하고 경영학과를 택했다.

"너를 위해 내가 할 수 있는 일은 다 할 거야. 너는 좋은 피아니스트가 되기나 해."

예고 3년 동안 G는 그 방면에 두각을 나타냈다. 1등은 아니라도 늘 입상권에 드는 고른 실력을 보여주었다. 수준이 비슷해지면 결국 등수를 좌우하는 것은 따로 있었다. 고급 외제차를 타고 전용 운전사를 두고서 일류 선생에게 레슨을 받은 학생의 노력과 투자를 따라잡기란 불가능했다. 토끼와 거북이의 경주에서와 같은 요행은 G에게 일어나지 않았다. 그래도 G는 실망하지 않았다. 예고에 가기 전 음악 선생은 G에게 말했다.

"콩쿨에서 2등을 하거든 네가 1등이라고 자부해도 된다. 3등이라면 1시간 더 연습해라. 4등이라면 2시간 더 연습하고. 잘 사는 집 자식들과 너는 달라. 너는 선택의 여지가 없어. 반드시 성공해야 한다."

음악 선생의 충고를 잊지 않은 G는 2등은 놓치지 않으려고 애썼다. 음악 선생이 소개해준 피아니스트는 꼭 선배의 부탁이 아니더라도 G의 교육에 최선을 다했다. 그 역시 선인보다 악인이 우등하다는 사회적 유전법칙에서 벗어날 수는 없었지만.

3년이 지난 뒤 재능만은 속일 수 없어 G는 원하던 음대에 입학할 수 있었다. 그녀는 세상의 모든 것을 얻은 듯한 기쁨을 감추지 못했다. 그것이 얼마나 사소한 것인지는 신만이 알고 있었다.

대학 생활을 한 지 한두 해가 지나면서 G도 현실을 깨달았다. 함께 입학했던 동기들 중에 제법 재능이 보인다고 여겨지던 친구들은 강의실에서 사라졌다. 외국 유학을 떠난 것이다.

"대학 4년 마치고 외국 나갔다 와봤자 음악학원 차리거나 시집가면 끝나. 외국의 권위 있는 콩쿨에 입상하려면 일찌감치 큰물에 가서 놀아야지."

자기보다 못한 애들이 김포공항에서 손수건을 흔들며 떠날 때마다 G는 속으로 눈물을 흘렸다. 여느 악기와 달리 피아노는 솔리스트로밖에는 성공할 길이 없었다. 기껏 합창단 반주자가 되거나 결혼식 오브리로 뛰기 위해 비싼 등록금을 내기엔 억울했다. G는 차츰 피아노가 치기 싫어졌다.

3학년이 반쯤 지나가자 G는 술도 마시고 담배도 배웠다. 하얀 돌다리와 검은 돌다리가 뒤섞여 있는 징검다리를 어지럽게 건너다가 물에 빠져 허우적거리는 꿈을 매일 밤 꾸다시피 했다. 누구의 꾸중보다도 오빠의 실망스런 눈빛이 G를 더욱 못 견디게 만들었다. 군대를 제대하고 복학한 오빠는 여전히 아르바이트 과외에 바빠 반 토막 대학생 구실도 못할 지경이었다.

그렇게 1년을 허송세월하다 정신을 차려보니 졸업이 코앞에 닥쳐왔다. 아무 것도 이뤄놓은 것은 없었고, 맨주먹뿐이었다. 1년 새 굳어버린 손가락은 마비에 걸린 신경증 환자의 그것처럼 제멋대로 굴러다녔다. 귀로는 느껴지는 음이 건반에서는 나오지 않았다. G는 눈앞이 캄캄해졌다. 선생도 부모도 오빠도 그녀를 구원해줄 수 없었다. 그녀를 이끌 수 있는 유일한 사람은 중학교 때 음악 선생이었지만, 이런 꼴을 하고 선생님 얼굴을 볼 용기가 나지 않았다. G는 더욱 깊이 타락의 길로 빠져들 수밖에 없었다.

허겁지겁 졸업을 한 뒤 G는 선배의 주선으로 조그만 피아노교습소에 취직했다. 졸업한 뒤 사회로 나가 동생의 뒷바라지를 하려던 오빠는 계획을 바꿔 대학원에 입학했다. 이젠 G가 가사에 도움을 줘야 할 상황이었다. 계명도 모르는 멍청한 아이들을 옆자리에 앉혀놓고 G는 끝도 없이 같은 소절을 두드려대야 했다. 실력이 없는 줄은 모르는 사람도 성의가 없는 줄은 알았다. 몇 달을 견디지 못하고 G는 이곳저곳 학원을 떠돌아다녔다. 유명 음대 졸업장이 그나마 그녀를 지탱해주었다. 수입은 빤한데 술만 늘어갔다.

어느 비 오는 가을날 늦은 밤, 그녀는 또 잘렸다. G는 포장마차에 들어가 소주잔으로 자신의 불행을 달래고 있었다.

"아줌마, 담배 있으면 한 가치 주실래요?"

빈 담뱃갑을 구겨 던지며 G는 포장마차 주인아주머니에게 초점 없는 눈길을 던졌다.

"젊은 처자가 이게 무슨 꼴이래? 매일 찾아와 매상 올려주는 건 고맙지만 몸도 생각해야지. 술집 나가는 여자도 아닌 것 같은데, 정신 차려요. 담배 없어."

아주머니는 정말 안타까운 시선으로 그녀를 내려다보았다.

"아는 술집 있으면 소개시켜줘요. 술은 공짜로 마실 테니."

G는 혀가 꼬부라져 말도 제대로 잇지 못했다. 말짱한 정신은 이게 아니라고 거듭 회초리질을 했지만, 몸은 전혀 귀담아 듣지 않았다.

그때 그녀의 어깨를 따뜻하게 누르는 손길이 있었다. 그 손길에는 벌써 오래 전에 잊어버린 음악 선생의 온기가 담겨 있었다. G는 땅이 꺼지는 느낌을 받았다.

"아가씨. 담배 여기 있소. 마음에 불이 난 모양이니 빡빡 피워 꺼버려야지. 별 도리 있겠소."

취기로 흐려진 눈으로 바라본 남자는 훤칠한 외모를 가지고 있었다. 머리숱이 많은 것으로 보아 음악 선생은 아니었다. 굵은 뿔테 안경도 쓰지 않았다. 남자는 연민도 아니고 비난도 아닌 표정으로 G를 감싸주었다. 취한 탓인지 나이가 어떻게 되는지는 짐작하기 어려웠다.

"고마워요. 따뜻한 아저씨."

그 이후의 일을 G는 거의 기억하지 못했다. 아침에 깨어보니 집이었다. 희미하게 어젯밤의 일이 기억난 그녀는 몸부터 더듬었다. 술 냄새가 진동했지만, 남자의 손길이 닿은 흔적은 없었다.

누구였을까?

그날 오후 새 직장으로 면접을 보기 위해 옷을 갈아입으려다 G는 수첩에서 못 보던 명함 한 장을 발견했다.

'XX실업 대표 오상진'

밑에는 주소와 전화번호가 적혀 있었다. 명함을 만지자 어젯밤 그녀의 어깨를 감쌌던 온기가 전해져왔다.

면접을 마친 뒤 긴가민가한 심정으로 회사의 전화번호를 눌렀다.

남자는 허리가 구부정했다. 그런데 G에게는 그게 흉하게 보이지 않았다. 풍파에 조금 짓눌린 듯 보였지만 그것을 꿋꿋하게 버텨내는 척추의 힘이 허리의 융기 속에 감추어져 있는 것처럼 보였다.

G와 남자는 저녁을 함께 먹었다. 남자는 나이가 그녀보다 열 살 하고도 네 살이나 많았다. 하지만 그에게서는 그녀에게는 없는 패기와 고집, 그리고 여유가 넘쳐흘렀다. 남자는 G가 풀어놓는 푸념 보따리를 겸손하면서도 진지하게 다 들어주었다. 그러면서 세상은 약자의 편을 들어주지 않는다고, 강해보여야 세상도 겁을 먹고 멸시하지 않는다며 세상을 좀 더 산 선배다운 조언을 아끼지 않았다. 인심 좋고 착하게 생긴 남자의 얼굴을 보면서 오랜만에, 아니 처음으로 나를 알아주는 사람을 만나게 되었다고 G는 기뻐했다.

그렇게 몇 번을 더 만났고, 둘은 잠자리를 같이 했다. 그녀에게는 첫 남자였다. 일이 잘 되느라고 그랬는지 재앙의 시작이었는지 G는 바로 임신을 했다. 입덧이 시작되자 G는 가까운 지방 도시에 취직자리가 났다는 거짓말을 남겨놓고 집을 나왔다. 작은 방 하나를 얻은 G는 매일 뜨거운 남자의 체온을 느끼면서 육체의 불꽃을 태웠다.

G는 그때부터 술도 끊고 담배도 끊었다. 뱃속의 아이를 위해서였지만, 아이는 곧 지워야 했다. 남자는 독신이 아니었고, 엄연히 아내와 자식이 딸린 한 집안의 가장이었다. 남자는 정말 미안하다면서 이렇게 금방 아이가 들어설 줄은 몰랐다고 몹시 당황한 목소리로 변명을 늘어놓았다. 놀라기로는 G가 더했지만, 이미 엎질러진 물이었다. 차가운 소파 수술 기계 위에 다리를 올려놓으면서 이번에 흘리는 눈물이 내 인생의 마지막 눈물이야 라며 입술을 꼭 깨물었다.

그런 모진 꼴을 당하고서도 G는 남자와 헤어지지 못했다. 처음 만났을 때 어깨로 흐르던 그 따뜻한 온기가 가슴을 뭉클하게 어루만졌다. 그는 분명 백마 탄 왕자는 아니었지만, 나의 평생을 책임질 사람이라는 예감 아닌 예감이 G를 가만히 있도록 내버려두지 않았다. 가면일 수도 있었지만, G를 볼 때 남자의 눈빛은 슬픔에 젖어 있었다. 그 슬픔으로부터 등을 돌리기란 어려운 일이었다.

몸을 추스른 G는 다시 피아노학원에 나갔다. 한 번 아이를 가져본 경험 때문일까? G의 눈에 고사리 손으로 건반을 두드리는 아이들의 모습이 예전과는 다르게 보였다. 귀엽고 사랑스러웠다. 건반을 잘못 누르고 불협화음을 남발해도 화가 나기보다는 입가에 미소부터 번졌다. G는 일부러 시간을 내서 특별 지도를 하며 아이들 하나하나에 정성을 다했다.

즐거운 기분으로 일을 하자 찾는 사람도 많았고, 돈도 솔찮게 벌렸다. 더구나 담배며 술도 다 끊은 뒤였다. 이미 남자가 있는 그녀는 가벼운 화장에 필요한 도구만으로 만족했다. 원래 때깔이 나는 그녀는 어떤 옷을 입어도 예쁜 티가 흘렀다.

유부남인 것을 실토한 남자는 미안했는지 죄책감 때문인지 한동안 G를 찾지 않았다. 그렇게 해서 서로 소식을 끊었다면 이 행성도 제 궤도를 잘 돌았을 것이다. 시간이 지나면서 잊혀져야 정상인데, G의 뇌리에 남자의 기억은 점점 더 뚜렷하게 부각되었다. 결국 견디지 못하고 먼저 다이얼을 돌린 것은 G였다.

성가신 사회적 금기마저 털어버린 두 사람에게 무서운 것은 없었다. 가끔 찾아와 짧은 밤을 보낸 남자는 힘없이 미안한 웃음을 이부자리에 남기고 돌아가곤 했다. 그런 밤은 G도 외롭지 않았다. 남자의 따뜻한 어깨의 온기를 가슴에 품고 G는 숙면에 들 수 있었다.

다시 아이를 가졌을 때 남자는 아무 약속도 할 수 없다고 말했다. 너무나 태연스러워 마음에 걸렸지만, G도 기대는 걸지 않았다고 대답했다. 아이는 뱃속에서 무럭무럭 자랐고, G는 아이의 미래를 위해 더욱 저축에 열중했다. 내심 아들이길 바랐지만, 태어난 것은 딸이었다. 두 사람은 딸애의 출생신고를 미루다가 많은 시간이 지나서야, 아이를 초등학교에 입학시킬 무렵이 되어서야 했다. G는 그 사이에 최소한 뭔가 변화가 일어나리라 기대했지만, 기대에 그쳤다. 남자는 처자를 버릴 위인이 못 되었다. 절망하지는 않았다. 어차피 내가 선택한 일이고, 하늘이 맺어준 인연이라며 스스로를 달랬다.

아이가 태어나자 그녀를 대하는 남자의 태도가 달라졌다. 좋게 말하면 당당해졌고, 나쁘게 말하면 뻔뻔해졌다. 남자는 G에게 손을 벌렸다.

사업 자금이 부족하다면서 돈을 마련해달라고 부탁했다. 그녀가 가진 돈은 모두 딸애를 위한 것이었다. 남자는 딸애를 위해 돈을 달라고 했다. G는 남자의 사업이 뭔지도 몰랐지만, 안다고 해도 선뜻 신탁을 깰 수는 없었다. 그러나 결국 그녀가 졌다.

한 번 금기가 깨지자 사태는 걷잡을 수 없이 흘러갔다. 수시로 돈을 내놓으라고 큰소리를 쳤고, 거절하면 집안의 가구며 그릇, 장난감 등 닥치는 대로 부숴버렸다. 그 서슬에 놀란 아이는 경기가 들린 듯 울음을 그치지 않았다. 돈보다는 아이가 소중했으니, G는 돈에 대해서는 체념했다. 정말 사업이 잘 되어 남자가 말한 대로 몇 배로 갚아주기를 바랄 뿐이었다. 하지만 G는 평생 남자가 주는 돈을 받아보지 못했다.

남자가 하는 사업이란 게 허황되기 그지없는 것이란 것을 G는 너무나 많은 시간이 지나서야 알았다. 갈증을 씻으려고 바닷물을 마시면 더욱 갈증으로 고통을 받듯이 남자는 돈에 탐닉했다. 빚으로 빚을 메우다가 한계에 오면 그녀의 돈으로 해결했다. 싸우고 따져봤자 아무 해결책도 되지 않는다는 것을 안 G는 더욱 열심히 돈을 벌었다. 밑 빠진 독이었는데, 그녀는 그 구멍을 물로 채워 막아보려고 필사의 저항을 했던 것이다.

남자만 탓할 수는 없는 일이었다. 그 역시 나름대로 최선을 다했다. 호적에 올릴 수는 없었지만 딸애와 G를 위해 뭔가를 해야 한다는 생각에는 변함이 없었다. 그러다 보니 견실한 일에 손댈 여유가 없었다. 억박질러 G의 돈을 들고 나올 때마다 남자 역시 고통으로 허우적거렸다. 자괴감에 사로잡혀 자학했다. 반성의 결과가 파괴적으로 나타났던 것이다. 그 옛날 포장마차에서 술에 취해 담배를 찾던 그녀를 남자도 잊지는 않았다. 취해 쓰러진 그녀를 안고 여관으로 달려가지 않고 물어물어 집으로 바래다준 것도 진심에서 우러나온 행동이었다.

아이를 가졌다는 사실을 알았을 때 자신이 얼마나 나쁜 짓을 했는지 절감했다. 아내와는 비록 애정 없는 결혼 생활을 하고 있었지만, 남편만 의지하는 사람을 내팽개칠 만큼 남자는 잔인하지 못했다. 또 사랑에만 충실할 정도로 능란하지도 못했다. 남자는 아내와 G 사이를 떠도는 유령처럼 혼몽한 세계를 떠돌았다. G를 자유롭게 놔주어야 한다는 결심을 수십 번도 더 했다. 그러나 그 말을 한 번도 꺼내지 못했다. 첫 번째 그녀를 떠나보냈을 때 G가 다시 남자를 찾지 않았다면 그 역시 깨끗이 잊고 살았을 것이다. 그러나 재회한 뒤 이제 두 사람은 운명을 거부할 수 없는 꼭두각시가 되었다. 두 사람 사이의 감정을 진실한 사랑이라고 하든 어처구니없는 집착이라고 하든 할퀴면서도 상처를 핥는 수밖에 없는 뒤틀린 관계에서 빠져나올 수 없었다.

남자는 쉽게 돈을 벌 궁리에 골몰했다. 변두리 골목에 있는 다방을 인수해 레지를 써보기도 했고, 중국집을 열어보기도 했다. 또 조금은 고급스러운 칵테일 바가 전망이 좋다는 말에 솔깃해져 거금을 들여 구매했다가 쪽박을 차기도 했다. 긴 시간을 가지고 끈기 있게 경영해야 장사가 된다는 평범한 진리를 남자는 기다릴 시간이 없었다. 쫓기는 마음에 장사를 하니 귀는 얇아졌고, 마음은 급해져만 갔다. 결국 낭떠러지를 향해 달려간 꼴이었다.

그러다가 전혀 엉뚱한 사업을 벌여보기도 했다. 남자는 꼴에 어울리지 않게 골동에 취미가 있었다. 대학 시절 서도회에서 붓글씨를 배우기도 했고, '진품명품' 프로를 보면서 스스로 명품 감정사인 양 가격을 가늠하며 예술품의 가치를 음미하기도 했다. 그러다가 시골 동네를 다니며 굴러다니는 물건들 가운데 잘만 골라내면 엄청난 폭리를 취할 수 있다는 말에 현혹되었다. 낡은 트럭을 한 대 구입한 남자는 이젠 궁벽한 오지를 돌면서 일확천금을 가져다줄 국보급 유물을 찾는 데 혈안이 되었다. 그 덕에 오래된 청동불상이며 잿물로 누렇게 변색된 고서, 용도도 알 수 없는 농기구, 문방구 등 희한한 물건들을 바리바리 싣고 와 G의 집 창고에 딸린 마당에 부려놓았다. 철제 앵글을 짜서 먼지를 닦아내고 물로 오물을 씻어내며 진열하는 일은 G가 도맡아 했다.

"이게 일본의 황실 도요지에서 구워낸 도자기래. 빛깔이 벌써 다르잖아? 일본에만 가져가면 그쪽에선 국보급 문화재로 평가받을 수 있어. 임자만 만나면 수억 원 이상의 값어치가 나간다더군. 인사동에 들고나가고 싶어도 겁이 나서 못 하겠어. 헐값에 넘겨도 몇 천만 원일 텐데, 남 좋은 일 할 수는 없잖아. 일본인 거간만 제대로 걸리면 그간 고생은 한 순간이야. 이 받침대 좀 보라고."

남자는 기대에 찬 눈동자로 낡아빠진 도자기를 보면서 매혹의 눈빛을 감추지 못했다. 일 년 내내 피아노 건반만 보고 사는 G가 도자기의 가치를 판별해낼 재주는 없었다. 몇 천만 원이라도 팔아 그간 날려버린 돈을 벌충했으면 좋겠다는 마음은 간절했지만 차마 남자의 꿈을 날려버릴 수는 없었다. G는 남자의 웃음을 머금은 얼굴을 보며 함께 함박웃음을 지었다.

딸아이가 일곱 살이 되자 더 이상 출생신고를 미룰 수 없게 되었다. 며칠을 고민하던 G는 오빠를 찾아갔다. 실로 십 년 만의 상봉이었다. 아빠는 공무원에서 조기 퇴직을 신청해 살림을 정리한 뒤 고향으로 낙

향했다. 간간히 찾아갔지만 그저 레슨으로 연명하며 산다고만 말했을 뿐 뭐라 덧붙일 말이 없었다. 알고도 속는 체한 것인지, 두 분은 묵묵히 고개만 끄덕였다. 간혹 아빠는 중학교 때의 음악 선생을 원망했다.

"그 망할 자식이 바람만 넣지 않았어도 네가 이렇게 되지는 않았을 게다."

그때 문득 G는 중학교 시절의 추억이 가을바람이 옷깃으로 스며들 듯 뇌리를 스치고 지나갔다. 밤을 새우며 음악실 피아노와 시름하고 있으면 음악 선생은 새벽에 출근해서 그녀를 데리고 나가 뜨끈한 설렁탕을 사주었다. 레코드판을 함께 들으면서 악보 공부를 하기도 했다. 자신도 연주할 수 없는 곡을 그녀가 무난하게 소화해내자 음악 선생은 뛸 듯이 기뻐하며 그녀의 어깨를 두드려주었다.

그 모든 추억들이 이제는 주먹에 쥔 모래알처럼 다 흩어져버렸다. G는 갑자기 자신이 80 먹은 파파 할머니가 되어버린 듯한 기분이 들었다. 이제 고작 서른을 조금 넘긴 나이인데, 그녀의 몰골은 누가 봐도 참혹했다. 사생아를 기르며 대책 없는 남자의 광기를 지켜보는 참담한 심정은 고스란히 그녀 혼자만의 몫이었다.

오빠는 결국 대학원을 제대로 마치지 못했다. 동생이 원하던 길로 가지 못하자 홧김에 입학한 대학원이라 제대로 적응할 리 없었다. 몇 년을 허망하게 시간만 축내다가 겨우 석사 학위를 받고 중소기업에 취직했다. 그리고는 거기서 경리 직원을 만나 대뜸 결혼했다. 여상을 간신히 졸업한 올케는 오빠를 하늘처럼 떠받들었다. 오빠 역시 세파에 시달려 몸이 많이 축나긴 했지만, 그래도 행복해보였다. 욕심도 야망도 모두 버린 듯 오빠의 얼굴은 편안했다.

사정을 설명하자 오빠는 화도 내지 않았다. 담배를 연거푸 세 대나 비벼 끈 다음 아이를 제 호적에 올려주겠다고 약속했다.

"내가 너에게 이런 일을 해줄 줄은 꿈에도 생각하지 못했구나. 미안하다."

오빠는 누구에게 하는지도 모를 용서의 말을 허공으로 날려 보냈다.

딸애는 점점 자랐고, 무엇 하나 나아지는 것은 없었다. 이따금 아이를 보러오는 남자는 하룻밤을 묵었다가 새벽이면 슬그머니 집을 나섰다. 트럭에서 잡동사니 물건을 꺼내놓고는 또 이것저것을 챙겨 떠났다. 국보급 문화재라고 호언장담하는 물건조차 이제는 나오지 않았다. 뿌리가 뽑힌 화초가 서서히 말라죽듯이 G도 안으로 조금씩 생명이 졸아들고 있었다.

무슨 얄궂은 운명의 장난인지 딸애도 피아노에 소질을 보였다. 뱃속에서부터 자라는 내내 피아노 소리를 들었으니 소질이 없는 게 더 이상할 일이긴 했다. 작고 긴 딸애의 손이 피아노 건반으로 올라가자 G는 무슨 저주라도 받은 사람처럼 온몸을 부르르 떨었다. 머리카락이 쭈뼛 선다는 말을 그녀는 실감했다. 번갯불에 감전이라도 된 사람처럼 G는 딸애를 피아노에서 끌어내렸다. 피아노 근처에는 아예 얼씬도 못하게 했음에도 아이는 잠깐 한눈을 판 사이 어김없이 건반 덮개를 열고는 혼자 건반을 똥똥거렸다. 결국 G는 딸애의 정성에 손을 들었다.

"네게 돈을 남겨주기는 틀렸으니, 기술이라도 가르쳐야지."

딸애는 G의 전철을 그대로 밟아가는 듯이 보였다. 그러나 자신의 처지를 조금씩 감지할 나이가 되자 딸애는 어머니의 길을 완강하게 거부했다. 중학교 때까지는 차분하게 감정을 억누르며 지내더니 고등학생이 되자 문제가 한꺼번에 터졌다. 딸애가 엄마의 못난 꼴을 너무 많이 본 것이 탈이었다. 딸은 G를 동정하기보다는 경멸했다.

"이렇게 살게 하려고 날 낳은 거야? 그냥 지워버리지, 그냥 죽여 버리지. 너무해! 너무해!"

울부짖는 딸애에게 G는 할 말이 없었다. 이제 G는 남자도 없이 딸도 없이 혼자 자야할 때가 더 많았다. 딸애는 항상 눈이 붉게 충혈 된 채 집 주변을 서성거렸다. 꼭 필요한 말 이외에는 무슨 말도 하려고 들지 않았다. 며칠째 집에 들어오지 않은 때도 결국 소식을 전하는 것은 딸애의 친구들이었다. 너무 대담하게 빗나가는 바람에 불량한 친구들조차도 겁을 집어먹을 정도였다. 거친 피부와 퀭해진 눈을 부릅뜬 채 딸애는 친구 손에 이끌려 집으로 돌아왔다. 그리고는 아무 말도 하지 않았다. G에게는 딸애를 나무라거나 다독거릴 용기도 아량도 남아 있지 않았다. 남자가 찾아왔을 때 그런 형편을 귀띔해주긴 했지만, 남자 역시 속수무책이었다. 괴로워하면서도 G의 호주머니 사정을 엿보기에 바빴다.

결국 G는 병에 걸렸다. 며칠 동안 가슴이 답답하고 신물이 넘어와 약국에서 약을 지어먹었지만 차도가 전혀 없었다. 위암 말기였다. 병원 중환자실에 누워 있는 G를 찾은 남자는 피처럼 붉은 눈물을 하염없이 흘리더니 다시는 나타나지 않았다. 장례도 딸애 혼자 치렀다. 한줌의 재로 남은 G는 딸애의 손에 이끌려 이승에서의 마지막 여행을 마쳤다.

숨지기 직전 딸애가 물었다.

"엄만 아빠를 만난 게 후회되지 않아?"

G는 빙그레 웃으며 딸애의 손을 잡고 말했다.

“그 사람은 내가 선택한 사람이야. 내가 유일하게 선택한 사랑하는 사람이지. 내가 선택한 사랑이니 끝까지 내가 책임을 져야지. 내 아빠도 근본은 착한 사람이란다. 나와 너라는 짐을 잘 부리려다가 그만 어긋난 길을 갔을 뿐이야. 결코 아빠를 원망하지 말거라. 그래도 네 아빠잖니.”

딸애는 피식 웃었다. 딸애를 물끄러미 지켜보다가 G는 다시 말을 이었다.

“너하고 좀 더 오래 있어주지 못해 미안하구나. 하지만 이 말만은 명심하거라. 인생이란 구름 낀 날과 같단다. 올려다보면 온통 어둡고 캄캄하지만, 구름 너머에는 태양이 빛나고 있어. 그 구름이 걷힐 때까지 기다리지 못하면 현명하게 인생을 사는 것이 아니란다.”

딸애는 눈물로 얼룩진 두 눈을 감추면서 G의 손을 잡았다.

“다른 사람을 만났다면 이렇게 죽지는 않았을 거야.”

“네 말이 맞구나. 어차피 그가 아니라면 누구라도 상관없었겠지. 나는 네 아빠를 진심으로 사랑했단다. 이것만은 나중에 아빠를 만나거든 꼭 전해다오.”

딸애는 그러겠다고 다짐하며 엄마의 뺨에 입을 맞추었다.

"차가 왜 이러죠?"

갑자기 차에서 요란한 파열음이 들렸다. 그녀의 긴 이야기를 들은 뒤 나는 갑자기 막막해졌다. 얘기가 끝날 때쯤 그녀의 눈가는 붉게 물들었다. 서먹해진 분위기를 자동차가 눈치 챈 것일까? 이야기 거리를 만들어주기 위해 자동차가 몸부림을 쳐주었다.

"신경 쓸 거 없어요. 가끔 이러니까."

하지만 그 배려는 곤경에 빠진 주인을 구해주기보다는 쌩쌩 돌아가는 풍차를 향해 돌진하는 꼴이었다. 로시난테보다 더 생각이 없는 차였다. 그놈이야 주인의 성화로 마지못해 달렸을 텐데 이놈은 제가 앞장을 섰다.

액셀러레이터를 어느 정도 밟아 속도가 올라가면 RPM이 떨어지는 것이 정상이다. 그런데 요즘 들어 2와 3 사이에서 오락가락 해야 할 게이지가 4를 넘어 5에 육박해서도 떨어지지 않았다. 엄청난 견적이 나올 것 같아, 귀찮기도 했지만 정비소에 가기가 꺼려졌다. 또 자구책도 있었기 때문에 방치했는데, 오늘 기어이 말썽을 부리는 것이다. 똥차를 몬다고 속으로 비웃을지도 몰랐다.

"가끔 이러다니요? 이러다 고장 나는 거 아녜요? 소리가 겁나는데요?"

그녀 역시 RPM 게이지를 흘끔거리면서 내 얼굴과 운전대 사이를 서성거렸다. 나는 변명이 아니라 해명이 필요하다고 여겼지만, 뾰족한 묘수가 떠오르지 않았다.

"폭발하진 않을 테니까 걱정 말아요. 요새 차에 무슨 문제가 생겼는지 RPM이 올라가서는 떨어지지 않는 때가 나옵니다. 기아가 변속되면 자동으로 떨어져야 하는데 가끔 먹통이 되네요. 아마 절 사진 찍느라고 차를 너무 혹사시켰나 봅니다."

그녀의 눈동자가 동그래졌다.

"그럼 카센터에 가셨어야죠?"

"미안합니다. 제가 귀찮은 건 딱 질색이라서."

그녀가 헛웃음을 날렸다.

"아예 목숨을 내놓고 다니시는군요. 브레이크라도 파열되면 어쩌시려고. 보험은 제대로 들었겠죠?"

"다시 한 번 시동을 걸어보죠."

세 번이나 시동을 다시 걸고서야 차는 제 상태로 돌아왔다.

"어지간하면 차를 바꾸시지 그러세요? 첩첩산중에서 시동이라도 꺼지면 어쩌시려고 그러세요? 레커차가 오지도 못할 텐데. 형편이 어려

우시면 제가 빌려드릴 수도 있어요. 공짜로는 안 되겠지만.”

“진지하게 고려해보겠습니다.”

졸지에 나는 못된 짓을 하다가 들켜 엄마에게 야단을 맞는 아이가 되어버렸다. 화제를 다른 곳으로 돌리는 게 수였다.

“제가 대학교 다닐 때 이런 일이 있었습니다. 문득 그 일이 떠오르네요. 선배하고 선배 애인 이야긴데, RPM 초과해서 달리면 어떤 일이 생기는지 잘 보여주는 경우랄까요.”

“그분들이랑 그때부터 벌써 자동차로 사고를 치셨나보죠?”

꽤 끈질긴 성격이로군. 이 여자는 잠자리에서도 남자를 집요하게 물고 늘어질까?

“아뇨. 우리 학교는 문학으로 명성이 있었습니다. 연구보다는 창작이었는데, 특히 시인이 많이 배출되었죠. 대한민국 시인의 반은 우리 학교 출신이라고 해도 과장은 아니었으니까.”

“그래요? 선생님도 시 좀 쓰셨나보죠?”

나는 쓴웃음을 지었다. 시를 써본 적은 있었다. 그때는 A4 용지를 백지로 제본해서 들고 다니며 시상이 떠오를 때마다 옮겨 적곤 했었다. 이수미란 가수를 주제로 쓴 엘레지 풍 장시도 지어보았고, 제복을 풍자한 브레히트 풍의 시를 끄적거리기도 했다. 적지 않은 습작을 썼는데, 지금 그 공책은 어디로 갔을까? 시화전을 열었을 때도 〈우리가 처음은 아니다〉란 제목으로 시를 써서 걸어놓기도 했다. 문명 비판을 다룬 내용이었는데, 내 작품에는 전시회가 끝날 때까지 꽃 한 송이 초콜릿 하나 붙지 않았다. 이후 나는 시 쓰기를 포기하고 말았다.

“흉내는 좀 내봤죠. 시야 천재가 쓰는 것인데, 제가 어디 그 깜냥이 되겠습니까?”

“하긴, 선생님은 인상이 시인이라기보다는 비평가 타입이에요.”

창작 지망생에게 그 말은 쥐약이었다. 넌 문학엔 쥐뿔도 재능이 없는 무능한 놈이야 라고 면전에서 일갈하는 게 더 예의바른 처신일 것이다.

“고맙습니다. 어쨌거나 학생회관 3층에 문학회 서클룸이 있었죠. 7, 8월 염천에도 햇볕 한 조각 들어오지 않는 구석진 곳에 있었는데, 담배 냄새로 찌들어 있던 곳이었습니다. 널찍한 탁자에 부러진 다리를 겨우 맞춰놓은 의자며 소파가 지저분하게 문청들을 반기는 곳이었죠. 밤에 술이 떡이 되면 잠자리가 되어주기도 하고요.”

그녀가 미간을 찡그렸다.

“술 취한 사람은 정말 곤란해요. 취하고도 절제하지 못하는 사람은 대개 제 분수도 모르는 경우가 흔하거든요. 매너가 형편없죠.”

만취하고 절제하기는 부처님도 어려울 것이다.

“그 방을 단골로 찾는 사람들이 있죠. 그 가운데 나보다 3년 선배인 형이 있었습니다. 솔직히 잘생긴 얼굴은 아니었는데, 뭐랄까 룸펜 기질이 다분하다고나 할까. 술집에 들어가면 그럴듯한 뭔가를 숨기고 있다는 듯이 허장성세를 부리기도 하고, 수틀리면 옆 자리 취객과 주먹다짐부터 벌이려는 스타일이었어요. 어린 우리들에게야 그런 객기가 멋있게 보였죠. 또 시를 썼거든요. 복학한 뒤 월간문예지로 등단해서 학생 시인이었죠. 얼굴이 긴 편이었고 검었는데, 여하간 배짱도 있고 털털해서 인기가 많았습니다. 후배들이 잘 따랐죠.”

“그래요. 어딜 가나 그런 사람이 있죠. 심성이 뒤틀린 사람이라면 금방 들통이 나지만 진짜 진국인 사람이라면 멋지죠. 마음은 오래 못 숨기기든요."

"여학생들도 좋아하는 치들이 꽤 있었습니다. 군대도 갔다 왔겠다 시도 쓰겠다, 여러 모로 매력적이었죠. 하지만 솔직히 저는 그 형 시가 좋은 줄 모르겠더군요."

여자는 뻔하지 않느냐는 표정을 지으며 입술을 모았다.

"남자란 남자를 잘 인정 안 하죠. 야수 기질이 남아서 인정하면 잡아먹히는 걸로 생각한다니까요. 멍청해."

"글쎄, 그래서 그랬나?"

나는 머리를 긁었다.

"좌우간 그중에 대놓고는 아닌 척했지만 그 형을 아주 좋아하던 여학생이 한 사람 있었습니다. 학번은 우리와 같았는데, 나이는 몇 살 위였어요. 소문엔 공장에 다니다가 생각을 바꿔 들어왔다던데, 확실히 분위기가 뭔가 좀 달랐습니다. 그녀도 역시 시인 지망생이었죠. 전채린 숭배자였다고 하면 대충 짐작하실까요? 두 눈을 반달처럼 접으면서 깔깔거리며 웃었는데, 저로서는 좀 혐오스러웠지만, 그녀는 그게 꽤 인상적인 웃음이라고 여겼나 봐요. 항상 그렇게 웃더군요."

"지금 선배 얘길 하는 건가요? 아님 선생님 얘길 하는 건가요? 연정은 선생님이 품었던 것 같네요."

나는 얼굴을 흔들며 뜻을 분명히 했다. 하다보면 말이 꼭 다른 곳으로 새나갔다.

"두 사람이 마주앉아 대화하는 걸 들어보면 정말 가관입니다. 웃기지도 않았죠. 하이데거가 어떻고 엘리어트가 어떻고, 실비아 프라스의

시는 너무 메마르다느니 아니 축축하다느니 하며 속내는 숨긴 채 연신 선문답에 여념이 없었죠.”

“여자 쪽이 더 몸이 달았을 것 같은데요?”

“제 눈에도 분명히 그렇게 보였습니다. 세상사에 별 대책 없이 살아가는 게 그 형이었고, 공장 직공까지 해본 여자니 어떤 면에서는 닳고 닳은 여자였죠. 그래도 순진한 면도 있었어요. 좋아하는 게 완연하게 보이는 데도 도도하게 무관심한 척 가장했으니까.”

“밀고 당기는 모습이 눈에 선하네요.”

그녀가 호호거리며 웃었다.

“술을 마실 때면 더 점입가경이었습니다. 남자들끼리 술을 마시고 있으면 어떻게 알았는지 그 여자가 찾아왔거든요. 혼자 오긴 겸연쩍었는지 또래 여자애 한둘을 데리고 왔죠. 그 형 옆에 앉으려는 기색이 간절했지만, 형은 눈길 한 번 주지 않고 쉰 소리를 계속 해댔고요. 안쓰러워 제가 몇 번 자리를 오가며 옆자리에 붙여주기도 했으니까요.”

“그런 친절한 면도 있으셨군요. 선생님은 남의 부탁을 쉽게 거절하지 못하는 성격일 거예요. 그러니 여기까지 끌려왔죠.”

“칭찬 같지는 않군요.”

나는 입맛을 쩝쩝 다셨다.

“그래, 두 사람은 잘 맺어졌나요?”

“아뇨. 형은 결국 다른 여자하고 결혼했습니다. 전혀 다른 스타일이었어요. 얌전하고 조신한 여자하고 했으니까. 우리도 꽤 놀랐습니다. 그 여잔 결국 헛물만 켠 거죠. 무슨 속셈인지 결혼식장까지 왔더군요. 아무렇지도 않은 표정이었지만, 속으로는 눈물깨나 흘렸을 거예요. 두 사람 갈 데까지 간 사이였으니까.”

여자의 눈에 다시 호기심이 흘러넘쳤다.

“어떻게 아셨는데요?”

“저한테 들켰죠.”

“어머, 옆방에 쌍쌍으로 들었던 모양이죠?”

나는 여자의 발칙한 상상력에 입이 벌어져 그녀의 얼굴을 빤히 쳐다보았다. 그녀 역시 통속적이었다. 남녀가 잤다고 하면 왜 꼭 여관을 연상하는 것일까? 진부하지만 정답에 가까운 추측이었다.

“제가 그런 경지까지는 못 갔습니다. 어떻게 된 건가 하면 제가 그 무렵에는 꽤 열심히 공부를 했거든요. 그래서 아침 일찍 학교 도서관에 나와 진을 치곤 했죠. 학교 앞 버스 정류장에서 내려 중문으로 올라가려면 반드시 여관 앞을 지나가야 했어요. 아주 오래 된 여관이죠. 전에도 지나가다보니 그대로 있더군요. 벌써 20년도 더 지났는데. 여전히 장사가 되나 봐요.”

“오호, 그래서요?”

“그날따라 유난히 일찍 나왔습니다. 막 여관 골목을 들어서려고 하는데, 뒷문으로 두 남녀가 튀어나오더군요. 가끔 있는 일이라 심드렁하게 지나치려고 했는데, 어디선가 많이 본 실루엣이더란 말입니다. 재빨리 몸을 숨겼죠.”

여자는 어련하겠냐는 표정을 지었다.

“배려일까요? 아님 욕망이었을까요?”

“배려였겠습니까? 유치한 엿보기 욕구의 해소였죠.”

“둘이 다정하게 팔짱이라고 끼고 나오던가요?”

“그렇게 보기 좋은 모습은 아니었습니다. 형이 먼저 나와 멀찍이 걸어가니까 여자가 뒤따라 나와 꽁무니를 쫓아가던데요. 그러면서 형에게 뭐라고 한마디 했습니다. 무슨 말이었을까요?”

여자는 도무지 감을 못 잡겠다는 듯이 손가락으로 입술을 만지작거렸다.

“전 모르겠네요. 그런 경험이 없어서.”

“처음엔 무슨 소린지 잘 몰랐어요, 뜻을 파악하고는 전 제 귀를 의심했습니다.”

내가 말문을 닫아버리자 여자가 채근을 했다.

“뭐라고 했길래요?”

나는 그녀가 한 말만 옮겼다.

“같이 가. 아파.”

역시 그녀도 영문을 모르겠다는 표정을 지었다. 그러다 잠시 후 얼굴이 붉어졌다.

“허! 망측해라.”

“직접 들은 저는 오죽했겠습니까.”

“그 정도라면 처음도 아니었을 텐데, 왜 선배는 엉뚱한 여자와 결혼을 했을까요?”

나는 고개를 모로 한 번 돌렸다.

“인연이란 게 다 그런가보죠. 누가 그러더군요. 섹스를 한 회수만큼 사랑한다면 이 세상에 이혼할 부부가 어디 있겠냐고요.”

“이런 말도 있어요. 사랑 없는 결혼을 하면 결혼 없는 사랑을 하게 된다.”

260

깔깔거리던 그녀가 갑자기 안색을 바꾸며 새침해졌다.

"왠지 음탕한 기분이 들어요. 돌아가신 스님 귀가 간지럽겠어요."

나도 그제야 뒷좌석으로 옮겨 모셔둔 유골함이 의식되었다. 유골함은 안전벨트로 묶여져 있었다. 산 사람을 위한 벨트가 죽은 사람의 유골함을 안전하게 묶고 있다니. 인생이란 참으로 경이롭다. 그러나 경이로움을 한 껍질만 벗기면 모든 게 경박한 중생들의 신변잡사일 뿐이다. 그러니 열반에 드신 분에게는 귓가를 스치는 바람소리 정도일 것이다.

국도에서는 보기 드물게 도로는 일자로 쭉 뻗어 있었다.

"사실 제가 하고 싶었던 얘기는 이제부터입니다."

"어머 또 무슨 일이 있었나요? 당신 의외로 난잡한 학창 시절을 보냈군요."

나는 실실 웃었다.

"오늘 수준이 다 들통 나는군요."

"그래 이번엔 누구의 춘사인가요?"

"같은 사람입니다. 실망스럽겠지만."

"어머, 또 봤어요?"

"아니, 그런 건 아닙니다. 제가 무슨 사설탐정입니까? 그런 곳만 찾아다니게."

"그러면요?"

"다시 문학회 서클룸입니다. 그런 일이 있고 얼마 지난 뒤였을 거예요. 그때 전 한창 프로이트에 빠져 있었죠.『꿈의 해석』이니『정신분석 입문』따위를 읽으면서 한창 꿈 풀이에 재미를 붙이고 있었습니다. 이드, 에고, 슈퍼에고, 억압, 오이디푸스 콤플렉스 등등 뜻도 모호한 말을 주워섬기며 살았죠."

"지적인 욕심은 그때도 왕성하셨군요."

"지적인 것은 잘 기억 못하고 언저리 소식만 기억하는 게 문제죠."

"어쨌거나?"

"그 여자가 제가 『꿈의 해석』을 읽고 있는 것을 보더니 묻더군요. 멍석 깔 만한 실력은 됐냐고? 이것 봐라 싶더군요. 내가 어디까지 알고 있는지 모르고 계시는군. 그래서 꾼 꿈이 있으면 어디 말해보라고 했습니다. 그랬더니 며칠 전에 요상한 꿈을 꾸었다면서 입을 열더군요."

"호! 흥미진진해요."

"애긴즉슨 이랬습니다. 자기가 어떤 방안에 들어와 있었답니다. 사방은 온통 물기로 축축했고요. 여기가 어딘가 싶어 두리번거리고 있는데, 갑자기 시계가 없어졌다는 게 생각나더랍니다. 그래서 시계를 찾느라고 다시 두리번거렸죠. 그런데 아무리 찾아도 없는 거예요. 한참을 찾다가 아, 잃어버렸구나 하고 지레 포기하려는데, 갑자기 시계가 나타났다는 거예요……."

내가 입을 다물자 여자는 내 옆얼굴을 계속 주시했다. 할 수 없이 내가 먼저 입을 열었다.

"그게 답니다."

일순 여자의 온몸에서 김새는 소리가 들려왔다. 여자는 허탈한 표정을 감추지 못했다.

"그게 뭐예요. 개꿈 같은데요?"

"공부를 안 하면 그렇게 여겨지죠."

여자가 다시 새침해졌다.

“공부하신 분에게는 그게 용꿈인가 보죠.”

“허허! 프로이트 식으로 해석하면 그 꿈의 의미는 이렇습니다. 물기로 축축한 사방이 닫힌 공간은 여성의 질을 의미합니다. 그 안에 자신이 들어갔다는 것은 질 속에 이물질이 틈입했다는 뜻이죠. 남자의 정액이죠. 그리고는 시계를 잃어버렸어요. 뭔가 주기성이 깨진 겁니다. 여성에게 가장 대표적인 주기성이야 월경이죠. 시계를 잃어버린 것은 바로 월경이 없어졌다는 말과 같습니다. 남자와 성교를 가지고 월경이 깨졌다? 뭐겠어요. 임신을 한 거죠. 여자는 갑자기 두려워졌습니다. 임신이면 어떻게 하지? 무서워서 덜덜 떨고 있는데, 다시 시계를 찾았죠. 월경이 늦게나마 다시 시작된 겁니다. 임신이 아니었던 거죠.”

“어머머! 너무 심한 비약 아닌가요?”

“비약이든 아니든 저는 그렇게 그 꿈을 해석했습니다.”

“그래, 그 꿈 풀이를 여자에게 말해줬나요.”

“차마 그럴 수는 없더군요. 그 정도로 제가 후안무치하지는 않았으니까. 이젠 기억도 잘 나지 않지만 뭔가 다른 말로 얼버무렸을 겁니다.”

“먼저 여관에서 나오는 장면을 목격했기 때문에 연상된 거 아닐까요? 프로이트 정말 기분 나쁘네요.”

“그럴지도 모르죠.”

“아, 재미없어요. 어쨌거나 앞으로 선생님께 꿈 얘기를 하면 큰일 나겠군요. 사람을 전부 섹스에 굶주린 여우나 늑대로 볼 테니.”

“제 풀이가 맞다고는 하지 않았습니다. 한때 장난이었을 뿐이죠.”

그럭저럭 차는 강원도로 접어들어 홍천읍까지 다다랐다. 홍천강을 북편에 두고 새로 난 국도를 차는 시원하게 달렸다. 그 새 날이 많이 기울어 제법 저녁 어스름이 강물을 적시고 있었다. 홍천파크호텔이란 붉은 네온사인이 과객을 유혹하고 있었다.

"이야기가 길어지다 보니 예상보다 많이 못 왔군요. 잠깐 쉬며 저녁이라도 먹읍시다. 동해에는 아무래도 밤이 깊어서야 도착하겠는데요."

"그러죠. 내려요."

홍천 읍내로 들어가지는 않았다. 마침 음식점이 한 곳 눈에 띄었다. 홍천 장어를 파는 집이었다.

"살생도 좀 찜찜하고 메뉴도 고상하진 않지만 음식점을 찾을 겨를이 없으니 일단 들어갑시다."

"와이 낫(Why not)?"

장어 집은 나이든 노부부가 경영하고 있었다. 저녁나절 손님이 뜸했는지 부부는 반색을 하며 우리들을 맞아주었다.

"장어구이 2인분 주십시오."

할아버지가 주문을 받더니 물수건이며 기본 반찬을 내왔다.

"맛이야 손님 분 입맛에 맞아야 제격이니 자신 못하겠지만, 정성만은 다했다오."

"시장이 찬이죠. 대신 조금 바짝 구워주십시오."

나는 여자에게 눈짓으로 양해를 구하며 부탁했다. 전에 고창에 가서 장어구이를 먹은 적이 있었다. 그때 너무 설익은 장어를 먹고 배탈이 나 단단히 고생을 한 기억이 영 지워지지 않았다.

"어허! 장어는 살짝 익혀 먹어야 제 맛이라오. 뭐 원하신다면 그리 하리다."

할아버지는 추레한 내 모습과 뇌쇄적인 여자의 옷차림이 너무나 대조적이었는지 우리 둘을 훔쳐보듯 흘낏거리면서 주문을 받았다. 나는 맥주 한 병도 주문했다.

"운전을 하지만 한두 잔 맥주야 괜찮겠죠? 당장 몰 것도 아니고."

나는 여자의 눈치를 보며 말했다.

"생각이 있으시면 그냥 드세요. 제가 운전하면 되죠. 장롱 면허는 아니니까 안심하셔도 되요."

"이 정도 운전하면서 숙녀 분께 운전대를 양보할 수는 없죠."

그녀는 손으로 입을 가리며 피식 웃었다.

"기분이 묘하군요. 꼭 바람난 남녀가 세상눈을 피해 오지로 가는 느낌이에요."

나도 맞장구를 쳤다.

"그럼 선글라스를 껴야겠군요. 골프 장갑 끼고. 다들 그러는 것 같은데."

"그런 얘기를 자주 들으시는 모양이죠?"

"여름 내내 절간을 찾아 전국을 돌아다녔는데, 불륜 남녀를 한두 번 봤겠습니까? 누군가 그런 말을 하더군요."

"무슨 말을요?"

"불륜 남녀가 꼭 찾는 곳이 있답니다."

"어딜?"

"절간이래요."

"왜요?"

"부처는 사바세계 중생의 어리석은 행동을 다 용서해주시기 때문이

랍니다. 그래서 절을 찾는답니다. 하긴 불륜 저지르면서 교회 가는 사
람은 없겠죠. 불륜에 빠진 신도야 있겠지만.”

“교회야 시내에 있으니 어디 남의 눈을 피할 수 있나요. 산사야 산골
짜기에 숨어 있으니, 평일 날 잠적하기는 그만이죠. 그리고 큰 절 아니
면 아무 때고 출입할 수도 있잖아요. 세상에서 가장 큰 번뇌의 굴레를
차고 있으니 부처님 앞에 속죄하고픈 마음도 절로 일겠죠. 가족을 대신
해 용서해달라고. 내생에서나마 다시 만날 수 있게, 인연이 닿게 해달
라고 빌고 싶지 않겠어요. 어차피 이승에선 인연이 닿지 않아 불륜이
되었으니까.”

“말씀을 듣고 보니 그렇겠군요.”

인연이 닿아 부부로 맺어진 경우와 인연이 닿지 못해 불륜으로 맺어
진 그 차이가 수긍이 되면서도 잘 납득이 되지 않았다. 불륜으로 만나
는 사람들과 그들의 배우자들, 어느 쪽이 진짜 인연이란 말인가?

“선생님은 결혼하셨죠?”

나는 예고 없이 옆구리를 강타 당한 사람처럼 흠칫 놀랐다. 심상한
질문인데, 심상치 않게 느껴졌다.

“예.”

나는 어정쩡한 목소리로 대답했다.

“자제분은 있으신가요?”

“아직 없습니다.”

“그래요. 모던한 부부신가 봐요?”

애가 없으면 진보적인 것인가? 아내의 입장에서는 그럴 것이다. 그
러나 내 입장에서는 대책 없는 보수라 놀림을 받아도 좋으니 아이는 갖

고 싶었다. 사랑의 결실을 얻는다든가 키우는 재미를 느끼기 위해서는 아니었다. 결혼을 했으면 당연히 있어야 하는 것이었다. 아내의 건강 상태가 좋지 않으니 억지로 이해하고 넘어가는 것뿐이었다.

그러다가 아이가 어떤 식으로든 있어야겠다는 절박감이 든 것은 고등학교 교사로 재직 중이던 선배의 죽음 때문이었다. 새벽에 심장마비가 온 선배는 구급차가 오기도 전에 숨을 거두고 말았다. 급성 심근경색이라고 했다. 나이가 십여 년 터울이 나서 대학 때 만난 적은 없지만, 전통 문화에 관심이 많던 선배라 가끔 모임에서 인사를 나누고부터 얼굴을 익힌 터였다. 해석이 잘 안 되는 고문헌이 있으면 느닷없이 들고 나타나 나를 난감하게 만들곤 했다.

뒤늦게 비보를 듣고 부랴부랴 병원 영안실로 달려갔다. 몇몇 아는 얼굴을 만나 비통한 심정을 나누고 문상을 하려는데, 뭔가 자리가 허전했다. 오십을 넘어선 지 몇 년 지난 선배에게 자식이 없다는 사실을 그때서야 알았다. 아이가 없는 사연이야 알 수 없었지만, 선배의 죽음이 너무 쓸쓸하고 초라해보였다. 그가 이런저런 잡기에 지나친 관심을 보인 까닭이 엉뚱하게 짐작이 갔다.

자식이 없다는 것에 대해 심각하게 생각하지 않다가 그날 나는 갑자기 내 죽음 뒤에 무엇이 남을지 해답을 잃어버리고 말았다. 죽어 조상 볼 면목이 없다는 차원의 문제는 아니었다. 내 존재가 죽음과 함께 영원히 마감되어버린다는, 아무런 기억도 흔적도 없이 연기처럼 사라지고 만다는 무화無化에 대한 두려움 같은 것이 엄습했다. 영혼마저도 고아가 되어버린다 라는 생각이 들자 소름이 돋았다.

그렇지만 아내는 아이를 가질 수 없었다. 엄연한 현실이었다. 그래서 차선책으로 떠올린 방법이 입양이었다. 나는 며칠을 아내의 눈치를 보다가 조심스럽게 운을 띄워보았다.

"지금 나를 병신 취급하는 거야?"

일언지하, 아내가 내게 내팽개치듯 던진 말이었다. 아내의 눈초리가 사납게 올라갔다. 오물을 머리끝에서 발끝까지 한꺼번에 뒤집어쓴 사람이 지을 만한 모멸감에 아내는 치를 떨었다. 구제할 길 없는 미개인을 쳐다보는 듯한 경멸의 시선이 얼굴을 가득 채웠다. 그러고도 분이 풀리지 않았는지 마시고 있던 커피 잔을 내게 내던졌다. 아내가 아주 아끼던 것이었다. 나는 아내의 극단적인 언행에 충격을 받았다.

사실 나는 아내가 그 제안을 선뜻은 아니더라도 별다른 저항 없이 받아들일 것이라 낙관했다. 프랑스 같은 구라파 쪽에서는 입양이 일상화되었다는 말도 들었고, 항상 그 사람들의 생활 방식을 호의적으로 평가해온 터라 지옥의 화염 문이 열린 듯한 표정을 지었을 때 당황한 것은 오히려 나였다.

"자식이 그렇게 소중해? 그럼 나랑 이혼하고 자식 잘 낳을 년으로 구해봐."

아내는 거친 표현을 여과 없이 쏟아 부었다. 당황한 나는 반박은 고사하고 변명도 늘어놓지 못했다. 쓸어 담기에는 반응이 너무나 극렬했다. 그 후 두 달이 지나도록 아내는 나를 거들떠보지도 않았다. 자존심이 상했는지 장모에게도 말하지 않은 게 그나마 다행이었다. 장모에게도 좋은 소리 못 들었을 것은 불 보듯 뻔했다.

어느 날 막 잠이 들려는데, 뒤척이던 아내가 등 뒤에서 말했다.

"정 필요하다면 알아봐. 말리진 않을 테니."

더 이상 아무 말도 없었다. 잠결에 잘못 들었나 의심이 들 정도였다. 파르르 떨기는 했지만, 아내에게도 그 문제가 큰 부채였음을 나는 어렴풋하게나마 짐작할 수 있었다. 나는 다시는 입양 얘기를 입에 올리지 않았다.

"제 팔자에는 자식이 없는 모양입니다."

나는 맥주를 한 잔 들이켜고 입을 닦으며 대꾸했다.

"그럴 리가 있나요. 정성을 다해 기구하면 반드시 좋은 결과가 있을 거예요."

결혼 않고 아이를 갖고 싶다던 그녀의 소원이 문득 떠올랐다.

'보시하는 기분으로 눈 질끈 감으면 다 해결되는 거라우.'

지족 스님의 말이 귓가에서 뱅뱅 돌았다.

"보아하니 부부이신 것 같은데 어디를 가시는 길이우?"

할아버지가 장어구이가 담긴 그릇을 상 위에 차리면서 우리 둘을 곁눈질하더니 물었다. 그녀도 가만히 있었지만 나도 굳이 아니라고 말하지 않았다. 다시 만날 사람도 아닌데, 그렇게 봤으면 그런 줄 알고 넘어가면 그만이었다.

"동해에 갑니다. 일출 구경하려고요."

그랬더니 할아버지가 대뜸 물었다.

"왜? 아이가 없으시우?"

뜬금없는 소리였다. 동해 용왕에게 치성이라도 드리러가는 것으로 여긴 모양이었다. 손을 들고 아니라고 말하려 하는데, 여자가 대답을 가로채갔다.

"맞아요, 할아버지. 동해 새벽 햇살을 맞으며 관계를 가지면 애가 들어선다더군요. 그래서 우리도 한번 시도해보려고 가는 중이에요.”

나는 어안이 벙벙해져 말문이 막혔다. 이건 거짓말이 아니라 남을 놀리는 일이었다. 이 대답에 노인까지 장단을 맞추었다.

“나도 그런 소릴 들은 적이 있다우. 설마 그럴까 싶긴 하지만 애 없는 사람 맘을 누가 알아주겠소. 그렇게 해서라도 생긴다면 해봐야지. 길운이 있길 빌어요. 이거 장어구이 좀 더 드셔야겠는데. 남자가 심이 세야 수태도 잘 된다오.”

노인은 껄껄 웃으며 주방으로 들어갔다. 할멈에게 그새 일러바쳤는지, 두 양주의 웃음소리가 밖으로 새어나왔다.

“좀 심하신데요. 그러다 나중에 만나기라도 하면 어쩌려고.”

나는 난감한 표정을 지으며 힐책했다.

“이미 부부인 것도 시인했는데, 더 뭐가 겁나서서요.”

맹랑한 노릇이었다.

“사실 우리 부부도 자식이 없다우.”

장어 두어 마리를 더 구워 나온 노인이 아예 옆자리에 주저앉으며 말을 건넸다.

“벌써 오십 년도 더 됐지. 저 사람하고 혼인은 했는데, 조금 살아보니 도저히 내 사람이 아니란 생각이 드는 게요. 공연하고 객쩍은 소리지만 그런 생각이 드는 걸 어쩌겠소. 그렇다고 내게 뭐 따로 정인情人이 있었던 것도 아니거든. 그런데도 내가 짝을 잘못 찾은 건 아닐까 하는 생각이 지워지질 않아. 천생배필이 아닌 사람하고 혼인을 하면 급살을 맞아 죽는다는 말도 있었거든. 그래 며칠을 고민하다가 저 사람에게 말했더니, 아 글쎄 자기도 그렇다는 게야. 그래 서로 헤어지기로 작심하고 이혼 도장을 찍었지."

나는 입으로 가져간 장어를 반쯤 문 채 노인의 얼굴을 쳐다보았다. 그녀 역시 맥주잔이 반만 입에 걸려 있었다.

"저 사람하고 헤어져 난 재혼을 했다오. 이번엔 신중하게 고르고 살펴서 실수를 하지 않으려고 애썼다오. 그래 사십 년을 잘 살았는데, 이상하게도 아이가 들어서지 않지 뭐요. 좋다는 약도 다 지어먹고 문신석코 돌가루도 입에 물릴 만큼 먹어봤지. 그런데도 없지 뭐요. 그래 내 사주엔 자식이 없는 갑다 여기고 살았지. 다섯 해 전에 집사람이 먼저 저승길로 납셨고 나만 혼자 남아 사는데, 그렇게 처량해. 또 재혼할까도 생각해봤는데, 무슨 부귀영화를 누리겠다고 그 미친 짓을 하겠나 싶더라우. 그냥 혼자 살다 마누라 뒤따라가는 게 남편 된 도리지. 그러던 어느 날인가 잠을 자다 벼락 치는 소리에 깼는데, 그때 문득 그런 생각이 드는 게야. 사십 년 전 헤어진 그 여잔 지금 뭘 할까 하고 말이우."

나는 침을 꼴깍 삼켰다.

"그네도 재혼해서 잘 살려니 생각이 들더군. 애도 낳고 사랑도 받으며 천수를 누리고 있으려니 여겼소. 그런데 그렇게 생각하니까 갑자기 부애가 치미는 게야. 나는 마누라도 죽고 자식도 없이 이렇게 죽을 날만 바라보고 사는데, 이 여자는 잘 살고 있다니 말이야. 그래 그 길로 수소문을 했지 뭐요. 이웃 동네 사람이었으니까 물어물어 소식을 알아냈지."

"할아버지, 참 근력도 좋으셨네요."

여자가 칭찬인 듯 핀잔인 듯 한마디 건넸다.

"조카사위가 저 여자 소식을 알려주는데, 들어보니 기가 차더군. 나랑 헤어지고 이듬해에 재혼했는데, 얼마 전에 남편과 사별하고 낙향해 살고 있더라지 뭐요. 무슨 놈의 조화속인지 애도 없이."

어허! 내 입에서 절로 탄성이 흘러나왔다.

"그래서 재결합하신 겁니까?"

"내 아차 싶더구만. 원래 내 사람 두고 엄한 사람과 살았으니 자식이 있을 리 없었지. 정말 급살 맞아 죽지 않은 게 천우신조지. 한달음에 고향으로 내려가 해후해보니, 저 여자도 나를 금방 알아보더군. 손바닥만한 동네라 거기서 살긴 여북해서 살림 다 챙겨 이곳으로 왔지 뭐요."

노인은 그간의 인생이 주마등처럼 스치는지 주머니에서 담배를 꺼내 피워 물었다.

"이 나이에 다시 만났다고 애야 들어섰겠소만, 제 짝을 만나고도 눈이 멀어 허송세월한 게 저 여자한테 여간 미안하지 않다우."

노인은 말을 하고 보니 우리의 처지를 빗댔다는 생각이 든 모양이었다.

"이거 내가 무슨 괜한 소릴 하고 있나. 두 분이 천생배필이 아니란 말은 아니니 오해는 마시구려. 다 늙은이 주책이요. 분명 떡두꺼비 같은 아들을 천지신명께서 점지해주실 테니, 엉뚱한 생각 말고 잘들 살아요."

노인의 축원 아닌 축원을 듣고 나서 우리는 자리를 털고 일어났다.

"인생이란 게 참 희한한 거죠. 어긋나는 것 같지만 결국은 만날 사람은 다시 만나게 되요."

여자는 큰 깨우침이라도 얻은 듯 혀를 찼다.

"삶이란 마치기 전까지는 어찌 될지 모르는 거죠. 개관사시정蓋棺事始

定이란 말도 있지 않습니까.”

여자는 뭔가 골똘히 생각하는 분위기였다. 시동을 걸고 홍천 읍내를 빠져나갈 때까지 그녀는 말을 더 꺼내지 않았다. 달빛에 젖은 홍천강이 해탈한 선사의 걸음걸이처럼 느긋하게 흘러가고 있었다.

“전에 어떤 할아버지 한 분을 뵌 적이 있어요. 그때 연세가 무려 아흔 셋이었죠. 여전히 건강하고 정신도 멀쩡했어요. 천수를 타고난 분이라며 다들 부러워했죠. 일찍 상처하긴 했지만, 자식들도 잘 커서 증손까지 봤으니까요.”

헤드라이트 불빛을 쫓으며 운전에 여념이 없던 나는 건성으로 들으며 대답했다.

“부럽네요. 아무리 수명이 길어졌다지만 쉽지 않은 일인데.”

“그렇죠? 그런데 어느 날 그분 생신 자리였는데, 이런 말씀을 하시는 거예요.”

나는 눈빛으로 질문을 대신했다.

“그분 말씀이 아내가 죽은 지도 벌써 육십 년째랍니다. 기이한 회갑을 맞은 거죠. 그런데 그분은 아내가 죽던 날부터 하늘이 빨리 자기를 데려가기를 빌었데요. 아내 없이는 하루도 못 살 것 같아서요. 하지만 스스로 목숨을 끊을 수는 없고, 그저 빨리 죽어 아내를 다시 만나는 날만 고대했죠. 그런데 그게 세월이 흘러 육십 년이 지났다는 거예요.”

나는 코웃음을 흘렸다.

“남들은 무병장수가 소원인데, 요절왕생을 바라다니. 사랑이 참 깊었나 봅니다.”

“그분 풀이가 더 재미있어요. 이러시더군요. ‘아무래도 이 정신 나간 마누라가 죽어 옥황상제를 뵙고 간청을 넣었나봐. 내가 못다 산 목숨을 남편에게 주라고. 그래서 오래 오래 이승에서 행복하게 살다가 올라오게 해달라고 말이야. 정말 지 남편 마음도 하나 못 읽은 멍청한 여자지.' 노망이라고 하기엔 너무 진지해서 눈물이 다 나더라니까요."

나도 웃음을 거둬들였다.

"눈물겨운 이야기군요. 그래서 그 소원은 이제 이루셨나요?"

여자가 도리질을 쳤다.

"아뇨. 아직도 정정하게 살아 계세요. 죽은 부인 정성이 이만저만이 아니었나 봐요. 얼마 전에 뵙는데, 뭐라고 하셨는 줄 아세요? 이젠 백 살도 채우고 오래 오래 살다가 죽겠데요. 마누라 소원이 그것인데 홀쩍 죽어 올라가면 얼마나 섭섭해 하겠냐면서요. 등산도 하고 운동도 하시면서 다 늙어 재취까지 구해볼 궁리까지 하시더라구요. 추하다고 해야 할지, 열부烈夫라고 해야 할지. 그런 걸 보면 하늘은 분명 공평한 것 같아요."

나는 하품을 하며 말했다.

"공평하다는 말을 그런 경우에 쓰는 줄은 몰랐습니다."

“그 뒤로 뵌 적은 없었나요?”

무심한 척하며 물어보았다. 그녀도 덤덤한 목소리로 대답했다.

“누구요? 백 살을 바라보는 열부 할아버지요? 아뇨. 장례식 때나 가서 뵐 생각이에요.”

“아니, 그분 말고 아버님 말입니다. 어머님이 돌아가신 뒤에는 다시 뵙지 못했나 보죠?”

그녀는 잠시 기억을 곱씹는 듯했다. 복잡한 감정이 교차하는 것이 눈에 보였다.

“글쎄요. 제가 지금도 기억하는 장면이라면 두 가지죠. 엄마가 살아 계실 때 일이에요.”

잊고 싶은 상처를 헤집어놓은 것 같아 미안한 생각이 들었다.

“굳이 말하기 싫으시면 안 하셔도 됩니다.”

스쳐지나가는 노란색 가로등을 잠시 멍하게 지켜보던 그녀가 후 한숨을 내쉬며 입을 열었다.

"아녜요. 기왕 털어놨으니 다 씻어내는 것도 좋을 것 같아요. 한 번은 이런 일이 있었어요. 그 때문에 전 아빠보다 엄마를 더 미워하게 됐죠."

나는 자동차의 속도를 줄였다. 길은 4차선으로 새로 포장되어 잘 뚫려 있었고, 오가는 차량의 숫자는 성글었다. 가로등이 이어졌다 끊어졌다 하기 때문에 헤드라이트 불빛에 주로 의존해야 하는 것이 부담스러웠지만, 옆 사람의 얘기를 듣기에 지장을 줄 정도는 아니었다.

"언제부턴가 엄마가 외출이 잦아지고 밤늦게 들어오는 게 눈에 띄게 늘기 시작했어요. 엄마의 삶이 혐오스러워 아예 무시하다시피 살던 저도 느낄 정도였으니까요. 하지만 그 정도였다면 심드렁하게 넘어갔겠죠. 더욱 수상한 낌새를 차린 것은 엄마가 연습하는 곡이 달라졌기 때문이에요. 재즈나 팝송, 가곡 따위를 연습하는 것은 이해가 갔어요. 머리도 식힐 겸 가벼운 곡을 연주하는 거야 저도 듣기 좋았으니까. 그런데 최신 가요에 트로트까지 손이 가는 것은 정말 이해가 가지 않았어요. 처음엔 그러려니 하다가 지나치다 싶어 물어봤죠. 그런 곡을 연습하는 용도가 뭔지 아무리 따져도 납득이 되지 않았거든요. 저도 엄마가 레슨을 해줘서 피아노는 조금 칠 줄 아는데, 저런 곡이 어디에 필요할지 너무나 궁금했죠."

음악은 듣지만 연주에는 문외한인 나로서는 뭐라고 답변할 수 있는 성격의 궁금증이 아니었다.

"어디 가요학원에 나가 반주를 맡은 것은 아닐까요?"

　"저도 그럴지 모른다고 생각했어요. 하지만 그때 엄마는 그 바닥에서 꽤 레슨을 잘한다는 소문이 나서 굳이 그렇게까지 수준을 떨어뜨릴 상황은 아니었거든요. 뽕짝 소리가 담장을 넘어가는 것도 영 자존심이 상했고요. 남들이 뭐라고 수군거리겠어요. 안 그래도 동네 사람 눈치가 신경에 거슬렸는데. 저도 엄마하고 아빠 사이를 두고 이러쿵저러쿵 하는 동네 아주머니들 뒷공론 때문에 짜증이 날대로 난 판이었죠."

　"그래, 물어보니 뭐라 하시던가요?"

　"간단했어요. 그냥 심심해서 해본다는 거였죠. 허구한 날 교습서나 소품만 다람쥐 쳇바퀴 돌 듯 연주했으니, 그것도 연주라면 지겨울 만도 하죠."

　"……."

　"그래도 외출이 잦고 귀가 시간이 늦는 것은 설명이 되지 않았어요. 도대체 엄마는 꼭두새벽까지 뭘 하다 오는 것일까? 게다가 갈아입을 옷을 찾다가 희한한 걸 발견하고는 의심이 부쩍 커졌죠."

　"뭐였길래…?"

　"드레스였어요. 반짝이 구슬이 수 놓여 있고, 가슴과 등이 폭 패인 빨간색 원피스였죠. 불빛 아래 휘황찬란하더군요. 평소 엄마의 취향이나 성격으로 볼 때 도저히 입고 돌아다닐 옷이 아니었죠. 연주복이라고 하기엔 너무 천박했고."

　나는 그 말에 엉뚱한 상상을 했다. 혹시 술집에 나갔던 것은 아닐까?

　"그거 정말 이상하군요."

　"그렇죠? 그래서 어쨌는 줄 아세요? 엄마 뒤를 쫓아가봤어요."

　"호!"

"그냥 넘어가려니 지레 말라죽을 것 같았거든요. 여자는 호기심 빼면 시체잖아요. 엄마는 버스를 타더니 한참을 갔어요. 화려한 구슬 드레스는 가방에 넣은 채. 우리 집도 변두리에 있었지만, 서울의 반대쪽 변두리까지 가더군요. 그래서 내린 곳이 한창 새로 개발되는 신흥 주택가였어요. 아파트 단지를 끼고 지어진 상가 건물로 들어가는데, 요란한 네온사인 불빛으로 빛나는 술집 간판도 몇 개 보이더군요."

나는 내 추측이 맞아떨어진 것 같은 우울한 예감이 들었다.

"예상대로 엄마는 술집이 연이어 붙어 있는 층으로 올라갔어요. 제일 위층이었어요. 피가 거꾸로 솟구치는 것 같았어요. 이제는 저런 더러운 짓까지 하는구나. 딸년의 장래야 어찌 되든 말든. 웃음까지 팔아가며 돈을 벌 만큼 엄마는 수치심도 없어진 걸까? 아니면 더한 짓까지도 하는 거야? 이런 생각이 들자 머리에 불덩이를 올려놓은 것 같았어요. 당장 달려가 엄마를 끌어내고 싶었어요."

여자는 숨을 헐떡거렸다. 어머니의 입장에 내가 서야 한다는 판단이 들었다.

"그만한 까닭이 있었을 겁니다. 또 어머님의 삶은 어머님의 삶 아니겠어요? 딸이라도 간섭할 일은 아니죠."

여자는 컵 홀더에서 따놓은 음료수 캔을 꺼내 단숨에 들이켰다.

"벌써 오랜 전 일인데 아직도 가슴이 뛰네요. 그래요. 저도 마음으로는 악이라도 쓰고 나오고 싶었어요. 그렇지만 더 발걸음이 떨어지지 않았어요. 우선 그 꼴을 보고 싶지도 않았고, 내가 고스란히 뒤집어 써야할 모욕도 끔찍했죠. 결국 한참 술집 출입문만 노려보다가 돌아서고 말았죠. 엄마는 그날도 새벽이 다 되어서야 돌아왔어요. 버스도 끊어진 시간에 어떻게 돌아왔는지. 엄마는 오자마자 옷도 벗는 둥 마는 둥 하더니 바로 쓰러져 코를 골더군요. 미워 죽겠지만, 한편 안됐다는 생각도 들었어요. 저렇게까지 자신을 학대하며 돈을 벌어야 하나. 무엇을 위해서. 딸을 위해서. 아무리 생각해도 엉킨 실타래는 풀리지 않았죠. 더구나 그때는 아빠가 어떻게 엄마의 등골을 빼먹었는지 잘 몰랐으니까. 원망과 미움만 눈 덩이처럼 커져갔죠."

그녀가 받았을 충격이 손에 잡힐 듯 다가왔다. 불행한 가정에서 불행한 사람이 탄생하는 법이다. 나는 머릿속으로 위로할 말을 찾았지만 떠오르지 않았다.

"지금은 다 알고 있지 않습니까? 어머님의 고충을 이해하시겠죠. 모든 게 사랑에서 빗어진 일이니까."

"저는 이 세상에서 가장 아름다운 말이 사랑과 희생이라고 생각했어요. 참 철없는 생각이었죠. 그런데 엄마는 그 모든 걸 한꺼번에 무너뜨러버렸어요. 며칠 동안 저는 곰곰이 생각했어요. 엄마를 도와야겠다는 것보다는 어떻게 해야 후회하게 할 수 있을까, 괴롭힐 수 있을까 온갖 지혜를 짜내봤죠. 아는 오빠를 술집에 보내 엄마를 못살게 굴까도 생각했죠. 당장 돈이 없어 안 되겠더군요. 그러다 떠오른 생각이 혼자라도 한 번 가보자는 거였어요. 친구를 데려갈까도 했지만 그런 엄마의 모습을 보여주기는 싫었어요."

"미성년자인데, 술집 출입이 가능하겠습니까?"

"제가 꽤 성숙한 편이었거든요. 화장 좀 하고 옷만 바꿔 입으면 누가 알겠어요. 그런 술집에서 신분증 보자고 하지도 않을 테니."

나는 눈을 찡긋거리며 고개를 저었다.

“확실히 무모했군요.”

“엄마가 타락한 꼴을 보는 게 더 절실했으니까요. 며칠 뒤 옷가지를 챙겨 나가기에 뒤따라갔죠. 이미 술집은 알았으니 같은 버스를 탈 필요도 없었어요. 최대한 헤퍼 보이는 차림새로 술집엘 들어갔죠. 어지러운 불빛 때문에 누가 누군지도 잘 모르겠더군요. 음악 소리는 또 왜 그렇게 큰지. 문 하나를 사이에 두고 세상이 이렇게 바뀔 수 있구나, 내심 속으로 감탄까지 했답니다.”

“예나 지금이나 타락하려고 마음먹기가 힘들지 길은 사방에 널려 있죠.”

“나는 구석 자리로 가서 맥주하고 마른안주를 시켰어요. 웨이터가 오더니 혼자냐고 묻더군요. 그렇다고 고개를 끄덕이니까 이게 웬 떡이냐는 듯이 헤벌레 웃으며 가더군요. 술과 안주를 갖다 주는데, 무료래요. 손님들하고 부킹만 몇 번 해주면 수고비도 주겠다면서 어르더군요. 전 숨 좀 돌린 다음에 보자고 일단 밀쳐냈죠.”

내 고개가 절로 그녀에게로 돌아갔다. 어릴 때부터 시한폭탄을 안고 산 여자임에 틀림없어 보였다. 나는 갑자기 이 여자의 이력이 어땠을지 궁금해졌다.

“그래서 어머니는 만났습니까?”

“엄마는 보이지 않았어요. 홀을 따라 테이블이 빙 둘러 있어, 손님 틈 사이로 샛눈을 뜨고 살폈지만 엄만 보이지 않았어요. 홀에는 블루스 음악에 맞춰 남녀 몇몇이 껴안은 채 춤을 추고 있더군요. 아직 초저녁인데도 파장 분위기처럼 보이더군요. 거기도 엄마는 없었어요. 홀 너머 무대에는 밴드와 피아노가 놓여 있었어요. 피아노는 자리가 비어 있고,

색소폰을 든 사람은 음악에 도취되어 몸을 흐느적거렸어요. 웨이터가 권해 맥주 몇 잔을 마셨더니 정신이 알딸딸해지더군요. 나도 모르게 음악에 빠져드는 것 같았어요. 안 되겠다 싶어 고개를 털면서 정신을 차리려고 했죠.”

“술집은 처음 가본 거였습니까, 그때가?”

엉뚱한 질문을 해대는 나를 여자는 언짢은 눈초리로 쳐다보았다.

“고등학교 때 제가 막나가기는 했지만, 그럴 정도는 아니었어요.”

나는 움찔 몸을 움츠렸다.

“오해 마세요. 그냥 궁금해서 해본 말입니다.”

“화장실을 다녀왔더니 술집 분위기가 확 바뀌어 있더군요. 실내등은 더욱 어두워졌고, 홀에만 푸른색 붉은색 조명등이 점멸하며 소용돌이치고 있었죠. 춤추던 사람들도 다 제자리로 돌아갔고요. 음악도 조용해져 음산한 느낌마저 들더군요. 전 오늘은 아닌가 싶어 대충 눈치를 보고 빠져나갈 참이었어요.”

“안 오신 것인지도 모르겠군요.”

“그랬으면 좋았을 텐데. 막 자리에서 일어나려는데, 어떤 사람이 무대 중앙으로 들어왔어요. 불빛이 거기까지는 미치지 않아 누군지는 모르겠지만, 건장한 남자였어요. 마이크를 들고 있더군요. 잠시 주변을 살피더니 멘트를 시작하더군요.”

그 무렵 생겼던 술집들 풍경을 나는 잘 몰랐다. 규모로 볼 때 카바레도 아니고, 출입하는 사람들의 나이로 보면 나이트클럽도 아닌 술집들이 여기저기 비 온 뒤 곰팡이처럼 번식하고 있었다. 주머니가 가벼운 소시민들을 노리고 만들어진 술집은 한때 꽤 성업했다. 남자들보다는,

멋모르고 순간의 쾌락에 몸을 던졌다가 독나방에 걸려 망가진 중년 부인들의 이야기가 신문에 특집 기사로 나올 만큼 큰 사회적 이슈였다. 나는 그녀의 어머니가 그런 식으로 피폐해진 것이 아닌가 여겨졌다.

"그 사람 얘기의 골자는 간단했어요. 홀에 올라와 노래를 부르면 밴드로 반주를 쳐주는데, 원하는 손님에게는 피아노 반주에 맞춰 노래할 수 있는 기회를 준다는 것이었죠. 미모와 실력까지 갖춘 피아니스트가 여러분들의 노래 실력을 최고조까지 띄워줄 거라는 거였죠. 그러면서 연주자를 소개하는데, 맙소사, 그게 우리 엄마였어요. 유명 음대를 나온 재원으로 어떤 곡이든 반주가 가능하다면서, 마지막에는 경품까지 걸려 있다면서 손님들을 유혹하더군요. 가장 노래를 잘 부른 손님을 피아니스트가 지명해서 함께 춤까지 추도록 하겠다는 겁니다. 그보다 더한 즐거움은 손님들이 하기 나름이라면서요."

나도 모르게 얼굴이 찡그려졌다.

"이미 그런 이벤트가 처음이 아니었나 봐요. 말이 끝나기가 무섭게 여기저기서 술에 취한 사람들이 손을 들고 고함을 치면서 홀 앞으로 뛰쳐나왔으니까요. 얼마 뒤에 엄마가 무대로 나왔어요. 분통 때문에 눈이 뒤집힌 내가 봐도 엄마는 요염했어요. 엄만 가볍게 고개를 숙여 절을 하더니 피아노에 앉았어요. 그리고는 곡을 연주했죠. 맛보기 곡이라고 생각했는데, 그 곡이 바로 드뷔시의 '월광'이었어요."

나는 입이 쩍 벌어졌다.

"우리가 FM에서 들었던 그 곡 말입니까?"

여자는 대답 대신 고개만 끄덕였다.

상상만으로도 그 분위기가 얼마나 에로틱했을지 실감이 났다. 붉은

색 드레스를 입고 반짝이는 불빛 아래서 은은하게 공간에 차오르는 피아노 선율. 그것도 '월광'이라면 음악을 모르는 놈이라고 해도 매혹이 되었을 것이다.

"그럼 연주 때문에 간 거로군요. 그래도 다행히 최악의 파탄은 아니로군요."

"어디까지 가야 최악의 파탄인진 모르겠지만, 이어서 나오는 노래들은 엉망이었어요. 코가 삐뚤어지게 퍼마신 족속들이 부르는 노래라는 게 괴성에다 돌 무너지는 굉음일 뿐이죠. 그리곤 연주가 좋다면서 지갑에서 돈을 꺼내 엄마의 가슴 속에 쑤셔 넣는 거였어요. 그래도 엄마는 웃으며 피아노만 연주했죠."

신음 소리가 절로 새어나왔다. 딸이 봐서는 절대로 안 될 장면이었다.

"십수 명이 저지르는 난동을 다 견뎌내며 엄마는 반주를 마쳤어요. 시종 웃음을 잃지 않고. 저는 그때 돌아버리는 줄 알았어요. 내가 왜 여길 왔는지 땅을 치며 후회했죠. 아무리 돈이 좋아도 그렇지 저렇게 만신창이가 되어야 하는 걸까. 엄마를 찌르려던 비수가 내 가슴을 후벼 팠어요."

소나기가 지나가는지 갑자기 창문으로 빗방울이 후두둑 떨어졌다. 깊은 계곡을 뒤흔드는 듯한 빗줄기가 삽시간에 차와 도로를 점령했다. 와이퍼를 올렸지만 강한 빗발을 이겨내지는 못했다. 나는 잠시 차를 공터 옆에 세웠다. 하늘도 그녀의 아픔을 알았던 것일까? 좀처럼 빗줄기는 기세를 늦추지 않았다.

"거기까지였으면 그래도 좋았을 거예요. 피아노 노래방이 다 끝나고 다시 사회자가 무대 위로 올라왔어요. 가장 잘 부른 손님을 피아니스트가 호명하겠다면서요. 그러면서 불빛이 그 남자에게로 옮겨갔죠. 그런데 그 사람이 누군 줄 아세요. 바로 아빠였어요.”

이제는 내가 뭘 놀라야 할지도 몰랐다. 제 아내를 술집에 올려 그런 수모를 겪게 하다니, 상상을 초월하는 개망나니가 아니면 누구도 흉내 내지 못할 일이었다.

“그 길로 뛰쳐나왔으니, 어떤 일이 더 벌어졌는지는 몰라요. 아니 보지 않아도 다 알 것 같아요. 아빠는 엄마를 이용해 술장사를 하는 거였어요. 도대체 세상의 어느 누가 제 마누라를 그렇게 잔인하게 부려먹을 수 있을까요. 그리고 순순히 따르는 여자는 또 뭐죠? 그깟 몇 푼 돈 때문에 자존심도 수치심도 다 버리고 그 짓을 하다니. 엄마가 발가벗고 춤을 췄대도 내 자신이 그렇게 비참하게 느껴지지는 않았을 거예요.”

그녀의 눈가에서 굵은 눈물방울이 뚝뚝 떨어졌다. 마스카라가 눈물을 타고 검게 흘러내렸다. 나는 뭐라 할 말이 없었다. 위로할 말을 찾았지만 빈주먹뿐이었다.

나는 나도 모르게 그녀를 껴안았다. 그리고 입을 맞추었다. 눈물과 침으로 범벅이 된 그녀의 얼굴이 내 살결로 파묻혀 들어왔다. 엉겁결에 그녀의 울음이 그치는가 싶더니 그녀의 손이 독을 품은 뱀처럼 내 어깨를 감쌌다. 그렇게 우리들은 오랫동안 서로의 입술을 탐닉했다. 쏟아지는 빗줄기가 그녀의 아픈 기억까지 쓸어가 주기를 나는 바랬다. 그녀의 몸은 몹시 뜨거웠다.

"두 번째 기억은 아빠에 대한 거예요."

비는 멎었다. 가을처럼 공기는 서늘하게 식었고, 잠시 동안의 우리의 열기도 식었다. 내 자신조차 돌발적인 행동이어서 당황스러웠다. 그저 위로하기 위한 몸짓이었을 뿐이라고 나는 자위했다. 잠시 화장을 고치고 나더니 여자는 다시 이야기를 꺼냈다. 입을 맞출 때의 열정은 어디로 갔는지 그녀는 차분하고 나직하게 바뀌었다. 감정을 잘 조절하든가 잘 감출 줄 아는 여자였다. 시치미를 떼 주니 서운하기도 했지만, 행동에 해명할 필요가 없어 반갑기도 했다.

"그런 일이 있고 나서도 아빠는 뻔뻔하게 엄마를 찾아왔어요. 두 분다 제가 무엇을 봤는지 몰랐을 테니 태연했겠지만, 저는 아니었죠. 사람이 어떻게 그런 짓을 하고도 서로 부부라고 팔짱을 끼며 사는지. 증오로 나는 온몸을 떨었어요. 아빠보다 더 알 수 없었던 것은 엄마였죠.

나중에 엄마와 말다툼이 벌어졌을 때 나는 참지 못하고 물어봤어요. 놀라서 펄쩍 뛰더군요. 왜 그때 털어놓지 않았냐며. 두둔해서 하는 소리였는지는 모르겠지만, 엄만 자기가 원해서 한 일이라고 말하더군요. 몰랐는데, 그때 아빠는 다른 여자를 사귀고 있었나 봐요. 순서는 모르겠지만, 세 번째 여자였겠죠. 술집 여자였던 모양인데, 돈 벌 궁리를 하다가 칵테일이나 양주, 맥주를 파는 바를 연 거죠. 반은 엄마 돈으로.”

나는 그녀의 안색을 살피며 손뼉을 쳤다.

“정말 넉살 좋은 분이셨군요. 아버님.”

“더구나 술집에 나가 피아노 반주를 하는 아이디어를 낸 것도 엄마였으니 어처구니가 없었죠. 아빠가 와서 장사가 안 된다고 울상을 짓자 엄마가 내놓은 방안이었어요. 아빠는 좋다구나 하고 넙죽 받아먹었고요. 아빠가 잘되어야 우리 가족도 행복해진다는 게 이유였죠. 그게 아빠를 위하는 일이기도 하다면서, 나더러 되레 이해하라고 설득하더군요. 화도 안 났어요. 전 엄마가 미쳤다고 치부했죠.”

“부럽군요. 한편으론.”

아내가 나를 위해 그런 희생을 감수할까? 그런 의문이 스쳐 지나갔다. 아내라면 어림도 없을 일이었다. 자기의 스케줄에 맞춰 세상이 돌아가야 한다고 믿는 사람이 아내였다. 실제로 그렇게 되도록 만들려고 했다. 모르는 사람들이야 웃으며 넘어간다지만 항상 그녀의 영역 속에서 맴돌던 나는 피해갈 수 없는 고역을 떠안아야 했다. 패션쇼가 열릴 때마다 나는 아내가 던져주는 옷 다발을 이고 지고 다녀야 했다. 뒤풀이 모임에서도 술은 아내가 마셨고, 나는 대리 운전기사였다. 아내의 동료들은 부군께서 뒷바라지가 남다르다며 추켜세웠지만, 그들이 비웃는 소리는 등줄을 타고 흘러내렸다. 내가 불평이라도 하면 아내는 자격 지심이라며 몰아세웠다. 나만 할 수 있는 일이라면 남에게 시키라고 목청에 힘을 주며 강변했지만, 메아리조차 들리지 않았다. 아내는 내 인내의 한계를 시험하려 들었다.

"엄마는 아빠를 위해 하는 일이라면 모두 설명이 된다는 투였어요. 사랑이란 이름으로. 하지만 사랑이란 박수를 치는 게 아닌가요? 한 사람이 하나씩 내밀어 부딪쳐야죠. 그렇게 일방적으로 휘두르는 것이라면 그건 약탈이에요."

그녀의 목소리가 너무 단호해서 나까지 위축되는 기분이 들었다. 그녀의 말이 틀리지는 않았다. 그녀의 부모님은 어머니가 혼자 휘둘렀고, 나는 내가 혼자 휘두르고 있는 꼴이었다. 그렇지만 타인의 행동에 대해 아무도 이래라 저래라 할 권리는 없었다.

"어머님이 좋아서 하신 일이라면 그렇게 이해해 줘도 무방할 것 같은데."

"많은 시간이 지난 뒤에야 이해하게 되었죠."

"그래, 그래서 영업은 잘되었습니까? 그거라도 잘되어야 보람이 있었을 텐데."

"아니요. 그런 괴상망측한 희생 위에 쌓은 탑이 온전할 리 있겠나요. 몇 달 못 가 다 말아먹었어요. 세 번째 여자는 술집 보증금까지 다 털어먹고 달아났어요. 인과응보죠. 남의 말을 너무 쉽게 믿는 아빠의 천성을 어쩌겠어요. 한동안 머리카락도 비치지 않더니 또 어슬렁거리며 얼굴을 디밀었어요. 놀랍게도 엄마가 찾아가서 돌아오라고 부탁했다더군요. 몸까지 팔아가며 번 돈을 다 날렸는데도 엄마는 아빠를 격려했어요."

“참, 이해하기 어려운 두 분이군요. 상처가 적지 않았을 텐데도 용서하셨던 모양이니.”

“그때부터 전 엄마를 다시보기 시작했어요. 엄마는 약한 여자가 아니구나. 강철보다 더 강한 사람이구나. 물방울이 떨어져서 바위를 뚫듯이, 엄마는 그렇게 아빠를 길들였던 것 같아요.”

“그래서 또 사업 자금을 마련해주셨던 겁니까?”

“아빠도 염치는 있었던지 더 이상 음식 장사나 술장사에는 손을 대지 않았어요. 겨우 건진 몇 푼 되지 않는 돈으로 이번엔 트럭을 한 대 사더군요.”

“트럭이라면 골동품을 모아 팔겠다던 그 계획 말이군요.”

“아빠에게는 그런 어울리지도 않는 취미가 있었어요. 어쩌다 집에 오면 먹과 벼루를 꺼내놓고 화선지에 붓으로 그림이나 글씨를 썼어요. 꼬불꼬불 쓴 글씨야 전혀 알아볼 수 없었지만, 그림은 뭔지 알겠더군요. 꽃이며 풀을 주로 그렸는데, 가끔 불상이나 석탑 같은 것도 그렸어요. 범종을 그리기도 했고요. 이런 물건 가운데 잘만 건지면 값으로 따질 수 없는 이윤이 남는다며 자랑처럼 말했죠. 밑천도 적게 든다나요. 그리고는 트럭을 타고는 훌쩍 나가버렸어요. 이건 또 무슨 속셈인가 싶어 걱정되었지만, 돈은 안 든다니 그나마 안심이었어요.”

말 그대로 역마살이었다. 사내의 방랑기를 잡을 수 있는 것은 아무것도 없다. 김삿갓도 결국 그런 사람이었을 것이다. 정말 조상 볼 면목이 없는 게 이유였을까? 사실은 걷잡을 수 없는 방랑기를 감추기 위한 방편은 아니었을까?

“어느 날이었어요. 아마 이 무렵쯤이 아닌가 생각되네요. 고2 때였을 거예요. 엄마가 죽기 1년 전이었으니까. 방에 들어와 내가 앉아 있는 것을 본 아빠가 가방에서 뭔가를 꺼내 내밀었어요. 보라기에 시큰둥하게 봤죠. 그림이었어요.”

“그림이요?”

“예. 두 사람이 서로 비스듬히 등을 돌린 채 앉아 있었어요. 자세히 보니 한 사람은 스님이었고, 한 사람은 여자더군요. 스님은 염주를 돌리면서 눈을 감고 있었고, 여자는 풍선처럼 틀어 올린 머리를 한 채 다소곳이 바닥을 내려다보고 있었어요. 뭔가 싶어 아빠를 쳐다보니 말해 주더군요. 이게 누군 줄 알겠냐고.”

“누구였는데요?”

나는 이상한 예감에 휩싸이며 물었다.

“저도 몰랐죠. 아빠는 우리나라 최고의 기생이라면 누가 떠오르느냐고 제게 묻더군요. 당연히 황진이 아닌가요 했더니 아빠는 맞혔다며 머리를 쓰다듬었어요.”

“그래 맞다. 황진이. 이 그림 속 여자가 바로 황진이란다.”

그렇게 해서 처녀의 신원은 알게 되었지만, 곁에 가부좌한 채 앉아 있는 스님의 정체는 여전히 오리무중이었다.

“이 스님은 누구죠?”

딸아이는 궁금증으로 달아오른 얼굴로 물었다.

“황진이 하면 떠오르는 스님이 있지 않니?”

열일곱 살 여학생이 알아내기엔 쉽지 않은 문제였다.

딸아이는 머리를 도리질했다.

“어허! 바로 지족이란다. 봐라, 여기 그림 끝자락에 작은 글씨로 쓰여 있지 않니. 지족知足이라고.”

그 정도의 한자는 딸아이도 읽을 수 있었다.

“황진이가 교태를 부려 하룻밤 만에 파계시켰다고 하는 그 중이지. 삼십년 면벽 수도를 하루아침에 물거품으로 만들었다고 하는….”

딸애는 실망한 표정을 감추지 않았다. 그 이야기는 어디선가 들은 기억이 어렴풋이 났다. 고작 기생의 눈웃음에 지조를 날린 못난이가 아닌가. 그런데 아빠는 뭐가 대단하다고 이 그림을 가지고 소란을 떠는 것인지.

“이 그림을 보거라. 이게 과연 교태와 욕정 때문에 불장난을 친 남녀의 모습을 그린 것처럼 보이니?”

딸애는 아무 대꾸도 하지 않았다. 그림 속에 드러난 두 사람의 표정에서는 아무 것도 읽히지 않았다.

“아니야! 이 그림은 전혀 다른 뭔가를 말하고 있는 것 같아.”

그러거나 말거나 왜 아빠가 흥분하는지 딸애는 영문을 알 수 없었다.

“이 그림을 딱 보니까 뭔가가 있다는 생각이 들더구나. 우리는 두 사람에 대해 전혀 엉뚱한 오해를 하고 있다고 말이다.”

아빠는 탐내던 장난감을 손에 넣은 개구쟁이처럼 들떠 있었다.

그 서슬에 딸애도 고개를 끄덕였다.

“애야. 난 꼭 그 사연을 알아내고 싶구나. 아니 꼭 찾아내고 말 거다.”

딸애는 아빠가 그 약속을 지킬 것 같은 예감이 들었다.

“잠깐, 잠깐!”

나는 급히 그녀의 말을 중단시켰다. 뭔가 아귀가 이상하게 맞아 들어간다는 생각이 들었다. 그것은 내가 올 여름 태고사에서 들은 이야기의 전주곡이었다.

그녀는 멀뚱한 눈으로 나를 쳐다보았다.

“혹시 당신이 그 얘기를 지족 스님께 들려준 거요? 아버님께 듣고서?”

그녀는 미묘한 표정을 지었다. 긍정인지 부정인지 알 수 없었다.

“스님은 당신의 이야기인 것처럼 말씀하셨는데?”

그녀가 혀를 쏙 내밀었다.

“순진하시군요. 지족 스님은 바로 제 아버지예요.”

나는 얼빠진 사람처럼 어깨를 떨구었다.

"아빠가 출가해 승려가 되다니, 정말 상상도 할 수 없는 일이었어요. 죽은 사람이 되살아났다고 해도 그것보다 놀라진 않았을 거예요."

내가 놀란 가슴을 그럭저럭 수습하자 그녀가 내 어깨를 쓰다듬으며 말했다.

"처음부터 말씀드렸어야 했는데. 일부러 숨긴 건 아니에요. 용서하세요."

용서를 받고 사과를 해야 할 일은 아니었다. 돌이켜 생각해보니 진작 눈치 채지 못한 내가 어리석었다. 확실히 두 사람의 모습은 신도와 승려라기보다는 부녀에 가까웠다. 이제 그것을 깨닫다니. 청맹과니가 따로 없었다.

"언제 다시 만났던 거요?"

나는 그녀에게 건네받은 주스 캔을 마시면서 물었다.

"어머니가 돌아가시고 초상을 치룰 때까지 아빠는 코빼기도 비치지 않았어요. 단물 다 빨아먹더니 죽으니까 내팽개치고 달아나버린 거죠. 엄마를 화장하면서도 그게 더 분했어요. 평생 한 남자만 바라보고 살다가 몹쓸 병까지 걸려 죽었는데도 엄마는 아빠의 따뜻한 손길 한 번 받아보지 못하고 삶을 마치고 만 거예요. 정말 개죽음이었죠. 어쩌면 그럴 수가 있을지. 저는 엄마를 보내면서 내내 펑펑 울었어요. 꼭 복수할 거라고 이를 갈았죠."

그 심정은 짐작하고도 남았다. 엄마의 아픔을 감싸 안기는 고사하고 더욱 큰 상처를 내며 살았던 그녀는 어머니가 죽고 나서야 어머니의 외로움과 고통을 이해했던 것이다. 항상 후회는 때늦다.

"제가 아빠를 다시 만난 것은 절간이었어요. 고등학교를 마치고 대학은 입학했지만, 엄마가 남긴 유산을 무슨 도움이 될지도 모르는 일에 탕진할 수는 없다고 생각했죠. 2학년까지는 아르바이트를 하며 버텼지만, 졸업 자체가 제겐 아무 의미도 없었어요. 세상 사람들이 정상으로 보이지 않았어요. 앞에서는 웃지만 저 사람은 뒤에서 무슨 꿍꿍이를 꾸미고 있는 것일까? 이건 또 무슨 수작이지? 제게 호의를 보이는 사람조차도 색안경을 쓰고 보니 내게서 피 한 방울이라도 짜내려는 도둑놈으로 보였죠. 사시가 깊어질수록 사람들을 만나기도, 눈총을 견뎌내기도 어려웠어요. 결국 3학년 때 등록을 포기했어요. 그 뒤로 학교엔 발도 디디지 않았어요."

"그게 태고사였나요?"

조급증이 난 나는 그녀가 하는 긴 이야기를 듣고 있을 수만 없었다. 말을 끊고 궁금한 점을 물었다.

“서두르지 마세요. 아직도 밤은 많이 남았으니까.”

그녀는 차문을 열더니 밖으로 나갔다. 엉거주춤 앉아 있던 나도 그녀를 뒤따랐다.

“담배 한 대 주실래요?”

그녀는 담배를 입에 물더니 길게 한 모금 빨고는 내뱉었다. 파르스름한 담배 연기가 어둠을 가르며 흩어졌다. 슬픔을 가슴에 품고 있었지만, 그 자세는 요염했다. 입을 맞췄을 때의 열기가 다시 내 몸 속에서 꿈틀거렸다.

“다신 피우지 않겠다고 했는데, 다짐은 항상 이렇게 허망한 거죠.”

한 모금을 더 삼키고는 내게 넘겼다. 빨간 립스틱 자욱이 필터에 선명하게 묻어 있었다. 그것은 피보다 더 짙었다. 담배를 입에 물자 비릿한 립스틱 맛이 혀를 타고 전해졌다.

“학교를 그만두니까 할 일이 없더군요. 그래서 제가 뭘 한 줄 아세요? 흥! 술장사였어요. 엄마가 술장사 때문에 무슨 꼴을 당했는지 번연히 봐놓고도 나도 그 짓을 한 거죠. 대물림이라 해야 하나요. 이 원수 같은 술장사로 난 돈을 벌겠다고 결심했어요. 그래서 그 돈으로 세상 남자들에게 멋지게 복수해야겠다고요.”

그녀는 돌아서서 나를 보더니 별안간 입을 맞추었다. 나는 마치 내가 지족 선사가 된 기분이었다. 그녀는 마지막 속곳을 벗고 나를 도발하고 있었다. 내가 쓰러질 때까지 그녀는 유혹의 손길을 거두지 않을 것이다. 그녀의 어깨 위로 손을 올리려는데, 그녀가 멀어져갔다. 내 손은 허공을 잡았다.

“돈이 욕심대로 다 벌린다면 얼마나 좋겠어요. 몸을 험하게 굴린 만큼 저는 제 자신이 혐오스러웠어요. 이대로 죽어버리겠다고 생각하니 무서울 게 없더군요. 그때 제 모습을 보셨더라면 이렇게 입술을 허락하지 않았을 걸요.”

나는 전신이 마비된 사람처럼 옴짝도 할 수 없었다. 마치 고양이가 쥐 한 마리를 앞에 두고 어르는 것처럼 나는 영락없이 그녀의 먹잇감이 되어가고 있었다. 주문을 풀어주기 전까지 내 피는 차갑게 식어 있어야 했다.

“그때 만난 사람이 지금 대전에 사는 언니예요. 언니는 나보다 먼저 끝장을 봤어요. 그래서 나는 지옥 속으로 보내지 않으려고 했죠. 살다 보면 고마운 사람도 만나게 되나 봐요.”

다시 그녀가 입술을 허락했다. 그러자 주문에서 풀린 사람처럼 나는 움직이게 되었다.

“당신 이름은 뭐요?”

어울리지도 않는 질문이 내 입에서 흘러나왔다.

“제 이름요? 지금까지 한 번도 묻지 않더니 이제 와서 그게 궁금한 건가요?”

나는 대답하지 않았다. 몽롱하게 황홀하게 나는 그녀를 응시했다. 어둠 속에서 세 송이 연꽃은 활활 타올랐다. 입가로 희미한 웃음 한 조각이 흘렀다.

“정랑이에요. 오정랑.”

나는 눈을 감았다. 황진이였다. 오백 년이 지나 다시 태어난 황진이였다.

“황진이. 어린 계집애가 참 되바라졌죠? 상사병으로 죽은 총각의 관

위에 제 속옷을 얹을 생각을 다 하다니. 그렇게 해서 황진이는 제 처녀를 죽은 남자에게 바친 거죠. 그래서 그녀는 영원히 처녀로 살 수 있었을 거예요. 아무도 그녀의 몸을 더럽힐 수 없도록 관 속에 제 처녀를 가두어버린 거죠."

그녀는 어둠 쪽으로 몸을 돌렸다. 코발트 빛 카리브 해의 바다가 그녀의 둔부를 타고 출렁거렸다.

"조금씩 저는 그 생활에 길들여져 갔어요. 하지만 전 황진이처럼 타고난 창녀는 되지 못했어요. 엄마가 등 뒤에서 나를 물어뜯어 죽일 듯이 노려보고 있는데 제가 무슨 짓인들 편하게 할 수 있었겠어요. 처음엔 무서웠지만 점점 지겨워졌어요. 그래서 찾은 게 절간이었죠. 엄마를 떨쳐버리려고요."

"그래서 어머니의 원혼을 떨쳐버리고 대신 아버지를 만난 거요?"

정랑은 고개를 흔들었다.

"서두르지 마세요. 교수님! 추워요. 너무 추워요."

정랑은 몸을 가볍게 떨더니 차 안으로 들어갔다. 마치 꽃뱀이 갈댓잎 사이를 소리 없이 지나가듯 그녀는 세상에서 감쪽같이 은신해버렸다. 나는 울대를 잡힌 새처럼 파닥거리지도 못하고 그녀를 뒤따랐다. 차 안에서 정랑은 등받이를 낮게 눕혔다.

"봉은사에서였어요. 아빠를 다시 만난 곳은. 10년 만이었죠. 내가 19살 때 연기처럼 사라진 아빠는 28살이 되던 해에 봄비처럼 내게 나타났죠. 앙상하게 뼈만 남은 육신을 가지고요."

판전에서 재회했던 것일까? 그래서 그곳에서 만나자고 했던 것일까? 아버지의 다시 태어난 영혼을 만난 그곳에서 딸은 노제路祭를 지내기로 마음먹었던 것일까? 시작한 곳에서 끝을 내리라고, 다시는 시작이 없도록 묻어버리려고 했던 것일까? 여러 가지 생각들이 회전목마처럼 씽씽 지나갔다.

"그래서 봉은사로 날 불러낸 거요?"

나는 갑자기 화가 났다. 내가 이 이상한 제의에서 무슨 구실을 하기 위해 불려나온 것인지 알 수 없었다. 청사초롱 들고 황천을 건너는 데 길잡이 노릇을 시키기 위한 배역이 주어진 것인가? 재롱을 떠는 초립동이인지 여왕벌의 하룻밤 쾌락을 책임진 말뚝인지 혼란스러웠다. 분명한 것은 내 배역이 무엇이든 그 역할은 이제 거의 끝나간다는 것이었다. 화려하게 무대에서 퇴장하는 것이 아니라 엉덩이를 걷어차여 쫓겨나야 하는 신세였다.

그녀는 내 질문은 아예 무시했다.

"심검당尋劍堂이었죠. 하얀 연꽃 수만 송이가 온통 하늘을 뒤덮고 있었어요. 연꽃을 머리에 이고 '칼을 찾는 집' 안에 아빠는 등을 굽힌 채 벽을 바라보고 있었죠."

"활인검活人劍을 찾고 계셨군."

"희한한 일이었죠. 봉은사에 가도 대웅전 쪽은 잘 가지 않았어요. 그곳은 꼭 대처 분위기거든요. 사람으로 떠들썩하고 다들 분주해서 정이 가지 않았어요. 그런데 그날은 무슨 바람이 불었는지 그쪽으로 발길이 닿은 거예요. 한눈에 전 알아봤죠. 등에 아빠라고 써 붙인 것도 아닌데, '아, 아빠구나.' 경전을 외듯 입에서 저절로 흘러나왔어요."

지족은 천천히 등을 돌렸다. 몸이 움직이는 것이 아니라 땅이 선회하는 것처럼 보였다. 주름살 사이로 달처럼 환한 웃음을 짓고 있었다. 오래 전부터 딸이 오기를 기다렸던 사람처럼, 아니 오늘 이 시각 만날 약속을 정해둔 사람처럼 당연하다는 듯이 지족은 딸을 맞았다.

"여기서 뭘 하고 있는 거죠? 이건 대체 무슨 수작이죠?"

딸은 아직 마음을 열지 못했다. 충격과 함께 가슴에 쌓였던 분노가 다시 용암처럼 솟구쳤다. 난파하는 배 안에서 쓰러지지 않기 위해 기둥을 껴안은 사람처럼 딸은 지갑을 꼭 쥐었다.

"너를 기다렸지. 오래 걸렸구나. 그게 얼마나 되는 거리라고…."

지족은 당연하다는 듯이 말했다.

"거짓말 말아요. 이곳이 처음인 줄 아세요?"

지족은 대웅전 너머로 눈길을 주었다.

"넌 항상 내 주변만 맴돌더구나. 한 발자국만 더 걸었어도 이렇게 오래 걸리지는 않았을 것을."

"날 숨어서 지켜봤군요. 구역질나요. 내가 짐승처럼 살고 있을 때 그 꼴을 즐겼나요?"

"아니야. 조바심을 낸 것은 네 에미였지. 네가 마귀의 소굴에서 나와 연꽃으로 활짝 피어날 때 비로소 저승으로 갈 수 있겠다면서 말이다. 이제야 네 에미가 한시름 놓겠구나."

지족의 말이 끝나기도 전에 딸은 코웃음을 흘렸다.

"아직도 엄마를 농락하는군요. 엄마는 당신이 죽인 거예요."

지족은 눈을 감았다. 눈가가 파르르 떨렸다.

"네 말이 옳구나. 그래서 나는 네 에미를 다시 살리려는 거란다."

"웃기지 말아요. 죽은 엄마가 어떻게 다시 살아나겠어요."

“그것은 말이다. 네가 다시 살아나면 되는 거란다. 그게 네 에미를 살리는 거란다.”

딸은 그만 풀썩 주저앉았다. 어디선가 하얀 연꽃 한 송이가 공중을 타고 돌다가 딸의 머리 위로 사뿐히 떨어졌다.

“엄마는 어디 있죠? 엄마를 보여주세요.”

딸은 목 놓아 울었다. 사람들이 웅성웅성 모여들었다.

분기점에 이르러 우리는 44번 도로로 우회전했다. 한계령으로 넘어가는 길목이었다. 이제 넉넉잡아 한 시간만 달리면 양양 땅이다. 거기서 우리는 암흑 속에서 기지개를 켜고 있는 동해 바다를 만날 것이다.

한차례 소나기가 지나간 심야도로는 정적 속에 잠겨 있었다. 간간히 맞은편에서 스쳐지나가는 자동차의 불빛이 눈부셨다. 큰 의단疑團 하나를 풀어버린 나는 차라리 홀가분했다. 소풍을 떠나는 기분이었다. 행선지는 정해졌고, 그곳에는 즐겁고 신나는 오락과 놀이가 나를 기다리고 있다. 어디로 가든 상관없었고, 관심도 없었다.

전에 청주에서 안동까지 밤길을 달린 적이 있었다. 그 사이로 속리산이 활개를 치며 누워 있었다. 그 속리산의 허리를 관통해서 지나가야 했다. 초행길이었다. 차가 가는대로 길을 달리다가 방향을 잃어버려 전혀 알 수 없는 도로로 들어섰다. 외통길이라 돌릴 수 있는 상황도 아니

어서, 어림짐작으로 동쪽으로 여겨지는 방향으로 무작정 달렸다. 비포장 도로에는 골재용 자갈이 깔려 있었고, 좁은 노폭 바깥은 검은 삼림이 심연처럼 도로를 에워쌌다. 군데군데 폭우 때문에 길이 파여 조금만 방심해도 차가 덜컹거렸다. 브레이크도 말을 잘 듣지 않았다. 차는 자갈길 위를 활강하듯이 미끄러졌다. 이러다 숲 속으로 처박히기라도 한다면 오도 가도 못하는 신세가 될 게 뻔했다.

나는 살면서 그렇게 무시무시한 길을 지나본 적이 없었다. 어린 시절 안개 속에 갇힌 이후 나는 처음으로 그곳에서 공포를 느꼈다. 하늘마저 구름이 끼여 암흑이었고, 땅은 그보다 더 어두웠다. 캄캄한 우주 공간에서 미아가 된 우주인의 심정이 어떨지 이해가 되었다. 내 차는 모선에서 이탈한 작은 이착륙선이었다. 방향타도 잃었고, 연료도 바닥이 나기 일보 직전이었다. 기름을 더 달라고 기름 주전자가 빨간 눈을 부라리며 난동을 피웠다. 선천적으로 겁이 많은 나는 온갖 상상의 나래를 펴며 차를 몰았다. 상상이란 항상 최악의 경우를 생각하기 마련이다. 며칠 뒤 변사체로 이 계곡에서 내가 발견되는 것은 아닐까? 분명한 것은 그런 공포를 느낀 게 어른이 되고 난 뒤 처음이라는 것이다.

그러다가 불빛을 보았다. 한없이 위로만 오를 것 같던 경사는 내리막으로 바뀌었다. 끝도 없이 이어질 것만 같았던 자갈 도로도 마침내 포장도로로 바뀌었다. 길도 외차선에서 2차선으로 넓어졌다. 게이지를 보니 약 10Km 정도 산길을 헤맨 셈이었다. 그러나 족히 두어 시간은 미로를 뚫고 달린 기분이었다.

지금 바로 이 44번 국도를 달리면서 나는 그때와 똑같은 공포와 해방의 극점을 오갔던 것이다. 무명無明은 의식되지 않는다. 무명을 의식

했다면 그는 벌써 어둠을 깨친 것이다. 나는 갑자기 휘파람이 불고 싶
어졌다.

초등학교 시절에 나는 처음으로 휘파람 부는 법을 알았다. 이웃에
살던 아저씨—아마 청년이었을 것이다—는 휘파람을 아주 잘 불었다.
동요 따위는 말할 것도 없고 가요나 팝송, 곡명도 알 수 없는 노래를 휘
파람으로 모두 소화해냈다. 그게 멋있어서 열심히 흉내를 냈지만, 내
입은 도무지 소리를 낼 줄 몰랐다. 하지만 연습은 성공을 낳는 법이다.
마침내 나는 휘파람을 불 수 있게 되었다. 문제는 부는 방식이었다. 숨
을 내쉬면서 불어야 하는데, 나는 거꾸로 숨을 들이쉬어야 소리가 났
다. 그것은 너무 불편했다. 마신 만큼 뱉어내야 하는데, 마시는 것은
흡! 하면 끝났지만 뱉는 것은 후— 해야 끝이 났다. 그러니 노래는 토막
토막 끊어졌고, 음정과 박자도 엉망이었다. 나 스스로도 무슨 노래를
부르는지 모를 정도였다.

뒷날 내뱉으면서 휘파람을 불게 될 줄은 알게 되었지만, 치아를 교정
하면서 앞니 하나가 이상하게 불거지는 바람에 바람이 헛 빠져 나갔다.
결국 나는 휘파람을 완전히 익히지 못했다.

"무척 즐거우신가 봐요?"

혼자 싱글거리고 있는 나를 이상한 눈으로 바라보던 정랑이 한마디
거들었다.

"구름이 걷히는 기분이군요."

"평소에도 감정의 기복이 심하신 편인가요?"

그녀는 약간 비아냥거리는 투로 물었다. 그래도 상관없었다.

"당신 아버님이 영면할 자리가 곧 나타나지 않겠소. 소풍이 끝난 셈

이지.”

정랑은 씩 웃으며 휘파람을 불듯 말을 던졌다.

“소풍은 영원히 끝나지 않아요. 소풍이 끝나면 다시 소풍갈 계획을 짜야죠.”

목소리에 저의가 깔려 있었다. 아무려나 그것이 내 기분을 흔들지는 않았다.

나는 조수석에 몸을 기대고 반쯤 눈을 감은 그녀를 바라보며 물었다. 그녀가 말한 ‘계획’이라는 말이 내 호기심을 자극했다.

“그 사이 결혼하고 싶은 남자가 한 사람도 없었소?”

그녀는 대답 없이 빙그레 미소만 지었다. 그것도 잠시였다. 미소는 곧 입술에서 지워졌다.

“없었다면 거짓말이겠죠. 더구나… 그렇잖아요?”

남자를 상대로 한 직업이었는데, 가깝든 멀든 많은 남자들이 스쳐지나갔을 것이다. 그들이 모두 추파를 던지거나 애정을 표현하지는 않더라도, 진지하게 접근하는 남자가 한둘은 있었을 것이다. 그 말을 하는 정랑의 미간 사이로 주름과 함께 기미가 끼는 것이 느껴졌다.

“있었어요. 여러 부류들이었죠. 엄마에게 젖 달라는 식으로 어리광을 피우던 사람부터 황혼 이혼한 노인네까지. 정말, 생각해보니 꽤 여럿이네요. 놀라워요.”

그녀는 갑자기 자세를 고쳐 앉으며 손가락으로 숫자를 꼽기 시작했다.

“휴! 열 명도 넘어요.”

그녀는 다 접은 손가락을 펼치고 손뼉을 딱! 치더니 다시 몸을 기댔다.

나는 질문을 농담처럼 얼버무리는 태도에 조금 기분이 상했다. 하지만 떠올리고 싶지 않은 기억일 수도 있겠다 싶어, 나도 입을 다물었다.

길은 다시 심하게 커브를 틀기 시작했다. 여전히 환하게 등불을 밝히고 있는 한계령 휴게소가 머리꼭지부터 모습을 드러냈다. 휴게소를 보니 요의가 찾아왔다.

"잠시 쉽시다."

주차장에 차를 세우고 밖으로 나오자 시원한 바람이 한꺼번에 밀려왔다. 10월의 밤바람은 한기를 머금고 있었다. 산안개가 등성이를 타고 오르는 모습이 선연하게 다가왔다. 문득 태고사의 그날 새벽이 떠올랐다.

담배를 입에 물고 화장실에서 돌아오니 정랑이 캔 커피 두 잔을 들고 나를 맞았다. 따뜻한 커피의 체온이 두 손바닥을 감쌌다. 바람에 그녀의 길지 않은 머리카락이 연기처럼 흩날렸다. 마치 속세를 떠나 하늘로 승천하려는 선녀의 몸짓처럼 그녀는 공중에 떠 있었다. 한 팔로 팔짱을 낀 모습이 처연하게 느껴졌다. 세 송이 연꽃도 골짜기 바람에 시들어버린 듯 힘이 없었다.

"추운데 들어가 있지 그랬어요?"

나는 그녀를 안고 싶은 마음을 가까스로 누르며 물었다.

"열쇠를 가져갔잖아요."

"아차, 화장실을 찾다보니 늦어졌군."

화장실을 나와 멀리 동해안의 별바다를 바라보다 시간이 지체되었다. 저 멀리 아득한 곳에는 사람들의 세상이 여전히 숨쉬고 있었다. 해안을 따라 점멸하는 불빛들은 병자의 마지막 호흡처럼 가냘팠다.

"여긴 제법 사람들이 있네요. 말 그대로 인생의 분수령 같아요. 이제 다 올라온 사람들이 내려가는 길목인데, 가는 방향은 완전히 반대죠. 아주 작은 점 위에서 대면했다가 영영 만날 수 없는 결별을 하는 곳 같아요. 그게 인생이겠죠."

나는 그녀의 말투가 너무 스산해서 시동을 걸던 손을 짐짓 멈추었다.

"만난 사람은 헤어지게 마련이지만, 또 만나게 되는 게 인생의 이치이기도 하지."

창문을 내려 나는 피우던 담배를 손톱으로 퉁겨 버렸다. 빨간 불덩이 하나가 가뭇없이 사라졌다.

"미술 선생이 있었어요."

운전은 오르막보다 내리막일 때 더 신경이 쓰인다. 완만한 경사를 올라왔지만, 이제부터는 가팔랐다. 브레이크를 적절히 밟고 핸들을 적시에 돌려야 곡선의 주로를 쏠리지 않고 내려갈 수 있다. 벼랑을 깎아 만든 도로의 한 쪽은 낭떠러지였다. 자칫하면 탈선할 수 있었다. 이런 깊은 골짜기로 처박히면 구조도 불가능할 것이다. 하긴 정작 위험한 도로에서는 사고가 나지 않는다. 방심할 때 사고는 찾아오는 법이니까. 그래도 내 손과 어깨는 여느 때보다 팽팽한 긴장감으로 굳어졌다. 도로의 앞과 옆을 오가면서 가늘게 뜬 눈의 초점 때문에 시야는 더욱 좁아졌다. 그럴 때 그녀가 던진 말은 내게 '마술 선생이 있었어요.'라는 뜻으로 전해졌다. 운전을 마술사처럼 잘한다는 칭찬처럼 들렸다.

"동해에 가서 산골을 해야지. 골짜기에 함께 묻힐 수는 없지 않소."

그녀 역시 내 말을 못 알아들었다. 무슨 뚱딴지같은 소리냐는 표정을 짓더니 이내 나를 툭 쳤다.

"후훗! 그래도 죽기는 싫은가 보군요."

"무슨 얘길 한 거요? 마술사라고 한 것 같은데?"

"아녜요. 운전대나 꼭 잡으세요. 이런 추운 곳에서 처녀귀신이 되고 싶진 않으니까."

"진짜 처녀귀신이 들으면 섭섭하겠는 걸."

웃자고 한 얘긴데 대꾸가 없었다. 대화는 아주 오래 끊어졌다. 동해안의 오징어잡이 배에서 뿜어져 나오는 섬광이 거의 시선과 마주치는 곳까지 내려올 무렵 정랑은 잡고 있던 내 한 쪽 팔을 놓았다. 정랑은 지나가는 말처럼 입을 열었다.

"저한테 결혼하자고 한 미술 선생이 있었거든요. 꽤 괜찮았어요. 그림도 잘 그렸고, 돈도 잘 썼고."

"아, 그 얘기였소?"

"우리 가게 단골이었어요. 처음엔 우연히 따라왔던 모양이에요. 별다른 인상을 남기질 않았거든요. 그런데 언제부턴가 그가 익숙해지기 시작했어요. 주로 혼자 왔는데, 어떤 때는 떼지어 오기도 했어요. 함께 그림 그리는 선생들이라면서 소개도 시켜줬죠. 몇 번 그러더니 동행한 사람들이 절 아예 그 사람 애인 취급을 하더군요. 아무려면 어떠랴, 매상만 올려주면 고맙지, 싶어 저도 눈웃음을 치며 장단을 맞췄죠. 꽤 많은 돈이 나왔는데도 그 사람은 선뜻 현금으로 지불했어요. 당연하다는 듯이 다른 사람들은 우르르 나가버렸고요."

무슨 수작을 부렸는지는 보지 않아도 짐작이 갔다. 직장에서는 젬병이다가도 술집에만 들어오면 호기를 부리는 위인을 나도 여럿 보았다.

"당신에게 꽤 관심이 있었나보군."

"그렇담 비싼 대가를 치렀겠는데요. 몸이 달았는지 거의 매일 출근 도장을 찍었으니까."

그녀가 추임새를 넣었다.

"나중엔 미안하더라고요. 학교 선생이 벌면 얼마나 벌겠어요. 저러다 거덜 나면 영업에도 지장이고. 그래서 혼자 온 날 합석해서 한마디 했죠."

"그만 오라고?"

"미쳤어요? 혼자 오는 날이야 할 수 없지만 여럿이 왔을 때는 추렴해서 내라고요."

"어이구! 악어의 눈물이로군."

"그랬더니 빙그레 웃데요. 그 친구들은 자기 때문에 할 수 없이 따라 오는 거라고요."

"매일 혼자 오니 속보였던 모양이군."

"혼자 오셔도 박대하지 않을 테니 그러지 말라고 했죠. 다른 꿍꿍이로 해준 충곤데, 너무나 고마워했어요. 되레 미안해질 정도로. 지금 생각해보니 꽤나 순진한 사람이었네요."

문득 나는 그녀가 한다는 술집이 어떤지 궁금해졌다.

"언제 나도 한번 가봤으면 싶군."

"이미 늦었어요. 장사 그만둔 지 오래니까."

"아니, 왜?"

"아빠가 그만두라고 하도 성화를 부리셔서. 지족 스님 말이에요."

내가 말귀를 못 알아들을까봐 부연 설명을 붙였다.

"물장사는 내가 한 것만으로도 충분하다고요. 고민하다가 동생에게 넘겼죠. 동업을 한 셈이지만. 게다가 스님이 태고사로 옮기신 뒤부터는 더욱 짬이 없어 개점휴업이나 마찬가지였죠. 술장사도 그저 먹는 게 아니랍니다. 보통 공을 들여야 하는 게 아니죠."

나는 후후 웃었다.

"덕분에 좋은 공부 하는군."

"하여간 그 미술 선생 이후로도 자주 찾아왔어요. 총각인 것도 알았죠. 그런데 나이는 나보다 꽤 많더군요. 띠 동갑이었으니까. 피는 못 속이나 봐요. 엄마도 나이 많은 아빠한테 메달리더니 나도 걸린 남자가 그 지경이었으니."

정랑은 그때 일을 추억하는 듯 희미하게 미소를 머금었다. 추억은 어쨌거나 아름다운 것이다. 아픔도, 쓰라림도 지나고 나면 아름답게 새로운 포장을 쓰기 마련이다. 그래야지 추억으로 간직할 수 있을 테니까.

"그러면 결혼해서 살지 그랬소? 프러포즈를 안 했나? 술집 여자라고."

"아뇨. 그 사람은 저하고 살고 싶어 했어요. 자기 그림을 선물로 줘서 홀에 걸어두기도 했는걸요. 그 사람 의외로 좋아하더라고요. 난 불쾌해 하면 어쩔까 은근히 걱정했는데. 자기를 좋아하는 증거라나요. 그림도 제법 괜찮았어요."

그녀의 표정이 더욱 소녀처럼 변했다. 정랑에게는 그 시절이 가장 아름다운 순간이었던 모양이다.

"그럼 뭐가 문제였던 거요? 당신도 싫지는 않았고, 그 정도면 남자도 당신에게 폭 빠져 있었던 것 같은데?”

그녀는 솔직하게 털어놓았다.

“두려웠어요.”

나는 의심쩍은 눈길을 보냈다.

“잘 견뎌낼 수 있을지 자신이 없었죠. 전 술집 여자예요. 아무리 가면을 쓰고 아닌 척해도 타고난 본색이야 어디 가겠어요. 내가 어떻게 살아왔는지 내가 잘 아는데, 항상 두려워하면서 남의 눈치를 살피고 살 자신이 없었어요. 그건 남자도 마찬가지고요.”

“남자가? 그가 후회할까 걱정이었소?”

나도 충분히 그럴 소지는 있다고 생각했다. 인생도 그렇지만 결혼도 마라톤이다. 마지막 결승점에 도달하기 전까지는 무슨 일이 있을지 아무도 모른다.

“아니, 그것은 무섭지 않았어요. 결혼을 하더라도 저는 파탄을 각오하며 했을 테니까. 그것보다는 내가 남자에게 엄마처럼 헌신적일 수 있을지 장담할 수 없었어요.”

나는 얼굴을 손으로 쓱 문지르며 말했다.

“허! 구더기 무서워 장 못 담그는 꼴이군. 어머니는 예외적인 분이셨는걸.”

정랑도 허탈하게 웃었다.

“그렇죠? 그래서 피가 물보다 진하다는 거겠죠. 엄마를 미워했으면서도 저도 역시 엄마에게 영향을 받았던 거예요. 몹쓸 대물림이죠. 엄마처럼 살지 못할 바에야 결혼은 무의미하다는 것이, 애써 부정해도 뇌리에서 떠나지 않았어요.”

나는 한숨을 내쉬었다.

"고약한 족쇄를 차고 살았군. 삶이란 다 다른 것인데."

"그래서 청혼을 했을 때 너무나 주저되더군요. 나를 믿을 수 없었으니까."

"남자를 그렇게 못 믿었소? 괜찮은 사내 같은데."

정랑은 잠깐 나를 쳐다보았다.

"잠도 여러 번 잤어요. 그랬는데도 섣큼 청혼을 받아들일 순 없었어요."

"그 정도까지 마음을 열었다면야 더욱 이상하군."

"아무 이유도 없이 대답을 미루자 처음엔 자기가 부족한 사람이라 그렇다며 자책하더니, 나중에는 화를 내더군요. 너무하지 않느냐고. 내 진심을 왜 그렇게 몰라주느냐고. 아주 많이 화를 냈어요. 저도 충분히 수긍했죠. 머리털을 다 뽑아 짚신을 삼아줘도 시원찮을 텐데, 튕기고 있는 꼴이잖아요? 얼마나 어이가 없었을까요."

그러나 나는 그녀의 의심을 풀어줄만한 대답을 가지고 있지 않았다.

"그렇게만 끝났어도 좋았을 텐데. 나중에 제가 너무 자신 없어 하니까, 돌연 그간 자기가 먹은 술값을 다 내놓으라며 으르렁거리더군요. 미안하면서도 실망스러웠어요. 꼭 내가 혼인을 빙자해 호객 행위를 한 나쁜 년 같았죠. 이렇게 대놓고 안면몰수하고 나오니 저도 가만있을 수 있나요. 언제 그랬냐 싶게 표변할 수밖에요. 뭐 여기서 그때 제가 한 말을 다 꺼낼 필요는 없겠죠?"

나는 운전대에서 손을 떼고 항복하는 시늉을 했다.

"어머, 조심하세요. 여기서 동반자살하고 싶지는 않으니까."

나는 그녀의 기분을 살려주기 위해 유쾌하게 웃었다.

"남들이나 기뻐할 일은 나도 하기 싫구려."

차는 드디어 양양 읍내로 접어들었다. 아직도 대지가 잠에서 깨어나려면 먼 시간이었다. 읍내 도로는 가로등만 깜빡이며 어쩌다 지나가는 길손을 반기고 있었다. 편의점이 유독 환하게 눈에 들어와 저승으로 가는 출입구가 열린 것처럼 보였다.

나는 정랑을 돌아보며 눈짓으로 행선지를 물었다.

"저도 밤길은 처음이라 어디가 어딘지 잘 모르겠어요."

"가려고 하는 곳이 어딘데?"

"낙산사."

결국 나는 그 을씨년스런 광경을 봐야 할 운명이었다.

나는 뒷좌석 바닥에 굴러다니고 있던 도로지도를 꺼냈다. 올여름 수백 군데의 사찰을 동행하며 길안내를 했던 5만분의 1 도로지도는 누더기가 되어 있었다. 표지부터 떨어져 조심해서 다루지 않으면 내장을 다 토해냈다. 양양 읍내가 나오는 페이지를 펼쳤다. 7번 국도와 만나는 지점부터 북쪽으로 5Km 올라가면 낙산사였다.

"이 시간에 할 수 있는 일은 아무 것도 없겠는데."

나는 우선 숙소부터 구하자는 뜻으로 말을 흘렸다. 정랑은 내 제안을 단호하게 끊었다.

"숙소는 낙산비치호텔이에요."

췌사를 불허하는 그녀를 옆에 앉힌 채 나는 차를 몰았다.

읍내 거리가 거의 끝나갈 즈음 거리에서 처음으로 인적을 발견했다.

초라한 가로등 아래 웬 아낙이 좌우를 살피며 서 있었다. 자세히 보니 아기를 등에 업고 있었고, 서너 살 쯤 되어 보이는 아이를 한 손에 잡고 있었다. 빈 택시를 잡으려는 눈치였다. 방향이 같으면 태워주고 싶었지만, 아쉽게도 그녀는 도로 반대편에서 서성거렸다.

"급하지 않으면 태워다주고 옵시다."

나는 여자 쪽으로 손짓을 하며 정랑에게 말했다.

정랑은 손목을 올려 시계를 보더니 대답했다.

"그러고 싶지만, 시간이 안 되겠어요."

나는 몰인정한 그녀를 속으로 욕하며 가속 페달을 밟았다.

아낙과 스쳐지나가면서 우리 차를 쳐다보는 여자의 눈빛과 마주쳤다. 다행히 희망이 담겨 있는 눈빛은 아니었다. 그러나 아이의 눈빛은 갈망으로 가득 차 있었다. 까까머리에 똘망똘망하면서도 귀여운 얼굴이었다. 나는 뜬금없는 죄책감으로 가슴이 시려왔다.

"아직도 그 마음은 여전한 거요?"

하고 싶은 말이 뭐냐는 표정으로 정랑이 나를 돌아보았다.

"아이 말이요. 남편은 필요 없어도 아이는 갖고 싶다고 하지 않았소?"

그러자 정랑이 반색을 하며 웃었다.

"그럼요. 정말 잘 키울 자신이 있어요."

나는 잠시 뜸을 두었다가 물었다.

"왜 그렇게 아이가 갖고 싶은 게요. 결혼은 한사코 싫다면서. 헌신적인 아내가 될 자신은 없어도 현명한 어머니는 될 수 있다는 말이요?"

"장담은 못할 일이죠. 하지만 난 아이가 꼭 필요해요."

대답이 이상했다. 자신이 있다든가 좋은 어머니가 되겠다는 말이 아니었다. 아이가 꼭 필요하다니. 내게는 궤변처럼 들렸다.

"아이가 액세서리도 아니고, 필요하다니 무슨 뜻인지 모르겠군."

이번엔 정랑이 정색을 하며 대답했다.

"나는 다시 이곳으로 돌아와야 하거든요."

더욱 묘한 소리였다.

"어디? 이곳 양양으로 말이오?"

"당신은 설명해도 모를 거예요."

얕잡힌 기분이 들어 말할 기분이 싹 가셨다. 찬물을 잘 끼얹는군. 내가 말문을 막아버리자 정랑이 미안한 듯 어깨를 살짝 부딪쳤다.

"당신도 아이는 없죠?"

여러 가지 기억 때문에 가슴이 아려왔다.

"그렇소."

"갖고 싶나요?"

"솔직히 그렇소."

"왜죠?"

정곡을 찌르는 질문이라 딱히 답변할 준비가 되어 있지 않았다. 진짜 말문이 막혔다.

"너무 구체적인 질문에는 대답이 궁색해지기 마련이죠. 저는 당신이 아이를 갖고 싶어 하는 심정을 충분히 이해해요. 아마 부인도 잘 이해할 거고, 그래서 더 미안할지도 모르죠."

나는 그녀에게 아내의 불임 사실에 대해 발설한 적은 없었다. 넘겨짚는 것일까? 아니면 전에 지족 스님에게 내가 그 얘기도 꺼냈던가? 아무 것도 분명한 것이 없었다. 느닷없이 혼란이 엄습했다. 시야가 뿌옇게 흐려졌다.

"사람에게 왜 자식이 필요한 줄 아세요? 그건 이 세상에 미련을 남겨 놓기 위해서예요. 사람이 죽으면 언젠가 다시 이승으로 돌아와야 하잖아요. 그런데 이승에 아무 미련도 없으면 돌아올 마음이 생기지 않죠. 그러면 이승도 큰일이잖아요. 올 사람이 오지 않으니까. 하지만 자식이 있으면 그 자식이 그리워 다시 온다는 거죠. 스님이나 신부님들이 왜 결혼도 하지 않고 아이도 없는 줄 아세요? 그분들은 깨달으면 다시 이승에 올 필요가 없거든요. 그런데 이승에 미련을 둔다면 이상하잖아요. 그래서 그분들은 독신이랍니다. 그게 신의 뜻이죠."

나는 정랑의 현란한 요설에 귀가 멍멍해졌다. 요점이 무엇인지도 들어오지 않았다. 자신이 성녀요 보살의 화신이라는 말일까? 나는 과대망상증 환자의 넋두리를 듣고 있다는 착각을 떨쳐버릴 수 없었다.

"번뇌로 얼룩진 사바세계로 되돌아오지 않는다면 그것보다 좋은 일이 어디 있겠소. 무엇하러 굳이 돌아오겠다는 거요?"

"저는 해탈은 싫어요. 전 이곳에서 춤추고 노래하며 살고 싶어요."

정랑은 다시 한 번 힘주어 말했다.

"그게 제 운명이죠."

너무 확신에 찬 목소리라 뭐라 반박할 여지도 없었다. 기껏 나는 이런 항변밖에는 내뱉지 못했다.

"누가 그렇게 말합디까? 그게 당신 운명이라고."

정랑은 눈을 동그랗게 뜬 채 대답했다.

"저는 알아요. 그리고 이제 다 왔네요."

국도를 벗어나 샛길로 들어선 차는 문이 다 닫혀 있는 상점가를 지나쳤다. 곧 바다가 나왔다. 쏴쏴, 들려오는 파도소리가 반갑게 귀를 간지럽혔다. 방파제를 따라 횟집들이 줄지어 서 있는데, 가운데 딱 한 집이 문을 열어놓았다. 시장기가 돌았다. 따져보니 저녁을 먹고 지금까지 커피 몇 잔과 주스로밖에는 배를 채우지 못했다.

"다음 코스는 어딘 거요?"

호텔 아래 있는 주차장에 차를 세웠다. 검표원도 눈에 띄지 않았다. 이 시간에 나와 앉아 있다면 불면증이거나 정신병자이리라.

몇 년 전 낙산사는 화염에 휩싸여 많은 것을 잃었다. 강원도 양양을 뒤덮은 화마가 사찰이라고 해서 피해가지는 않았다. 짭짤한 바다 내음 속에 매캐한 재 가루가 섞여 코를 찔렀다. 지금 낙산사는 한창 중창 불사로 떠들썩할 것이다.

이 땅에 절이 생긴 지도 천수백 년이 지났다. 그간에 얼마나 많은 절이 지어졌고, 불탔을까? 귀중한 유물들은 숯덩이로 변했고, 약탈의 수난을 면치 못했을 것이다. 그렇게 폐사된 절들을 그때마다 복원했다면 아마도 절은 무덤보다도 더 많을 것이다.

불타버린 절은 불탄 채 두어야 한다. 그것이 부처의 섭리가 아닐까? 과거를 잊지 못하는 어리석은 중생의 헛된 몸짓은 아닐까? 절은 여전히 남아 있을 것이고, 또 새로운 절이 지어질 것이기 때문이다. 마치 겨우내 시들었던 풀잎들이 봄이면 새순으로 환생하듯이 절도 생명을 가지고 있는 것이다. 중창이란 죽은 풀을 억지로 소생시키려는 일은 아닐까? 생명의 재림은 인위적인 것이 아니다. 풀처럼 방치해도 해마다 무성하게 자란다. 그게 절의 생명력이고, 가르침의 진정한 의미일 것이다.

이런 상념에 젖어 있는데, 정랑이 내 옷자락을 끌었다.

"어서 가요. 시간이 다 됐어요."

"지금이 새벽 3시요. 무슨 시간이 다 됐다는 말이오?"

"새벽 예불 시간이요."

나는 입을 다물지 못했다.

"새벽 예불을 보려고 온 거요? 여기까지!"

"새벽 예불 때 동해의 물은 가장 청정해진답니다."

우리는 임시로 지어놓은 유물관을 지나 바다로 이르는 산길을 걸었다. 정랑은 굳이 자기가 유골함을 들겠다고 나섰다. 멀리서 범종 소리가 은은히 들려왔다. 도솔천에 갔다가 수미산을 돌아온 범종 소리는 아이를 깨우는 어머니의 고운 손길처럼 부드럽고 포근했다. 멀리 의상대가 명멸했다. 우리는 다시 왼편으로 발길을 돌렸다.

홍련암紅蓮庵.

빼꼼히 열린 문 사이로 등불이 눈부시게 새어나왔다. 끊길 듯 이어지는 목탁 소리가 독경소리에 어우러져 출렁이는 파도를 잠재우고 있었다.

합장을 끝낸 정랑이 암자 안으로 들어갔다.

목탁을 치며 독경을 하던 스님 두 분이 안으로 들어오는 이방인에게 고개를 돌렸다.

잠시 소리가 멈추었다.

“뉘신지요?”

정랑의 목소리가 떨렸다.

“미망의 길을 떠돌다가 열반에 든 중생이 쉬려고 왔습니다. 받아주십시오.”

정랑은 유골함을 앞으로 내밀었다.

“무슨 말씀이신지?”

스님이 이해할 수 없다는 표정을 지었다.

“전생의 업장을 다 무너뜨린 한 사람이 이곳에서 마지막 휴식을 취하고 싶답니다.”

잠시 당황스런 눈빛을 교환하던 스님이 고개를 끄덕였다.

“무슨 사연이 있으신가 봅니다. 저희들은 예불이 끝나면 잠시 자리를 뜰 겁니다. 암자가 빌 터인데, 두 분께서 지켜주시지요.”

정랑은 대꾸 없이 합장을 올렸다.

지족 스님의 혼령은 그렇게 해서 동해로 돌아왔다.

"굳이 이곳까지 와서 산골을 해야 할 이유라도 있었나."

아직도 범종 소리는 여운을 남긴 채 경내를 맴돌고 있었다. 해가 뜨려면 아직 시간은 넉넉했다. 그러나 내 마음속에서는 벌써 노랗고 붉게 분홍빛으로 이글거리는 태양이 떠오르고 있었다. 파란 하늘을 차오르며 솟아나는 해는 이제 정랑의 가슴을 타고 어깨 위로 피어올랐다. 어제가 꿈결처럼 멀리 느껴졌다. 먼 거리를 여행한 것 같은데도 피로감은 전혀 없었다. 나는 한 승려의 해탈의 길을 분수 넘치게 동행한 것이다.

"스님의 유언이었어요. 엄마 곁에 묻어달라고 하셨죠."

"어머님 곁에?"

"그래요. 15년 전 엄마의 유골을 홍련암에 와서 뿌렸어요. 이제 엄마와 아빠는 영원히 한 울타리 안에 살면서 행복할 수 있을 거예요. 전 그렇게 믿어요."

나 역시 의심하지 않았다.

나는 정랑의 손을 꼭 잡아주었다.

다시 주차장으로 나왔다. 그 길에서 우리는 아무도 만나지 않았다. 마치 나와 정랑 둘만이 사는 세상으로 들어온 것 같았다. 차 안에서 일출을 기다릴 수도 있을 듯했다. 아니면 이대로 어디론가 만행의 길을 떠나도 좋았다. 번뇌는 별빛으로 반짝이고, 영혼은 바닷물이 되어 출렁거렸다. 해안가 모래사장을 거닐고 싶었다. 정랑이 나의 손을 잡았다.

기대와는 달리 정랑은 나를 돌계단으로 이끌었다. 인공으로 다듬어 놓은 섬돌은 그래서 더욱 현실감이 없었다.

"이 계단을 우리가 오늘 처음 밟고 올라가는 것일까요?"

정랑은 주문을 외는 주술사처럼 중얼거렸다. 나는 대답하지 않았다.

"전생에 우리는 무엇이었을까요?"

"당신은 분명 황진이였을 거야."

나는 내 믿음을 주저 없이 털어놓았다.

"그럼 당신은?"

"나?"

알 수 없었다. 지족 선사였을까? 도천이었을까?

정랑이 나의 뺨을 쓰다듬으며 반갑게 웃었다.

"당신은 내가 낳은 아이였어요."

나는 그녀의 손을 놓았다.

그날의 섹스가 격렬했다고 말할 수는 없겠다. 그녀는 마치 무슨 의식을 치르듯이 거만한 몸짓으로 나를 받아들였다. 코발트 빛 바다를 안은 옷을 벗기자 그녀는 이내 알몸이 되었다. 세 송이 연꽃은 천상에서 지상으로 내려왔다. 눈부시게 빛나는 육체가 정화를 기다리는 제물처럼 바다를 향해 두 손을 벌렸다. 어쩔 수 없는 열정에 사로잡히면서 나는 홀린 듯이 그녀를 안았다.

내 몸이 그녀의 몸속에서 움직이자 거부할 수 없다는 듯 호응이 일어났다. 그것은 마치 바람이 불자 파도가 치는 것과 같았다. 처음에는 잔잔한 물결이었다가 차츰 거대한 파도가 되었고, 이내 소용돌이가 되어 나를 집어삼켰다.

시간이 지나면서 그녀는 뜨겁게 달아올랐다. 그녀는 활화산처럼 타오르기 시작했다. 몸은 심하게 떨렸고, 나는 뜨거운 용암을 안고 있는 기분으로 행위에 탐닉했다. 욕정에 몸부림치다 무엇을 건드렸는지, 어디선가 음악이 들리기 시작했다. 그것은 천상의 음악이었다.

잠시 후 나는 하얀 정액이 그녀의 몸속으로 들어가는 소리를 또렷이 들을 수 있었다.

“즐거웠소?”

내가 가쁜 숨을 몰아쉬며 몸을 떼자 정랑이 침대 시트로 젖가슴을 가리며 나른하게 고개를 끄덕였다. 그녀의 유두는 갓 잡아 올린 싱싱한 생선처럼 분홍빛을 담은 채 돌출해 있었다. 나는 손을 그녀의 젖가슴으로 옮겼다. 나는 두 개의 능금을 따들고 맛있게 한 입 베어 물었다.

“당신은요?”

“나도.”

그것이 우리가 정사를 끝내고 나눈 대화의 일부이자 전부였다.

바다가 보이는 창문을 보자 거짓말처럼 내 생애의 첫 태양이 떠오르고 있었다.

정랑은 다시 한 번 나를 맞기 위해 후궁으로 가는 문을 열었다.

한 달 뒤 나는 한 통의 편지를 받았다. 정랑이었다.

그날 아침 우리는 강릉으로 내려와 헤어졌다. 정랑은 서울로의 동행을 거절했다. 연락처도 아무 것도 남기지 않았다.

"이것이 이별은 아니에요. 우리는 또 만날 거예요."

버스 터미널로 들어가면서 그녀가 남긴 마지막 말이었다. 그 재회가 이생에서의 일은 아닐 것이라는 불길한 예감이 나를 훑고 지나갔다.

서울에 돌아오고 나서도 도무지 일이 손에 잡히지 않았다. 멍하니 전화기만 바라보며 보내는 시간이 길어져갔다. 나는 혼을 어디다 두고 온 사람처럼 모든 일에 서툴렀다.

편지를 든 손에 경련이 일었다. 연애편지를 처음 받아본 학생처럼 두근거리는 가슴을 진정시키며 봉투를 열었다.

잘 지내시리라 믿어요.

아이를 가졌어요. 아빠가 누구인지는 아시겠죠. 고맙게 생각하고 있어요.

부인과 화해하세요. 저는 두 분의 행복을 빌어요. 생명을 가지니까 생명 사이에는 뗄 수 없는, 항상 주변에 머물게 되는 소중한 숨결이 있다는 것을 알게 되었어요. 저는 두 분도 그런 숨결이라고 생각합니다. 더 이상 부인을 기다리게 하지 마세요. 엄마의 말처럼 사랑은 책임을 져야 하는 거랍니다.

우리의 인연은 어제나 오늘이나 항상 바람과 구름처럼 떠돌 거예요. 다시 만날 수는 없겠지만, 우리들의 아이는 우리를 기억하며 잘 자랄 겁니다. 다시 인연이 닿으면 그때는 시냇물과 조약돌로 만나요.

스님은 세상을 떠나시면서 당신을 만나라고 했어요. 당신에게 없는 것을 당신에게 주면 저에게 없는 것을 저에게 줄 거라고 하시더군요. 다 가지려고 하지 말고 더러는 나눠주고 더러는 숨기는 것이 행복이란 말도 하셨죠.

이제 오랜 동안 열병처럼 저를 따라다니던 고통도 다 사라지고 있습니다.

그럼 안녕.

정랑 올림.

나는 울었다. 내가 잃은 것이 정랑의 영혼이 아니라 육체였기 때문에 걷잡을 수 없이 흐르는 눈물을 주체할 수 없었다.

“오늘 집에 들어갈 거야.”

수화기 너머로 아내는 아무 말도 하지 않았다. 아내는 이유를 묻지 않았다.

한꺼번에 모든 걸 해결할 수는 없다. 하나 씩 하나 씩 풀어나갈 수 있을 것이라고 나는 나를 안심시켰다. 그러기 위해서는 그만한 노력과 희생이 필요할 것이다. 내가 잘 해낼 수 있을까? 과연 아내의 존재와 격정을 공존시킬 수 있을까? 지금까지는 못했다. 하지만 이제는 해야 한다. 할 수 있을 것이다. 왜냐고? 나는 원하던 것을 얻었다. 하지만 아내는 아무 것도 얻지 못했고, 내가 얻었다는 사실조차 모른다. 불공평하다. 어차피 누구라도 그녀에게 아무 것도 주지 못할 테니 나라도 줘야 한다. ‘희생’이란 거창한 단어가 아니더라도 그저 작은 선물쯤이라도 줘야 한다. 다 가보지도 않고 돌아서는 것은 올바른 일이 아니다.

아파트 문이 열렸다.

환한 불빛이 방 안에서 밖으로 쏟아져 나왔다. 그 불빛 속에 아스라하게 한 여인이 서 있는 것이 보였다. 나에게는 그녀가 정랑으로 여겨졌다. 나는 손을 내밀어 그녀의 손을 잡았다.

어느 날이었다.

정랑과 나는 서울시청을 마주보는 곳에 위치한 프라자 호텔 맨 위층에 있는 레스토랑 '토파즈'에 와 있었다. 해가 지면서 어둠이 거리 곳곳을 적시고 있었다. 밑으로 시에서 조성한 잔디 광장이 한눈에 들어왔다. 잔디는 짙은 초록색 기운으로 가득했다. 많은 사람들이 홀로, 혹은 짝을 지어 걸어 다니고 있었다. 모두 모르는 사람들이었다. 아니 안다고 해도 너무 멀어 그들은 윤곽으로만 존재하고 있었다.

우리들은 정갈하게 잘 익은 브로이 생맥주를 한 잔씩 주문했다.

실내에서는 은은하게 음악이 흘러나왔고, 마침 곡이 막 바뀌는 중이었다. 아주 익숙한 선율이 우리 귀에 감돌았다. 아름다운 선율이었다. 옛날 공자는 제나라에 갔을 때 소韶라는 음악을 들었다고 한다. 성군인 순임금 때의 음악인 소는 무척 아름다운 음악이었나 보다. 공자는 감동에 겨워 이렇게 말했다.

"정말 아름답고 정말 좋구나."

그리고 석 달 동안 고기를 먹어도 그 맛을 알지 못했다.

"음악을 이런 경지로까지 만들 줄은 생각지도 못했구나!"

음악은 우리들에게 휴식과 위안을 주었다. 원해서 떠난 길은 아니었지만 참으로 오랜 행군이었다. 정랑은 머리를 내 어깨 위로 떨어뜨렸다. 그녀가 말했다.

"저 음악을 들으니 아주 오래 전에 본 영화가 생각나네요."

다시 우리의 화두는 영화였다.

"무슨 영환데?"

"아마 모를 거예요. '고댐 미스터리'라고."

"고댐 미스터리? 처음 들어보는데."

"우연히 본 영화예요. 제목 그대로 참 미스터리한 영화였어요."

"무슨 내용이길래?"

"죽은 여자의 혼령을 찾아 헤매는 고독한 사립탐정 얘기예요. 고댐은 옛날 영국에 있던 마을 이름이라나요. 이 마을 사람들은 모두 바보였다고 해요. 지금은 뉴욕시를 이렇게도 부른다는군요."

"별일이군."

"영화가 꽤 인상적이었어요. 그 혼령은 남편에게 살해당한 여자였는데, 금발의 미인으로, 이 세상을 떠돌고 있었죠. 아, 그리고 그 여자의 원래 직업은 아마 창녀였을 거예요."

"그래?"

"인생이 따분했던 사립탐정은 그만 그녀와 사랑에 빠지고 말죠. 인간과 귀신의 사랑.”

“귀신하고?”

“그래요. 얼마나 허망해요. 귀신과의 사랑이라니.”

“그래서, 결말은 어떻게 되는데?”

“귀신과의 사랑에 무슨 결말이 있겠어요. 다 허망한 일이지.”

“누굴 놀리는 거야?”

“옛날의 지족 선사도, 돌아가신 우리 아버지도 모두 결국 귀신과 사
랑을 나눈 게 아닐까 하는 생각이 들어요.”

“신파 같군.”

“글쎄. 진짜 신파는 이 생맥주 맛인데요. 입에 딱 맞아요.”

“뱃속의 아이도 생각하구려.”

나와 정랑은 생맥주의 깊은 맛을 음미했다. 온몸에 켜켜로 쌓였던
갈증과 먼지가 다 씻겨나가는 것 같았다.

“그런데 탐정이 여자 혼령과 함께 뉴욕의 뒷골목을 지나다가 유랑
가수를 만나요. 일 토르바토레. 도시의 집시들이죠.”

“그래?”

“뉴욕은 날씨가 항상 추운가 봐요. 큰 양철통에 장작을 넣고 불을 지
펴놓았는데, 활활 타오르고 있었어요. 그 불꽃을 마주보며 두 사람은
집시 가수의 노래를 하염없이 들어요. 몇 푼의 돈을 집어 주고.”

“무슨 노랜데?”

“지금 들리는 저 노래.”

“저건 ‘대니 보이’ 아닌가?”

“맞아요.”

"아주 목가적인 노래를 불렀군."

"저도 그런 줄 알았는데, 자막에 나오는 가사는 전혀 그렇지 않더군요."

"뭐였는데?"

"죽어 땅에 묻힌 어머니가 전쟁에 나간 아들을 그리워하는 내용이었죠."

"슬픈 이야기가 숨겨져 있었군."

"꼭 슬프고 무서운 것만은 아니었어요. 뭐랄까, 영원히 이어지는 불멸의 사랑을 노래하고 있다고나 할까."

음악은 실내를 가득 채웠다가 창밖으로 나가 서울의 어두운 하늘에서 구름처럼 하늘거리며 사라져갔다. 아득한 메아리를 남긴 채….

먼 훗날 정랑이 낳은 자식도 이 노래를 들으리라는 상상을 하면서 나는 눈을 감았다. 그가 나를 어떻게 기억할지 궁금해 하면서….

아 목동들의 피리소리들은
산골짝마다 울려나오고
여름은 가고 꽃은 떨어지니
너도 가고 나도 가야지.
저 목장에는 여름철이 오고
산골짝마다 눈이 덮여도
나 항상 오래 여기 살리라
아 목동아 아 목동아 내 사랑아.

그 고운 꽃은 떨어져서 죽고
나 또한 죽어 땅에 묻히면
나 자는 곳을 돌아보아주며
거룩하다고 불러주어요.
네 고운 목소리를 들으면
내 묻힌 무덤 따뜻하리라.
너 항상 나를 사랑하여주면
네가 올 때까지 내가 잘 자리라.

지은이 | 임종욱

경북 예천 출생.
동국대학교 및 대학원 졸업. 문학박사.
동국대학교 전자불전문화재컨텐츠연구소 연구교수.
동국대학교 역경원 역경위원.
장편소설『소정묘 파일』1·2 출간.
1780년 북경과 열하에서 벌어진 일련의 살인사건을 배경으로 하는 장편소설『1780년,
열하』를 탈고하고 있다.

황진이는 죽지 않는다

초판 1쇄 발행일 | 2008년 2월 18일

인지는
저자와의
합의하에
생략함

지은이 | 임종욱
펴낸이 | 박영희
표　지 | 정지영
편　집 | 정지영·허선주
펴낸곳 | 도서출판 어문학사
　　　132-891 서울특별시 도봉구 쌍문동 525-13
　　　전화: 02-998-0094 / 팩스: 02-998-2268
　　　홈페이지: www.amhbook.com
　　　e-mail: am@amhbook.com
　　　등록: 2004년 4월 6일 제7-276호

ISBN 978-89-6184-035-4 03900
정　가 | 10,000원
※ 잘못 만들어진 책은 교환해 드립니다.